HUNDLING

Inga Persson hat Germanistik, Kunstgeschichte und Philosophie studiert, 1994 promovierte sie. Anschließend schrieb sie jahrelang im Auftrag anderer: erst für Bundestagsabgeordnete, später für ihre Agenturkunden. Heute lebt sie mit ihrem Mann und ihrem Sohn am westlichen Ammersee und betreibt dort die traditionsreiche Gastwirtschaft »Schatzbergalm«.

INGA PERSSON

HUNDLING

Oberbayern Krimi

emons:

Bibliografische Information der Deutschen Nationalbibliothek
Die Deutsche Nationalbibliothek verzeichnet diese Publikation in der Deutschen Nationalbibliografie; detaillierte bibliografische Daten sind im Internet über http://dnb.d-nb.de abrufbar.

Umschlagmotiv: Ruediger Schmautz/stock.adobe.com
Umschlaggestaltung: Nina Schäfer, nach einem Konzept von Leonardo Magrelli und Nina Schäfer
Umsetzung: Tobias Doetsch
Gestaltung Innenteil: DÜDE Satz und Grafik, Odenthal
Lektorat: Susanne Bartel
Druck und Bindung: CPI – Clausen & Bosse, Leck
Printed in Germany 2021
ISBN 978-3-7408-1139-6
Oberbayern Krimi
Originalausgabe

Für Frauke

Ich bring ihn um

Ich bring ihn um.

Okay. Das mach ich. Ich bring ihn um.

Sofort.

Nein, morgen. Morgen bring ich ihn um.

Und das Letzte, das wirklich Allerletzte, was er sieht, bevor er sein kleines Scheißleben aushaucht, das bin ich.

Sie streckte sich in ihrem Sitz, die Augen geschlossen. Das tat gut. Wohlig badete sie noch etwas länger in ihren Gedanken. Sonnenlicht, reflektiert von den Scheiben eines vorbeifahrenden Autos, streifte ihr Gesicht. Unwillkürlich öffnete sie ihre Augen einen Spaltbreit. Vor ihr leuchteten vier Zahlen und ein Doppelpunkt im Armaturenbrett: »08:28«.

Sie überlegte kurz. Die Anzeige war dreimal umgesprungen, seitdem sie im Schutz ihrer Sonnenbrille in ihre Träume geglitten war. Sie lächelte. Drei Minuten lang hatte sie es sich vorgestellt, nein, sie hatte es gespürt, ganz tief in ihrem Inneren, wie es sich anfühlen würde, wenn er endlich tot wäre.

Phantastisch. Er. Weg. Endgültig. So sollte es sein. Nein, so würde es sein. Es, das war ihr Leben. Sie nickte sich selbst zu. *Ja, genau.* Ihr Leben, das würde so ganz anders werden. Sie würde nicht mehr nur darauf hoffen, dass er nicht nach Hause kommen, von der Straße fliegen, gegen einen Baum fahren würde. Dass irgendein Raser ihn vom Bürgersteig fegen, die Brücke in der Mitte einstürzen, das Wildschwein queren würde – dass irgendetwas passieren würde, völlig egal, was. Hauptsache, er käme nicht mehr wieder.

Ihr erdachtes Leben, in dem er nicht mehr vorkam, war herrlich. Sie konnte den ganzen Tag damit verbringen, es sich in allen Details vorzustellen. Es war, als ob sie durch bunte Kulissen wandelte, die voller bekannter Gesichter waren, von denen aber eines fehlte.

Sie atmete ein. War das ein Seufzer, oder holte sie Luft? Das waren Träume, die mit ihrem jetzigen Leben nichts zu tun hatten. Jedes Mal musste sie zurückkehren, so wie jetzt, aus ihrem Zauberleben zurück auf ihren Autositz.

Aber ... sie konnte nicht mehr anders, seit sie sich das erste Mal getraut hatte, aus ihren Ideen Bilder entstehen zu lassen. Von da an war sie *high on emotion*, vollkommen berauscht. Endorphine mischten sich mit Adrenalin und strömten in ihrem Blut durch ihre Adern, jedes Mal aufs Neue, wenn sie sich ihren Gefühlen hingab. Von da an wurde jeder Tag zum Fest, selbst das Alltägliche schwerelos, der Job ein Kinderspiel, Haushalt, Kinder, alles ging ihr leicht von der Hand.

Wie war sie vorher Jahr für Jahr, Monat für Monat, Tag für Tag enttäuscht gewesen, abends seine Schritte wieder auf der alten Holztreppe ihres Elternhauses zu hören. Schwer, laut, so ganz anders als das leichte Trippeln der Kinderfüße. Hatte das Blei gefühlt, das sie niederdrückte, wenn er die Tür öffnete. Wenn sie in sein Gesicht sehen musste, jeden Abend, starr, abweisend und schweigend. Seine Kälte spürte, die ihr entgegenschlug wie eine winterliche Frostnacht. »Grüß dich« sagen musste, jeden elenden Tag, und dafür ein Knurren erntete. Das sprachen sie miteinander. Zwei Worte und ein Geräusch. Jeden einzelnen Tag.

Gott sei Dank kam er nicht mehr so häufig abends heim. Und wenn, dauerten ihre Begegnungen meist nicht lang. Dann setzte er sich an seinen Platz, aß schweigend seine Brotzeit, stand auf, verschwand grußlos in seinem Zimmer. Schloss die Tür hinter sich. Blieb dort die ganze Nacht, um am nächsten Tag, meist vor Morgengrauen, wieder zu gehen.

Zwei Worte und ein Brummen. Mehr nicht. Außer, ja, außer sie wollte, sie musste etwas mit ihm besprechen. Besprechen, was für ein Hohn. Sie waren verheiratet, lebten in einem Haus, hatten Kinder, es mussten Rechnungen bezahlt, Steuererklärungen abgegeben, Versicherungen geändert werden. Der ganz normale Wahnsinn eben, der jeden traf und den alle irgendwie hinzukriegen hatten. Für den er sich aber nicht zuständig sah. Den er als Zumutung empfand, wenn sie damit ankam. Weil er ja den ganzen Tag gearbeitet hatte, während sie nur ein bisserl blöd in den Computer geschaut hatte. Und sie nun seinen Feierabend störte, der ihm zustand.

Über die Jahre waren diese alltäglichen Aufgaben zur Tortur geworden. Ihre Bemühung um gemeinsam gefundene Lösungen familiärer Aufgaben mutierte innerhalb kürzester Zeit zu einem Pranger. Zum Gerichtssaal. Zum Tribunal mit nur einem Ankläger und einer Angeklagten – und der immer selben Anklage: Arbeitsscheu sei sie, kein Wunder, ihre Eltern seien es ja auch. Der Sohn ein fauler Strick. Und zu nichts zu gebrauchen. Ihre Arbeit sinnlos, ihre Pläne illusorisch und dann noch ihre Freunde, alles Ich-Menschen, genau wie sie.

Laut. Scharf. Lange. Ohne ein Ende zu finden.

In der ersten Zeit hatte sie geweint. Vor ihm, allein auf dem Klo, im Fahrstuhl vor irgendeinem Arzttermin. Eine Weile lang schrie sie zurück, wütend, warf Teller nach ihm. Es war doch einfach nicht wahr! Und war schließlich verstummt. Seit Jahren schwieg sie schon, stand vor ihm am Esstisch, ließ die immer gleichen Worte über sich hinwegströmen, hörte zu und hörte nicht zu, kannte die Sätze, die sie ab und zu noch trafen, aber meistens nicht mehr, wartete, bis er langsamer wurde, bis er sich ausgeleert hatte, um ihn dann anzulächeln und sich mit seinem obligatorischen Knurren die Zustimmung für das Bezahlen einer Rechnung bei ihm abzuholen.

Sie spürte, wie Magensäure ihre Speiseröhre nach oben kroch. Mit der Rechten tastete sie im Fußraum nach ihrer Handtasche, hob sie auf den Schoß, suchte und fand die kleine Plastikdose mit den Säureblockern und ihre Trinkflasche. Mit zwei, drei Handgriffen hatte sie sich eine Kapsel auf die Zunge gelegt und sie mit einem Schluck Wasser hinuntergespült. Sie schloss die Augen und atmete aus. In wenigen Minuten würde das Medikament seine Wirkung tun, ihren Magen entspannen, der Schmerz würde nachlassen und sie wieder ruhig werden. Plötzlich erschöpft lehnte sie sich zurück, ließ ihren Kopf an die gepolsterte Stütze sinken, schloss die Augen.

Ein kurzes, dumpfes Scheppern ließ sie auffahren. Sie sah den erschreckten Gesichtsausdruck einer blonden Frau, die ihre Fahrertür ans Auto gedonnert hatte. Die Frau klopfte an ihr Fenster, machte eine entschuldigende Geste, sie winkte ab. Aus dem roten Wagen neben dem ihren kletterte ein nicht mehr junger, aber schlanker, braun gebrannter Mann mit grauen Locken, die ihm bis zu den Schultern reichten. Er schien etwas zur Blondine zu sagen, denn sie lachte, schloss zu ihm auf. Gemeinsam gingen sie über den Parkplatz. Durch das Seitenfenster blickte sie ihnen nach. Was sie wohl vorhatten? Sie sahen geschäftig aus, irgendwie vertraut. Kein Paar, aber schon von Weitem als Team zu erkennen. Wie gern wäre sie jetzt die Frau an der Seite des grau gelockten Mannes gewesen. Vereint durch Jahre des gemeinsamen Arbeitens. Vertraut. Verlässlich.

Sie spürte das Brennen einer Träne im Augenwinkel, fühlte, wie sie über ihr Gesicht rollte, und ließ sie nach unten in ihren Schoß fallen.

Zwischen ihren Wimpern blinzelte sie durch die Windschutzscheibe nach vorn. Vor ihr ein Wagen, rechts und links neben ihr auch. Wie lange saß sie schon im Auto auf dem namenlosen Parkplatz? Eine halbe Stunde? Eine Stunde? Sie hatte das Zeitgefühl verloren. Niemand hatte sie beachtet, eine Frau, die auf dem Beifahrersitz saß, angeschnallt, still. Es war Regen angesagt.

Eine zarte Erinnerung an das Gefühl, wie es sein würde, wenn er tot wäre, flog an ihr vorbei. Sie versuchte, nach ihrem Gedankengespinst zu greifen, sich von ihm emporheben zu lassen, raus, weg aus dem Auto, von diesem Sitz, der unter ihr von Sekunde zu Sekunde wärmer wurde. Aber es gelang ihr nicht, den Traumzipfel zu erhaschen, er zog vorbei, verblasste, löste sich auf wie eine kleine Kumuluswolke am Junihimmel. Sie war wieder allein.

Mühsam versuchte sie, sich in ihren Gedanken zurechtzufinden. Wie lange würde er noch fort sein? Erfahrungsgemäß dauerten diese »Meetings« mindestens eine Stunde, manchmal auch zwei, je nachdem, wie gut aussehend die Sekretärin war. Um zehn Uhr müssten sie zusammen bei diesem Empfang in München im Ministerium auftauchen.

Das Bild der anderen schoss ihr plötzlich durch den Kopf. Die Zeitung hatte es abgedruckt. Groß, schlank, selbstbewusst und im figurbetonten Kostüm stand sie neben irgendeinem Politiker. Wer war das doch gleich noch gewesen? Ah ja, der Landrat. Seine Pressesprecherin sei sie, war unter dem Foto zu lesen gewesen. Was auch immer man als solche tat, aber für ein Bild im Dorfbladl reichte es anscheinend aus. Sie hatte die andere gegoogelt, sich noch mehr Bilder von ihr angesehen, die Informationen aufgesogen: Mitte dreißig, studiert, tough, schick. Offizieller Beziehungsstatus auf Facebook: Single. Na ja, was hatte sie auch erwartet? Es gab ja kein Kästchen für »Gspusi«.

Lächelte sie schon wieder? Ja, tatsächlich. In ihr war keine Enttäuschung, keine Eifersucht, sondern – Erleichterung. Wenn er wüsste, wie befreit sie sich fühlte, seit er zu ihr ging. Mehr oder weniger regelmäßig. Aber eigentlich immer mittwochs und freitags, nachdem er zu Hause geduscht hatte. Und an diversen Wochenenden. Und sie in Ruhe ließ, in ihrem schmalen Bett, das sie neben ihrem Schreibtisch ins Arbeitszimmer gestellt hatte.

Sie hatte es sofort gemerkt. Seit vorletztem Sommer bewegten sich die Moleküle anders durch den Raum, die wenigen Male, wenn er schweigend an ihr vorbei in seinem Zimmer verschwand. Ganz vermeiden konnte er es ja nicht, ihr zu begegnen. So entging ihr nicht sein auftrumpfender Gesichtsausdruck, wenn er in sein Auto stieg, um zu ihr zu fahren. Und dann diese Jacke, die die andere ihm letzten Winter geschenkt hatte. Diese federleichte Daunenjacke. Senfgelb. Tailliert. Unwillkürlich kicherte sie. Er trug sie stolz wie ein Gockel. Wenn er nur sehen könnte, was diese Jacke aus ihm machte, der er sonst ausschließlich Jeans und Karohemden trug.

Ob er wusste, dass sie es wusste? Vielleicht, aber wenn, war es ihm egal. Seit Jahren war sie Luft für ihn. Was hatte er sich immer lustig über sie gemacht. »Du bist so leicht zu durchschauen«, hatte er gesagt. Er halt auch.

Wochenlang hatten sie Vermutungen über die veränderte Atmosphäre gequält. Aber es war so eindeutig: sein leichter Schritt, das selbstgefällige Grinsen, seine Abwesenheit. Sie hatte sich das Gehirn zermartert, wie sie aus ihrem Verdacht Gewissheit machen könnte, aber dann war alles so einfach gewesen. Eines

Abends nach irgendeiner Gemeinderatssitzung war er sturzbetrunken nach Hause gekommen. Ließ erst seine Jacke auf den Fußboden, dann sich aufs Sofa fallen, schnarchte.

Sie beobachtete ihn eine Zeit lang, schlich sich auf Zehenspitzen an, zog sein Handy aus der Jackentasche. Nahm vorsichtig seinen Zeigefinger, drückte ihn auf sein Smartphone und ließ wieder los. Strahlend erwachte das Gerät und erzählte ihr all seine Geheimnisse. Mit offenem Mund scrollte sie durch seine Nachrichten. Unmengen an Nachrichten.

Ihr erster Triumph ob der Entdeckung zerfiel in Sekundenschnelle zu Staub. Er schrieb ihr praktisch jede Stunde, manchmal sogar öfter, sie sahen sich zweimal in der Woche, gingen essen, besuchten Veranstaltungen, segelten und fuhren Ski. Sie lebten ein Leben miteinander. Doch für sie hatte er nur ein Knurren übrig.

Aber was hatte sie schon erwartet? Ihre Ehe war am Ende. Sie hielten nur noch die Fassade aufrecht. Verbrachten, wenn es notwendig war, einen Abend zusammen, nahmen gemeinsam an Veranstaltungen teil, die sie nicht absagen konnten. So wie heute an dem Empfang oder morgen an dem politischen Frühschoppen. Abseits davon führten seine Wege zu der anderen.

Mit ihr hatte auch der Sex aufgehört. Sie hatte es nie in Frage gestellt. Er auch nicht. Warum auch? Manchmal, bevor sie auf ihrer schmalen Pritsche einschlief, dachte sie an die ersten Jahre zurück. Sie hatten ganze Wochenenden im Bett verbracht, das Haus nicht verlassen, vollkommen versunken ineinander. Hatten Soul gehört, verknotet auf dem Sofa gelegen, waren in jede Hautfalte des anderen gekrochen, vollkommen hingerissen voneinander. Er war zärtlich gewesen, zugewandt, aufmerksam. Hatte sie mit Geschenken überhäuft, mit Komplimenten verzückt, mit Küssen verwöhnt. Sie war so verliebt in ihn gewesen. Damals wäre es ihr nicht in den Sinn gekommen, dass es jemals anders werden könnte.

Doch aus dem Nichts, als wäre er durch ein unsichtbares Tor aus einem anderen Universum in ihr Leben getreten, hatte eines Tages ein anderer Mann vor ihr gestanden. Hart, abweisend, frostig. Sie hatte keine Ahnung, wer er war. Es war ein Schock, dieser kalte Mensch, der in der Haut ihres Geliebten steckte. Der fremde Mann beschimpfte sie, nein, er erniedrigte sie, bezichtigte sie, tausend Dinge falsch, schlecht oder gar nicht gemacht zu haben. Erst grollte, dann zürnte, schließlich wütete er.

Es ging alles so schnell. Sie erschreckte sich zu Tode, ergab sich kampflos, sah widerstandslos dabei zu, wie er nach ihrem Herzen griff und es mit aller Macht in Stücke riss. Für Bruchteile von Sekunden erkannte sie das, was auf sie zukam, als Schmerz, als sie schon in die Knie sank, nein, zu Boden fiel, dabei weinte, bettelte: »Bitte, bitte, sei wieder gut mit mir.«

Doch der Kalte war geblieben. Tagelang. Sie erinnerte sich an ihre Tränen, ihre Verwirrung darüber, was vor sich ging, ihre Taubheit, mit der sie in der Zeit mechanisch ihren Alltag erledigt hatte. Bis vollkommen unvermittelt der andere verschwand und ihr geliebter Ehemann wieder vor ihr stand. Erschöpft und unendlich erleichtert darüber, dass er wieder da war, hatte sie sich in seine Arme sinken lassen. Endlich war alles wieder gut gewesen.

Was für ein Irrtum. Seit diesen Tagen war nichts mehr so, wie es einmal gewesen war. Denn die Erleichterung hatte die Angst im Gepäck. Wenn der Unbekannte einmal gekommen war … würde er wiederkommen? Hart, kalt und abweisend?

Und wie er gekommen war. Ohne Vorwarnung, von einer Sekunde auf die andere. Wieder war sie ungeschützt, brach zusammen und spürte nur noch ihr wundes, blutendes Herz. Weinte und bettelte erneut. Bis der andere ging und die warmen braunen Augen ihres Mannes sie wieder ansahen.

Bis zum nächsten Mal. Und zum übernächsten.

Ihr Leben hatte sich in einen grauen Brei aus Schmerz und Angst verwandelt. Manchmal, in den wenigen Momenten dazwischen, in denen sie noch einen klaren Gedanken fassen konnte, wurde ihr bewusst, dass sie sich wie ein Junkie verhielt. Und wenn sie ganz ehrlich war, nicht nur *wie* ein Junkie. Sie *war* ein Junkie. Der regelmäßig seinen Stoff brauchte. Und sofort auf Entzug war, wenn er nicht versorgt wurde. Willenlos. Ein Häufchen Elend. Aber trotzdem vollkommen unfähig, auf die Droge zu verzichten.

Sie zermarterte sich den Kopf. Was machte sie falsch? Es musste doch einen Grund dafür geben, dass er sich immer wieder veränderte, blitzschnell kalt, lieblos und unzugänglich wurde. Doch sie konnte keinen Fehler finden. Beide hatten sie herausfordernde Berufe, die Kinder waren wohlgeraten, das Haus schön und gepflegt. Und trotzdem musste da etwas sein.

Sie versuchte, mit ihm darüber zu sprechen. Herauszufinden, wo sie versagte. Was er wollte. In den ersten Jahren schien er ihr zuzuhören und antwortete dann immer das Gleiche. Dass es besser werden würde.

Aber es wurde schlechter. Aus dem kalten, zürnenden Mann wurde der eisige, schweigende Mann. Der Mann, der sie eines Morgens nicht mehr grüßte. Der sie keines Blickes würdigte. Der die Tür hinter sich schloss.

Sie hatte die Zähne zusammengebissen und weitergemacht. Verwirrt, verängstigt, verletzt. Aber wen interessierte es, wie es ihr ging? Die Kinder mussten in die Schule, sie hatte einen Job und einen großen Haushalt zu führen.

In der ersten Zeit hielt sie es keine Stunde lang aus. Klopfte an seine Tür. Weinte. Flehte. Dann irgendwann hatte sie so viel zu tun, dass sie einen Tag ohne ihn schaffte. Daraus wurden zwei. Eine Woche. Zwei, drei. Und schließlich ein ganzer Monat.

Dennoch ertrug letztlich immer sie es nicht mehr. Ging jedes Mal, jedes einzelne Mal, wieder auf ihn zu. Suchte das Gespräch. Irgendwann nicht mehr weinend. Nicht mehr bettelnd. Sondern sein abweisendes Schweigen ignorierend, einfach, als ob alles in Ordnung wäre. Überging die Kälte, arbeitete, redete, lachte. Weil sie es ja sein musste, die etwas falsch gemacht hatte.

Bis sie eines Tages verstand. Das Wochenende begann gut, es war die Zeit noch weit vor der anderen. Sex und ein ausgedehntes Frühstück. Sie gingen in die Berge, wanderten unter hohem Himmel mit Aussicht auf schneebedeckte Gipfel. Dann, unvermittelt wie ein Wettersturz, kippte ein glückseliger Tag in sein Gegenteil. Eben noch hatten sie miteinander geredet, aber eine Minute später reagierte er nicht mehr. Als hätte sie sich in Luft aufgelöst, ging er nur noch neben ihr her. Auf diesem Wanderweg, in lieblicher Landschaft unter weiß-blauem Himmel, war sie mit einem Mal mit dem Kalten unterwegs.

Aber diesmal war es anders. Sie spürte keine Angst. Klar stand es vor ihr: Es ging überhaupt nicht um sie.

Den Sonntag brachte sie mit Anstand zu Ende. Fabulierte dank jahrelanger Übung routiniert über sein Schweigen hinweg, tat so, als nähme sie seine Veränderung nicht wahr, fuhr mit ihm auf dem Beifahrersitz nach Hause und sang zur Musik im Radio mit.

Doch in ihrem Kopf rasten die Gedanken. Wenn nicht sie es war, die den Kalten zum Vorschein brachte, dann musste er es sein. Und wenn nur er entschied, was er für sie war, Geliebter und Kalter, war es vollkommen unerheblich, was sie tat, wie sie es tat und wann.

Also konnte sie genauso gut aufhören, bei sich nach dem Fehler zu suchen, sich darum zu bemühen, perfekt zu sein und alles richtig zu machen. Sie konnte … Ja, genau, sie konnte einfach tun und lassen, was ihr in den Sinn kam! Nicht nur Job, Kinder, Haushalt. Sie konnte tun, was ihr – und zwar nur ihr – Spaß machte, das unternehmen, was ihr gefiel.

Und das tat sie auch. Anfangs eher unauffällig. Ein Saunabesuch während einer seiner Gemeinderatssitzungen hier, ein Abendessen bei der Freundin da. Dann eine kleine Reise während seiner Fortbildung, ein paar Tage bei einer anderen Freundin in Berlin. Im nächsten Jahr mit ihr eine Woche in die Sonne. Sie holte ihr vergessenes Strickzeug aus dem Schrank, spielte wieder Gitarre und machte lange Fahrradtouren um den See.

Das neue Leben tat ihr gut. Mit der Zeit wurde sie ruhiger, der Wundschmerz ließ nach, sie bekam wieder besser Luft. Sie spürte, dass der Drang, ihm nahe sein zu wollen, abnahm. Ob es anderen Abhängigen auch so ging, wenn sie einen Entzug machten? Sie spürte Dankbarkeit und betrachtete den größer werdenden Abstand zwischen sich und ihm als Zone, die sie vor einem Rückfall schützte.

Wenn es nach ihr gegangen wäre, hätte sie ewig so weitermachen können. Doch eines Tages suchten die Moleküle einen anderen Weg durch das Zimmer, und sie stellte ihr Klappbett ins Arbeitszimmer. Außer zwei Worten und einem Knurren war nichts mehr von ihrer Ehe übrig.

Wie lange hielt dieser Zustand nun schon an? Ein Jahr oder zwei? Das Leben verflog ereignislos, hatte weder Höhen noch Tiefen. Sie hatte sich damit abgefunden.

Bis zu diesem einen Tag im Frühjahr. Sie machte Hausputz, saugte unter den Schränken, zog einen Briefumschlag unter der Couch hervor, adressiert an seine Firma. Sie wollte ihn zu seinen Sachen legen, besann sich aber und zog die Seiten aus dem Umschlag.

Ein Münchner Rechtsanwalt. Der ihm darlegte, wie es ihm gelingen könnte, an ihr Erbe, das Haus ihrer Eltern, zu kommen. Was seiner Meinung nach verhältnismäßig einfach war. Da waren seine Investitionen in ihre Immobilie und ihr Auszug aus dem Ehebett. Der sei als Wegfall der Geschäftsgrundlage zu werten. Dann auch noch der Zugewinn, der geteilt werden müsste. Das sähe sehr schlecht für sie aus. Sie bekäme eine überschaubare Abfindung und das Sorgerecht für die Kinder. Unterhalt in substanzieller Höhe hätte sie nicht zu erwarten, schließlich würde sie gut verdienen, während er das Risiko eines jungen Unternehmens zu tragen hätte. Ihre Zustimmung sei gewiss, um Streit zu vermeiden, zum Wohle der Kinder. Er werde eine Mediation empfehlen, um ihr den Eindruck zu vermitteln, ihre Anliegen würden gehört. Für ihn sei das am Ende günstiger als ein strittiges Verfahren.

Noch heute klopfte ihr Herz bis zum Hals, wenn sie an den Brief zurückdachte. Mit zitternden Fingern hatte sie ihn mit ihrem Handy fotografiert, zurück in den Umschlag gesteckt und wieder unter das Sofa gelegt. Zwei Tage später war er verschwunden.

All die Freude über ihr neues Leben verpuffte auf einen Schlag. Stattdessen spürte sie eine neue Glut in sich, tief unten, noch unter ihrem sauren Magen. Akribisch wie eine Wissenschaftlerin forschte sie in sich selbst und definierte die Empfindung als Hass.

Der sie wie noch nie zuvor motivierte. Sie arbeitete Tag und

Nacht, als würde ein neuer Motor in ihr laufen. Und sie träumte, erst von ihm, dann von seinem Tod. Anfangs nur in der Nacht, immer wieder, dann auch tagsüber, bis sie sich schließlich bei jeder sich ihr bietenden Gelegenheit ein Leben ohne ihn erdachte. So wie jetzt auf ihrem Sitz, in dem Auto, auf dem Parkplatz.

Ihr Magen gab ein knurrendes Geräusch von sich. Sie strich sich eine Strähne hinters Ohr und wollte eben in ihrer Handtasche nach einem Müsliriegel suchen, als sich die Tür des Gebäudes gegenüber öffnete. Sie sah ihn heraustreten, dynamisch über den Parkplatz auf ihren Wagen zukommen. Er grüßte jeden Zweiten, blieb stehen, schüttelte Hände. Sie beobachtete ihn durch die Windschutzscheibe. In der Sekunde, als es anfing zu regnen, drehte er sich zu ihr, seine Augen trafen ihren Blick, sie nahm ihn ins Visier und sandte ihm eine Nachricht: D-U-B-I-S-T-E-I-N-T-O-T-E-R-M-A-N-N.

Geh nur ran

»Mei, schau nur, wie liab.«

Carola, die zwischen reflektierenden Regentropfen auf der Windschutzscheibe und den knarzenden Scheibenwischern hindurch auf die Ampel starrte, wandte ihren Blick vom Rotlicht ab. Seit gestern regnete es, das Auto brummte, sie standen an einer Kreuzung. Was um Himmels willen fand Lenz auf einmal »liab«? Sie folgte seinem Zeigefinger und starrte eine riesige Plakatwand an, die sie bis vor einer Sekunde nicht wahrgenommen hatte, obwohl sie direkt hinter der Ampel stand. Die Werbung einer Krankenkasse mit einem kernigen Spruch in großen roten Lettern, die dynamisch grob und querbeet über die Fläche gepinselt waren. Dazu hielten zwei eindeutig männliche, dennoch feingliedrig-sensible Hände ein Babyköpfchen dem Betrachter entgegen.

Carola runzelte die Stirn. Was gefiel Lenz ausgerechnet an diesem Plakat? Die Krankenkasse? Wohl kaum. Der Spruch? Irgendwas von Männern und Familie. Wirklich? Das konnte nicht sein, da gab es bessere. Womöglich ... das Kind? Sie warf ihrem Lebensgefährten einen schnellen Seitenblick zu. Lenz saß vollkommen entspannt neben ihr auf dem Beifahrersitz, die Hände im Schoß gefaltet, selig lächelnd. Im Ernst? Der Anblick eines Werbebabys brachte Lenz zum Strahlen?

Hinter ihr hupte es.

»Is schon recht«, knurrte sie und nahm den Fuß von der Bremse. Wenigstens hatten sie gefrühstückt. Wenn man zwei Schälchen warmes Porridge und je eine Tasse Kaffee so nennen konnte. Auf jeden Fall war es zu wenig Kaffee gewesen. Sie gönnte ihrem Liebsten, Kriminalhauptkommissar Laurentius Meisinger, den alle nur Lenz nannten, noch einen Blick und gab Gas. Schließlich war sie nicht in aller Herrgottsfrüh aufgestanden und hatte schon eine Stunde am heimischen Schreibtisch verbracht, während Lenz telefonierte, nur damit sie jetzt gemeinsam vor einer Ampel versauerten. Er musste zum Dienst in die Polizeiinspektion Weilheim und sie ins Wahlkreisbüro, ihren Kollegen Seppi Hinterstrasser einsammeln und dann weiter zum politischen Frühschoppen. Ihr Chef, der Bundestagsabgeordnete Johannes Ludwig, hatte Lokalpolitiker zu sich nach Hause eingeladen.

Carola gähnte herzhaft, als sie das Ortsschild Diessen hinter sich ließen. Gerade wollte sie das Pedal durchdrücken, da tauchte in der Kurve vor ihnen ein großes Gespann auf, ein gigantischer Traktor samt turmhohem Kipper. Es hörte auf zu regnen. Die Sonne brach durch die Wolken und brachte den Asphalt zum Funkeln.

»So«, sagte sie zur Windschutzscheibe, als sie hinter dem Schlepper her zuckelnd in die enge Birkenallee nach Fischen einbog, etwas nach links zog und zum Überholen ansetzte, »ich wusste gar nicht, dass du so ein großer Fan von Betriebskrankenkassen bist.«

»Von was?«, kam es irritiert vom Beifahrersitz.

Der Wagen zog an, sie überholte den Bulldog. Beste Entscheidung, das alte Auto gegen dieses auszutauschen. Gott, wie sie diesen Turbo liebte. »Na, von Krankenkassen. Darum ging's doch bei dem Plakat an der Ampel. Oder nicht?«

Vom Beifahrersitz ertönte Gekicher, als sie wieder zurück auf ihre Spur einscherte. Die zarten weißen Bäume, die die Birkenallee säumten, flogen an ihr vorbei, und ihre Gedanken drifteten weg von dem Gespräch und hin zu ihrer heutigen Tagesaufgabe: Bei einem Weißwurstfrühstück sollten eine politische Nachfolge und die aktuelle Mückenplage diskutiert werden.

An den Viechern schieden sich derzeit die Geister am Ammersee. Wie schon in den letzten Jahren war Mitte März der Winter nahtlos in den Sommer übergegangen. Von einem Tag auf den anderen fror es nicht mehr. Stattdessen kletterte das Thermometer auf fünfzehn Grad, in der Sonne sogar auf achtzehn. Rund um die alte Eiche auf dem Secklerhof, hoch über dem Ammersee, schossen erst Buschwindröschen, Veilchen und Schlüsselblumen aus der Erde, kurz danach hatten die ersten Bäume auf der Streuobstwiese ihre Blüten aufgesteckt. In Carolas Augen gab es zu dieser Jahreszeit nichts Schöneres, als gegen die alte Reneklode gelehnt nach oben in die weißen Blüten zu schauen.

Und dann war der Mai gekommen. Die Temperaturen rauschten wieder in den Keller, dass kaum noch fünf Grad erreicht wurden. Pünktlich zu den Eisheiligen begann es zu regnen. Es goss in Strömen, tagelang, es hörte einfach nicht mehr auf, nicht nur bei ihnen am See, sondern auch in den Bergen. Die Null-Grad-Grenze stieg auf über zweitausend Meter, auch in den Höhenlagen schmolz der Schnee rapide ab. Innerhalb kürzester Zeit erreichte der Pegel der Ammer jeden Tag einen neuen Höchststand. Das Wasser im See stieg und stieg, die Ammer trat über die Ufer und überzog die flussnahen Felder mit einer bräunlich trüben Brühe. Direkt nach der Kalten Sophie Mitte Mai hörte der Regen schlagartig auf, die Sonne kam raus, und die Temperaturen kletterten wieder nach oben. Von einem Tag auf den anderen wurde es tropisch warm, und die Pegel fielen ebenso schnell, wie sie zuvor gestiegen waren. Seither wechselten sich sturzbachartige Regengüsse und heiße Frühsommertage ab.

»Oh-oh«, hatte Resi, die Besitzerin des Secklerhofes, Lenz' Mutter und seit über drei Jahren Carolas Vermieterin, eines Morgens im Mai gemacht, als sie nebeneinander unter dem Vordach standen und ihren Morgenkaffee aus großen Tassen schlürften.

»Was meinst du mit ›oh-oh‹?«, fragte Carola.

»Na, das da«, antwortete Resi und schwenkte ihre Tasse in Richtung Ammertal. »Siehst du das, die dreckerten Wiesen? Da, wo das Ammerhochwasser schon zurückgegangen ist? Ideales Mückenbrutgebiet. In zwei Wochen sind s' da, die Scheißviecher.«

Was sie nur immer hat, dachte Carola, stürzte ihren Kaffee hinunter und fuhr zur Arbeit. »Jetzt weiß ich, was du neulich gemeint hast«, hatte sie vierzehn Tage später gequietscht, während sie ein halbes Dutzend Blutsauger, die sich über ihren nackten Oberschenkel hermachen wollten, mit der flachen Hand erschlug.

Sie grinste. Dauernd diese Tiere. Letztes Jahr war es ein Storch gewesen, der sie auf Trab gehalten hatte. Das schwarz-weiße Federvieh hatte die Dachreparatur am Raistinger Pfarrhof durch seinen forschen Nestbau zum Erliegen gebracht. Etliche Behörden und Unternehmen hatten nicht gewusst, was sie mit dem Storchen-Schwarzbau anfangen sollten. Sie selbst hatte dem eine unterhaltsame Seite abgewinnen können, ebenso wie dem Umstand, dass ihre Mitbürgerinnen und Mitbürger erst letzten Winter in die Rathäuser gelaufen waren, um beim Volksbegehren »Rettet die Bienen« zu unterschreiben. Als sie ein halbes Jahr später, um nicht gestochen zu werden, aus den Cafés rund um den See flüchteten, hatten die gleichen Bienenretter »Tötet die Mücken!« geschrien. War sie eigentlich die Einzige, die das eigenartig fand?

An der Grenze zwischen Leben und Tod verlief nun im Frühsommer ein öffentlicher Schützengraben. Sich gegenüber lagen diejenigen, die die Mücken bekämpften, und die, die der Natur ihren Lauf lassen wollten. Im Supermarkt an der Kasse, in Leserbriefen der Zeitungen und diversen Onlineforen, überall wurde über Mücken gestritten. Der Ton war rau und wurde mit jedem Tag schärfer.

Eigentlich hätte sich Carola ja zurücklehnen und dabei zuschauen können, wie sich Leute, die sie bisher für ganz vernünftig gehalten hatte, auf offener Straße beschimpften. Aber leider war sie mit von der Partie, denn das Thema der Mückenbekämpfung hatte die politische Bühne in Beschlag genommen. In ihrem Fall war der politische Nachwuchs gefährdet. Nein, korrigierte sie sich: die Motivation des Nachwuchses, sich überhaupt politisch zu engagieren.

Die Neulinge auf dem politischen Parkett verschreckte die Vehemenz der Debatte. Unwillkürlich umfasste Carola das Lenkrad etwas fester. Sie konnte die Angst politischer Youngster, öffentlich Dresche zu beziehen, ja nachvollziehen, denn selbst als Kommunalpolitiker brauchte man inzwischen ein verdammt dickes Fell. Selten wurde sachbezogen diskutiert, stattdessen ebenso emotional wie unsachlich losgebrüllt, real oder im Internet.

Sie wusste, wie wenig das einlud, politische Verantwortung

zu übernehmen. So wie im vorliegenden Fall bei Friedhelm Albrecht. Eigentlich sollte er möglichst ohne Aufsehen dem kürzlich verstorbenen Gemeinderat Sauter nachfolgen. Pustekuchen, dachte Carola. In einem vertraulichen Telefonat hatte Albrecht Ludwig gestanden, das Amt an den Nächsten auf der Liste weiterreichen zu wollen. Ein Vorhaben, das ihr Chef verhindern wollte, hatte er doch schon die Kommunalwahlen im nächsten Jahr im Auge. Für die Aufstellung der Liste zählte jeder Mann. Oder jede Frau. Albrecht zu motivieren war das eigentliche Ziel des Weißwurstfrühstücks, ein Meinungsaustausch über die politische Lage der offizielle Anlass. Und über all dem schwebte die Frage nach der parteiinternen Aufstellung für den Wahlkampf im nächsten Jahr.

»Sei nicht albern, Caro«, unterbrach Lenz' Stimme ihren Gedankenfluss. »Ich meinte natürlich das Baby. Das sah doch supersüß aus, findest du nicht?«

Ach ja. Da war ja noch was. Lenz war auf einem ganz anderen Dampfer unterwegs. Sie spürte, wie er sie von der Seite erwartungsvoll musterte. Da war sie wieder, diese undankbare Wahl zwischen Pest und Cholera. Sollte sie seine Gefühle verletzen, indem sie ihm eine flapsige »Ich bin ein *political animal*, und Kleinkinder werden eh überbewertet«-Replik vor den Latz knallte? Oder ihm um des Weltfriedens und der frühen Stunde willen einfach beipflichten? Sie verdrehte innerlich die Augen und gab ein undefinierbares Geräusch von sich.

Ihre Reaktion schien Lenz' guter Laune keinen Abbruch zu tun. Sie spürte, wie er vor Begeisterung in seinem Sitz auf- und abhüpfte. »Jetzt, wo du's sagst, Caro«, frohlockte er, »darüber wollte ich eh schon die ganze Zeit mit dir reden.« Er streckte seine linke Hand aus und tätschelte ihre rechte, die auf dem Hebel der Automatik lag.

Nur mit Mühe gelang es ihr, nicht zurückzuzucken. Sie hatte doch nichts gesagt. Worüber wollte der Mann also mit ihr reden? Nicht über Krankenkassen, sondern über Babys? Aber jetzt bloß keinen Streit. Den konnte sie um diese Uhrzeit, noch dazu vor einem wichtigen Event und in Kombination mit einem niedrigen

Koffeinpegel, überhaupt nicht gebrauchen. Sie entschied sich, auf die noch regennasse Straße vor sich zu starren, und fabrizierte erneut einen gutturalen Laut.

Lenz streichelte ihre Hand. »Brauchst jetzt nichts sagen, Spatzerl. Ich weiß, das alles kommt vielleicht ein bisschen plötzlich, aber ich denke, wir sollten eine Familie gründen. – Ey!« Er stützte sich mit beiden Händen am Armaturenbrett ab und ließ vorsichtig den Sicherheitsgurt zurückgleiten, in den ihn Carolas Vollbremsung geworfen hatte. »Ist dir was vor den Kühler gerannt? Was haust denn so in die Bremse rein? Fährst halt nicht so schnell, sonst baust noch einen Crash, das sag ich dir!«

Vom Fahrersitz funkelte Carola ihn kurz an, setzte den Blinker und beschleunigte wieder. »Ich schieb das jetzt mal auf die kurze Nacht, dass du so einen Schmarrn erzählst«, sagte sie und sah wieder stur geradeaus.

»Schmarrn? Wieso Schmarrn? Alle Leute kriegen Kinder. Warum nicht auch wir?«

»Weil …«, setzte Carola an, um sich sofort zu unterbrechen. Ja, warum eigentlich nicht? »Ach, Lenz«, seufzte sie und blieb hinter einem Lkw, den sie normalerweise schon längst überholt hätte.

»Also ich hätte wirklich gern Kinder. Und das am liebsten mit dir«, sagte er mit sanfter Stimme.

Carola verspürte erneut das starke Bedürfnis, das Bremspedal durchzudrücken. Verbunden mit dem Wunsch, die Fahrertür aufzureißen und davonzusprinten. Wie wenig kannte dieser Mann sie eigentlich? Spürte er nicht ihren Freiheitsdrang? Ahnte er nicht, dass sie sich nach Orten sehnte, an denen sie noch nie gewesen war? Havanna, Kyoto, Borobudur – das kannte sie nicht, da wollte sie hin. Aber mit Baby? Caro, bitte, schalt sie sich, du bist brutal ungerecht. Erstens nehmen Fluggesellschaften auch Kinder mit und zweitens: Woher soll der Mann das wissen? Schnauze, meckerte ein anderer Teil ihrer selbst sie an, ich glaub, ich werd jetzt langsam sauer.

Sie schenkte Lenz einen langen Blick. »Und wie stellst du dir das vor? Wer soll sich dann um dieses Kind kümmern?«, fragte sie mit süßer Stimme.

Lenz' ungläubiger Blick streifte ihre rechte Wange. »Was meinst denn du, wie alle anderen das machen? Glaubst du, du wärst die erste Frau der Republik, die in Mutterschutz und Elternzeit geht? Aber du hast natürlich recht. Unsere junge Demokratie würde es nicht überleben, wenn du eine Zeit lang nicht das Wahlkreisbüro Ludwig leitest.«

Carola konnte die Verletzung aus seiner Stimme heraushören. *Really?* In letzter Sekunde unterdrückte sie den Impuls, mit der Faust auf das Lenkrad zu hauen. Lenz war getroffen? Und was war mit ihr? Wieso ging er eigentlich davon aus, dass sie sich freudig schwängern lassen würde, um dann zu Hause auf Geburt und Kleinkind zu warten? Um dann am besten jahrelang das Dreieck zwischen Secklerhof, Supermarkt und Spielplatz in den Seeanlagen abzugehen?

Der Jähzorn, ihr alter Bekannter, kämpfte mit ihrer Bauchspeicheldrüse, um sich seinen Weg nach oben, in ihren Brustkorb, ihren Hals und zu ihren Stimmbändern, zu bahnen. Sie presste die Lippen zusammen, um bloß nicht wütend loszubrüllen. Das würde jetzt auch nicht weiterhelfen. Aber wieso schoss ihr gerade jetzt ein Satz durch den Kopf, den sie unlängst gelesen hatte? Dass jemandem den Tod zu wünschen Gartenarbeit als beliebtestes Hobby abgelöst habe? Sie sog Luft durch die Nase ein.

»Wenn du ein Kind willst, wieso gehst du dann nicht in Elternzeit?«, fragte sie in betont leichtem Ton zurück.

Lenz katapultierte sich fast aus seinem Sitz. »Ich? Du bist doch die Mutter!«

Carola schnappte nach Luft und hielt eine Sekunde inne, bevor sie in schallendes Gelächter ausbrach. »Lenz«, japste sie, »das Ding heißt Elternzeit, nicht Mutterzeit. Und wenn du so weitermachst, werd ich nie eine werden.« Sie setzte den Blinker, bog in die Straße zur Polizeiinspektion ab und dachte, dass sie grad noch mal die Kurve gekriegt hatte.

Vom Beifahrersitz erklang ein dumpfes Scheppern.

»Lenz, deine Jacke klingelt«, sagte sie und fuhr auf den Parkplatz.

»Was?«, kam es beleidigt zurück. »Ach ja, wo hab ich es

denn?«, brummte Lenz, grub in seinen Taschen und hielt sein Telefon ans Ohr. »Meisinger!«, bellte er.

Jessas, dachte Carola, ist der angefressen. Der Anrufer möchte ich jetzt echt nicht sein. Sie ließ das Auto vor der KPI ausrollen und hielt an.

»Wo ist der Pollinger? Kämmt der schon wieder seine Haare?«, knurrte Lenz und schien mit der Antwort zufrieden. »Sag ihm, er soll der Otto in der Rechtsmedizin Bescheid geben. – Ach, hast du schon gemacht? Okay, dann noch der KTU. – Aha, auch schon. Ja dann! Wozu rufst du mich an und stiehlst mir meine Zeit?«

Carola legt ihre Hände auf das Lenkrad und verkniff sich ein Grinsen. Beni, der junge Kommissar, war anscheinend wieder mal auf Zack.

»Wie, wo ich denn bleib? Wenns du mal beim Fenster rausschaust und dabei nicht nur in der Nase bohrst, sondern richtig hinschaust, könntest du mich vor der KPI entdecken. – Ob ich schlechte Laune hab? Beni, noch ein Wort und ich versetz dich zu den Fernsehdeppen nach Rosenheim!«

Lenz tippte auf seinem Telefon herum und stopfte es zurück in seine Jackentasche. »Spatzerl, leblose Person am See. Ungeklärte Umstände. Womöglich Tötungsdelikt. Ich muss, pfiat di, wir reden später weiter.« Sprach's, drückte ihr einen flüchtigen Kuss auf die Wange, riss die Beifahrertür auf, sprang hinaus und knallte die Tür hinter sich zu.

Carola sah ihm hinterher. Also wenn du mich fragst, dachte sie, aber mich fragst du ja nicht, hab ich keinen weiteren Gesprächsbedarf. Meiner ist derzeit mit meinem Chef, den Mücken und schreckhaften Nachrückern vollauf gedeckt.

Mücken und andere Tote

Manchmal nervte ihn dieser Job. Nebeneinander und ohne ein Wort miteinander zu wechseln, ging er mit seinem Kollegen Franz Pollinger die wenigen Meter vom Echinger Parkplatz an dem stierblutroten Kiosk vorbei zur Badewiese. Lenz unterdrückte einen Fluch, als er die kleine Menschenansammlung beäugte, die sich am Ende des Fußwegs vor dem rot-weißen Absperrband gebildet hatte. Regten ihn wirklich die Gaffer auf, oder lag ihm noch das Gespräch mit Carola im Magen? Wenn man das überhaupt Gespräch nennen konnte.

»Haben die denn alle keine Arbeit?«

Aus dem Augenwinkel betrachtete er seinen Kollegen Franz Pollinger, der sich mit in die Hüften gestützten Händen umsah. Hatte er doch recht gehabt. Franz hatte sich, während er mit Beni telefonierte, noch einmal die Haare zurechtgelegt. Anders konnte er es sich nicht erklären, dass sie sich perfekt gestylt in der exakt richtigen Melange von Ordnung und Zerrauftheit über seine Ohren wellten. Dann dieses leichte Leinenhemd, schon etwas verwaschen, Ärmel nachlässig hochgekrempelt, und die nur ganz wenig zerfetzten Jeans. Dazu All Stars. Und natürlich war Franz braun gebrannt und bestens gelaunt. Lenz hätte kotzen können.

»Schon«, entgegnete der nichts ahnende Franz fröhlich, »aber du glaubst es kaum, die sind alle auf Urlaub hier. Komm, auf geht's. Sonst ist die KTU noch vor uns da.« Ohne sich zu ihm umzudrehen, schob Franz sich zwischen die Schaulustigen und tauchte unter dem Absperrband hindurch.

Lenz klatschte mit der flachen Hand gegen sein Ohr, vor dem eine Mücke sirrte, und riss sich zusammen. Was half's, ein Mensch war gestorben, da hatte das verunglückte Gespräch mit Carola zurückzustehen. Obwohl ... was sie jetzt wohl dachte? Hatte er sie überrumpelt? Verärgert? Oder fand sie seinen Wunsch einfach nur lächerlich? Am liebsten hätte er sie angerufen, aber dafür war jetzt keine Zeit. Er reckte das Kinn, drängte sich ebenfalls zwischen den Wartenden hindurch und schloss zu Franz auf.

Die abgesperrte Wiese am nördlichen Ende des Ammersees, von Bürokraten »Echinger Erholungsgebiet« getauft, war menschenleer. Nur ganz unten am kiesigen Ufer, neben den zwei großen Weiden, die ihre Zweige dem Wasser entgegenreckten, standen neben einem Rettungswagen und zwei Polizeifahrzeugen rund zehn Leute zusammen. Über die weite Grünfläche hinweg konnte Lenz die Uniformen der Schutzpolizei, der Sanitäter und des Notarztes ausmachen. Von den Ereignissen unberührt lagerten am Rande der sauber gemähten Wiese die obligatorischen Graugänse im Morgenlicht.

Während er neben Franz die baumlose Fläche überquerte, spürte Lenz, wie ihm der Schweiß den Rücken hinunterlief. Die Frühlingssonne wanderte unerbittlich am blassblauen Himmel empor. Oder lag es an seiner erbärmlichen Kondition, dass ihm so heiß war? Er unterdrückte ein Schnaufen und ließ seinen Blick über den Ammersee schweifen, der sich von hier aus gesehen der Länge nach gen Süden erstreckte. Hinter der heute spiegelglatten silbrig glänzenden Wasserfläche erhoben sich die Alpen wie ein grauer Scherenschnitt. Nur weil er wusste, wo er suchen musste, konnte er ganz schwach die Raistinger Satellitenschüsseln und den schlanken Turm des Diessener Marienmünsters erkennen. Schnell wischte er sich die ersten Schweißtropfen von der Stirn.

»Servus miteinander«, grüßte er, um einen jovialen Tonfall bemüht, als sie sich den Uniformierten näherten. »Was ist passiert?«

Ein Schutzpolizist löste sich aus der Gruppe und trat vor. »Servus. Die Leitstelle hat den Notruf um neun Uhr vierzehn empfangen. Leblose Person im Erholungsgebiet Eching. Wir waren zeitgleich mit RKT und Notarzt hier, haben weiträumig abgesperrt. Es gibt Auffälligkeiten, deshalb haben wir euch angefordert«, knarzte er.

Lenz konnte spüren, dass Franz neben ihm grinste. »Danke«, erwiderte er, um Sachlichkeit in der Stimme bemüht. »Was sind das für Auffälligkeiten?« Er registrierte ein ungewöhnliches Geräusch in der Nähe. Weinte da jemand? Ein Junge?

»Spaziergänger wollen ein seltsames Flugobjekt am Himmel gesehen haben«, antwortete der Uniformierte.

Ein Flugobjekt? Morgens am Ammersee? Was sollte Lenz jetzt mit so einer Aussage anfangen? Ufos tauchten vor seinem inneren Auge auf. Langsam wurden wirklich alle irre.

»Ab jetzt übernehmen wir«, sagte er. »Dürfen wir?«

Der Schutzpolizist nickte und trat zur Seite. Lenz nahm eine Frau am Rand der Gruppe wahr, die einen zuckenden Jungen im Arm hielt. Weinte der so laut? Mit drei Schritten stand er neben dem Notarzt, der sich auf den zweiten Blick als Ärztin entpuppte. Die Frau kniete am Boden und beugte sich über einen Körper.

Im kurz gemähten Gras, genau dort, wo die Wiese in den Kiesstrand überging, lag eine weibliche Leiche ausgestreckt auf dem Rücken. Lenz registrierte, dass sie sich vom Wasser abgewandt hatte. War das nicht seltsam? Jeder wollte doch eigentlich den See sehen und nicht das Land. Wahrscheinlich unerheblich, dachte er und fokussierte seinen Blick wieder auf die Tote am Strand. Die dunklen Haare reichten ihr bis zur Schulter, die bloßen Arme waren leicht gebräunt. Ihre weiße taillierte Bluse war offen, sodass ein heller BH darunter hervorsah. Lenz bemerkte eine goldene Uhr mit Krokodillederarmband an ihrem Handgelenk und mehrere Ringe an ihren Fingern. Sie trug einen knielangen dunkelblauen Faltenrock und edel aussehende Lackpumps. Bis auf die aufgerissene Bluse war die Kleidung unversehrt. Allerdings kein Outfit für einen Ammersee-Spaziergang, dachte er. Und wieder flog ihn ein Gedanke an. Kannte er sie nicht von irgendwoher?

»Meisinger, Pollinger, Kripo Weilheim.« Er kniete sich neben die Ärztin. »Was haben wir?«

Die Medizinerin wandte ihren Blick nicht von der Toten ab, nickte nur eine wortlose Begrüßung. »Frau, Mitte dreißig.«

Ihr Tonfall war trocken, sachlich, norddeutsch. Passend zum Aussehen, dachte Lenz: blonder Pferdeschwanz, nicht nur schlank, sondern durchtrainiert. Blitzartig sah er Carola vor sich, und sein Herz machte einen kleinen Satz.

»Ist trotz beherzter Reanimation der Dame da drüben«, die Ärztin deutete auf die Frau mit dem weinenden Jungen im Arm, »vor rund dreißig Minuten verstorben. Als wir eintrafen, konnte ich keine Atmung mehr feststellen, und die Muskulatur war bereits erschlafft. Jetzt setzt die Livoresbildung ein. Sehen Sie hier?« Sie hob die Bluse der Toten an und deutete auf blaulila Flecken an der Taille, bevor sie den Stoffzipfel wieder fallen ließ und sich geschmeidig aufrichtete.

Im ersten Moment war er dankbar, nicht mehr in der unbequemen Hockhaltung ausharren zu müssen. Als er aufstehen wollte, musste er sich abstützen. Inständig hoffte er, dass niemand es bemerkt hatte. Ich muss dringend was für meine Fitness tun, dachte er.

Seine Wangen brannten. Mehr, um dies zu überspielen, als um seine Augen gegen die Morgensonne zu beschirmen, hob er die rechte Hand an die Stirn. »Haben Sie Hinweise auf einen Unfall? Brüche oder Abschürfungen?«

Die Ärztin schob die Unterlippe vor. »Ich konnte nichts feststellen.«

»Ich sehe, dass die Bluse geöffnet ist. Warum –«

»Wegen der Reanimation«, unterbrach ihn die Medizinerin. »Deshalb auch die Druckmale auf dem Brustkorb.«

»Ich weiß, das sollte ich eigentlich nicht fragen: Aber können Sie schon etwas zur Todesursache sagen, Frau Doktor …«, er las den in ihre Jacke eingestickten Namen, »Matthiessen?«

Sie musterte ihn mit einem kühlen Blick aus blauen Augen. »Es deutet einiges auf plötzlichen Herztod hin. Ihre Pupillen sind erweitert, die Haut um die Fingernägel grau verfärbt.« Als sie Lenz' überraschten Gesichtsausdruck bemerkte, hob sie abwehrend die Hände. »Aber nageln Sie mich bitte nicht darauf fest«, erwiderte sie streng. »Insgesamt macht sie einen sportlichen Eindruck.«

»Das will ich meinen«, brummte Lenz, hörte aber selbst, wie viel Skepsis in seiner Stimme lag.

Die Notärztin zog spöttisch die linke Augenbraue nach oben, ihr Blick wurde noch eine Nuance kälter. »Plötzlicher Herztod gehört zu den häufigsten Todesursachen in Deutschland. Rund zweihunderttausend Menschen versterben daran pro Jahr. Und nicht alle hatten einschlägige Vorerkrankungen oder ein durch einen überstandenen Infarkt geschädigtes Herz.« Sie schien Lenz' kritischen Blick zu bemerken. »In etlichen Fällen bleiben Schädigungen des Herzens ein Leben lang unentdeckt. Sie können genetisch bedingte Fehlbildungen haben und nichts davon wissen. Per se kommt das auch bei jungen Menschen vor.«

Lenz dachte eine Sekunde nach. Was sollte dieser Hinweis? »Was schließen Sie daraus?«, fragte er dann.

Die erhobene linke Augenbraue zog sich mit der rechten zusammen, und eine tiefe Falte bildete sich auf der Stirn der Notärztin. Ob aus Zorn oder Genervtheit, konnte Lenz nicht sagen. Er tippte auf Letzteres.

»Wie Sie wissen oder zumindest wissen sollten, kann ein plötzlicher Herztod sowohl eine natürliche als auch unnatürliche Ursache haben«, entgegnete sie schnippisch.

Genervt also. Lenz sah in ihre blauen Augen. Nein, du bist nicht meine Caro, dachte er. Die hätte jetzt einen Witz auf meine Kosten gemacht und mich ausgelacht. Bei dem Gedanken an Carola wurde ihm warm ums Herz. »Sie meinen –«, hob er an.

»Was ich meine, ist«, unterbrach sie ihn unwirsch, »dass man einen plötzlichen Herztod mittels einer fahrlässig oder vorsätzlich fehlerhaften Medikamentengabe verursachen kann. Außerdem kann man sich überanstrengen oder sich im wahrsten Sinne des Wortes zu Tode erschrecken. Auch das kann durch Zufall oder mit Vorsatz geschehen.«

Ein Fall vor zwei Jahren fiel Lenz ein, in dem Betablocker, die bei Herzproblemen ärztlich verordnet worden waren, eine fatale Rolle gespielt hatten. Vor diesem Hintergrund musste er der Ärztin zustimmen. Er wechselte das Thema. »Das wissen wir aber erst –«

»Wenn weitere Anhaltspunkte zur Todesursache ermittelt worden sind«, fiel sie ihm erneut ins Wort, »und zwar durch

Sie. Mir bleibt nur, eine unnatürliche Todesursache festzustellen und eine Obduktion anzuordnen.«

Die lässt mich nicht ausreden, dachte er. Ich kann keinen Satz zu Ende bringen, geschweige denn einen Gedanken ausformulieren. Er beschloss, sich nicht anmerken zu lassen, dass ihre Art ihn stresste. »Sie vermerken das entsprechend auf dem Totenschein?«, fragte er, um einen sachlichen Ton bemüht.

»Sicherlich.« Doch ihr Blick strafte ihre Zustimmung Lügen. »Aber dafür müsste ich noch das Einverständnis der Angehörigen einholen, es sei denn, Sie veranlassen eine gerichtliche Obduktion. War es das jetzt?«

Diese Augen erinnern mich an die Farbe von Grönlandeis, dachte Lenz. So kalt. »Von meiner Seite aus –«

»Wenn dein Informationsbedarf gedeckt ist, Kollege Meisinger, hätte ich da noch eine Frage an Sie, verehrte Frau Dr. Matthiessen«, unterbrach ihn Franz und trat an seine Seite.

Ja Himmel, fällt der mir auch noch ins Wort! Zum zweiten Mal an diesem Tag spürte Lenz den Wunsch zu fluchen. Aber niemand beachtete ihn mehr.

Ein strahlendes Lächeln breitete sich auf dem Gesicht der Ärztin aus. Zwei Grübchen erschienen auf ihren Wangen. Und ihre Augen – waren die nicht eigentlich veilchenlila?

»Ja bitte, Herr Kommissar?« Die Medizinerin lächelte in Franz' Richtung. »Was kann ich für Sie tun?«

»Franz«, entgegnete Lenz' Kollege, »einfach nur Franz. Während ich meine Kollegen von der Schutzpolizei befragt habe, hörte ich Sie sagen, man könne sich zu Tode erschrecken. Was meinen Sie damit? Hier«, er zog eine Visitenkarte aus der Brusttasche, »meine Karte.«

Habe ich mich gerade in Luft aufgelöst?, fragte sich Lenz. Nur mit Mühe konnte er seine Kinnlade daran hindern, herunterzuklappen. Was ging hier vor sich? Nein, er bildete sich das nicht ein, eine leichte Röte überzog jetzt das Gesicht der Notärztin! Und überhaupt, wo hatte Franz denn seine Ohren?

Das Strahlen der Ärztin wurde noch ein paar Lux heller. Mit der Karte in der Hand antwortete sie: »Das haben Sie vollkommen richtig gehört«, sie pausierte eine halbe Sekunde, »Franz. Es scheint hier heute Morgen zu einem, sagen wir mal, Vorfall gekommen zu sein. Als wir eintrafen, hat die Dame dort drüben nicht nur reanimiert, ihr Sohn stand auch heftig weinend daneben. An Ihrer Stelle würde ich da mal ansetzen.« Sie lachte Franz fröhlich ins Gesicht.

Lenz wurde es langsam zu bunt. »So«, fuhr er dazwischen, bevor Franz antworten konnte. »Danke für den Hinweis, Frau Dr. Matthiessen. Wir empfehlen uns, habe die Ehre.« Er drehte sich um und ging einige Schritte Richtung Wiese. »Franz, hast du mal eine Minute?«

Mit dem Rücken zum See baute sein Kollege sich neben ihm auf und stopfte seine Hände tief in die Taschen seiner Designerjeans. »Sapperlot, Lenz. Das ist doch mal ein Superweib, gell?«

»Sag mal, Franz, geht's eigentlich noch?«, zischte Lenz und bereute die Frage schon in der Sekunde, in der sie seinen Mund verlassen hatte.

Sein Partner schenkte ihm denn auch nur einen langen fragenden Blick.

»Hast du nichts Besseres zu tun, als mit dem medizinischen Personal zu flirten?«, legte er trotzdem nach.

Franz grinste breit. »Ich flirte nicht, ich bin charmant. Solltest du auch mal versuchen. Macht Spaß und schenkt deinen Mitmenschen sehr viel Freude. Im Übrigen«, er hob die Hände, um Lenz' Retourkutsche abzuwehren, »habe ich ermittelt, um wen es sich bei der Toten handelt.«

»So.« Lenz verschränkte seine Arme vor der Brust. Er musste sich zusammenreißen, sonst würde es noch offensichtlicher werden, wie mies drauf er heute Morgen war. Und Franz würde mit zwei Fragen herausfinden, dass er sich mit Caro gestritten hatte. Was er kommentieren würde. Und auf süffisante Bemerkungen seines Partners verspürte er so gar keine Lust. »Dann lass mal hören.«

»Die Kollegen von der Schutzpolizei haben die Handtasche der Toten sichergestellt, ein sündhaft teures Chloé-Modell. Darin befand sich neben Schlüsseln, einem ausgeschalteten Telefon, Make-up und einer Geldbörse mit fünfhundert Euro auch ein Ausweisetui.«

»Und?« Lenz fühlte sich von Sekunde zu Sekunde unwohler. Es wurde immer wärmer, um nicht zu sagen heiß, aber außer ihm schien das niemanden zu stören.

»Bei der Frau handelt es sich um Lisa-Maria Gruber, dreiunddreißig Jahre alt, wohnhaft in Finning, Mühlstraße 5. Ihrer Visitenkarte nach zu urteilen, ist beziehungsweise war sie die Pressesprecherin des Landrats.«

»Ah, deshalb kommt sie mir bekannt vor.« Pressesprecherin vom Schuster. Da schau her. Wie interessant! Die trüben Gedanken an Caro waren auf einmal wie weggeblasen. Das war ja mal ein Ding. Lenz kramte in seinem Gedächtnis. »Ich glaub, das letzte Mal hab ich sie beim Neujahrsempfang des Landrats gesehen. Aber was tut eine Pressesprecherin um diese Uhrzeit am See? Muss sie nicht arbeiten und, du weißt schon«, er wedelte mit den Händen durch die Morgenluft, »mit der Presse sprechen?«

»Das kann ich dir auch nicht sagen, Lenz.« Franz zuckte lässig die Schultern. »Aber im Zweifelsfall geht uns das nichts an.«

Lenz bedachte seinen Kollegen mit einem kritischen Blick. »Du siehst keine Anzeichen für ein Tötungsdelikt?«

Wieder nachlässiges Schulterzucken. »Mei, du hast die Notärztin doch gehört. Es deutet einiges auf einen plötzlichen Herztod hin. Und so schnell wird man nicht Opfer eines Gewaltverbrechens da bei uns am Ammersee.«

»Aha.« Lenz' Unwohlsein kehrte zurück und mischte sich mit Frustration und Ärger. »Und was ist mit den Hinweisen auf ein Flugobjekt? Und der Frau, die die Tote reanimieren wollte, und ihrem weinenden Sohn? Sollen wir dem nicht nachgehen? Oder diente deine Recherche nur dem Zweck, dem, ich zitiere, ›Superweib‹ deine Visitenkarte zuzustecken?«, sagte er mit mehr Sarkasmus in der Stimme, als ihm eigentlich lieb war. Schließlich hatte Franz einen echten Ermittlungserfolg vorzuweisen. Und was tat er? Pampte ihn an. Er sah sich um. Wo steckte die Frau mit dem Jungen eigentlich?

»Kommst du?«, fragte er seinen Kollegen und wandte sich ab. Das war heute wirklich nicht sein Tag. Erst Caro und dann das hier. Streit mit Franz. Wie konnte der so einfach gegen das Berufsethos eines bayerischen Staatsbeamten verstoßen und die Ärztin anmachen? Er ging auf die Gruppe Uniformierter zu in dem Wissen, dass Franz ihm trotz der Auseinandersetzung folgen würde.

Als er die Polizisten umrundet hatte, stand die sportlich gekleidete, drahtige Mittfünfzigerin vor ihm. Sie umarmte noch immer ihren Sohn.

»Meisinger, Kripo Weilheim«, stellte Lenz sich vor. »Und Sie sind?«

»Carmen Schmitz aus Wuppertal-Elberfeld. Unser Wohnmobil steht in Utting.« Sie reichte ihm über die Schulter des Jungen hinweg die Hand. »Das ist Timo, mein Sohn.«

Lenz betrachtete eine Sekunde lang den Hinterkopf des Jungen. Was war so schlimm, dass er seit ihrem Eintreffen nicht aufsah? »Frau Schmitz, von der Notärztin wissen wir, dass Sie die Erste vor Ort waren und Erste Hilfe geleistet haben. Können Sie uns aus Ihrer Sicht erzählen, was hier vorgefallen ist?« Er las in den Gesichtszügen der Frau und sah mit Verwunderung, dass sich ob seines Lobes Unwohlsein statt Stolz darin widerspiegelte. Warum waren seine Worte ihr unangenehm?

Sie zog ihren Sohn noch fester an sich. »Nun, wie ich schon sagte, unser Wohnmobil steht in Utting. Timo hat im Urlaub immer seinen Laptop dabei.«

Lenz bemerkte, wie eine tiefe Röte das Gesicht der Frau überzog. Der ist nicht nur etwas unangenehm, irgendetwas ist da faul. Er sah ihr in die Augen und nickte schweigend.

»Genau, also der Laptop ist immer dabei«, fing die Mutter erneut an. »Und Timo hatte wohl irgendwo von dieser Drohne gelesen.«

»Was für eine Drohne?«, fragte Franz, der hinzugetreten war, mit sanfter Stimme.

Die Frau ließ ihren Blick von Lenz zu Franz wandern. Ein Lächeln überzog ihr Gesicht. »Haben Sie das nicht mitgekriegt?

Hier in Eching soll eine Drohne gegen die Mücken eingesetzt werden«, sagte sie und strich ihrem Sohn liebevoll über den Rücken.

»Ah, ja, genau.« Franz versetzte Lenz einen Knuff mit dem Ellbogen, wie um ihm zu bedeuten, sich fürs Erste rauszuhalten. »Davon hab ich auch gelesen. Die Mückenlarven sollen mit irgendeinem Mittel besprüht werden, an dem sie dann eingehen. Diese, mit Verlaub, Drecksarbeit will man eine Drohne erledigen lassen.«

»Das Zeug heißt BTI«, nickte die Frau. »Das ist ein Eiweißkristall und lagert sich im Darm ein. Daran sterben die Mistviecher dann. Heute sollte die Drohne erstmals getestet werden. Genau hier.«

»Und das hat was mit Ihrem Sohn zu tun?«, schaltete Lenz sich wieder ein.

»Nun, Sie müssen wissen, er ist supergut mit diesem Computerkram. Er hat auch schon so Apps, also so Programme für Handys, geschrieben. Und verkauft!« In ihrem Blick lag jetzt eine Mischung aus Trotz und Mutterstolz.

»Frau Schmitz, bitte.« Franz' Tonfall war sanft und freundlich – aber auch bestimmt.

Sie sah ihn flehend an. Aber anscheinend ließ sie das, was sie in Franz' Gesicht sah, die Augen niederschlagen. Sie drehte ihr Gesicht in den Junihimmel, als könnte sie von oben Hilfe erwarten. Eine Träne rollte über ihr Gesicht. »Nun«, sie räusperte sich, »ich denke mal, er hat die Drohne gehackt.«

Der Junge an ihrem Hals stieß ein Wimmern aus.

Herrgottsakra… Lenz rang um Fassung. Eine Drohne gehackt? Ein Teenager? Was waren das bloß für Zeiten! »Und wie soll er das gemacht haben?«, wollte er betont sachlich wissen.

Mit der freien Hand wischte die Frau sich die Träne von der Wange. »Das dürfen Sie mich nicht fragen. Ich versteh nichts von Technik, ich benutze sie nur. Ich hatte doch keine Ahnung!« Sie starrte die Kommissare an. »Wir sind heute Morgen mit dem Fahrrad hergefahren. Das machen wir öfter. Ich mache dann immer meine Yogaübungen auf der Wiese dort. Das dauert so fünfundvierzig Minuten. Timo hat auf der Bank gesessen und mit seinem Handy gespielt. Hab ich zumindest gedacht.«

Lenz schwieg und hoffte, dass Franz es ihm gleichtun würde.

»Plötzlich tauchte diese Drohne über uns auf«, fuhr die Frau fort. »Timo hat gelacht und überhaupt nicht mehr aufgehört. Ich hab ihn auf der Bank sitzen sehen und ihn gerufen. Aber er hat mich nicht gehört, ich war zu weit weg. Und dann habe ich die Drohne gesehen. Sie ist steil aufgestiegen und wieder runtergeflogen. Immer wieder, ganz wild. Hin und her, kreuz und quer.« Mit ihrer freien Hand malte sie Zacken in die Luft.

»Und dann haben Sie beobachtet …?« Lenz versuchte, freundlich zu klingen.

Sie sah ihn mit schreckgeweiteten Augen an. »Wie diese Frau auf einmal umgefallen ist. Aber ich hatte sie schon vorher gesehen. In ihrem schicken Rock und der weißen Bluse ist sie vor mir über die Wiese zum See gegangen. Da hab ich gerade den Krieger zwei gemacht. Sie hat sich umgesehen und sich immer wieder geduckt, obwohl die Drohne ganz weit weg war. Aber plötzlich ist sie umgefallen wie ein nasser Sack und hat sich nicht mehr bewegt. Ich bin zu ihr gerannt, hab ihren Puls gesucht und mit der Reanimation begonnen.« Die Tränen liefen ihr in Strömen über das Gesicht.

»Und die Drohne?«, fragte Franz leise.

»War auf einmal weg.« Sie rieb sich wie erschöpft über die Augen.

Lenz nickte bedächtig, trat näher und legte dem Jungen die Hand auf die Schulter. »Timo«, sagte er, »schau mich mal an.«

Im Zeitlupentempo löste sich der Junge von seiner Mutter und drehte sich zu ihm um.

Lenz sah in ein verquollenes rotes Teenagergesicht. »Ist es so gewesen, wie deine Mutter gesagt hat? Hast du die Drohne gehackt?«

Ein Schluchzer schüttelte die Schultern des Jungen. Er nickte mit gesenktem Kopf und wischte sich mit dem Handrücken den Rotz von der Nase. »War ganz einfach«, flüsterte er.

Ganz einfach! Lenz bemühte sich, ein Grinsen zu unterdrücken. »Du hast sie hergeflogen und dann ein paar Loopings gedreht, gell?«

Der Junge nickte, den Blick auf den Boden gerichtet, und kickte einen Stein mit dem Fuß in die Wiese.

»Und als du deine Mutter schreien hörtest, hast du die Drohne wieder freigegeben und 112 gewählt.«

Zum ersten Mal sah ihm der Teenager in die Augen. »Ja, hab ich«, flüsterte er.

Lenz klopfte ihm auf die Schulter. »Das hast du richtig gemacht.«

Ein schwaches Lächeln überzog das Gesicht des Jungen.

»Aber es ist dir bewusst, dass es nicht in Ordnung war, die Drohne zu kapern, nicht wahr? Und dass dir beziehungsweise deinen Eltern, weil du noch nicht volljährig bist, gewaltiger Ärger droht, wenn der Besitzer dich anzeigt?«

Timo zog die Nase hoch und nickte langsam. »Und was ist mit der Frau?«, fragte er leise.

Lenz verspürte erneut das Bedürfnis, dem Jungen eine Hand auf die Schulter zu legen. »Frau Schmitz«, wandte er sich an die Mutter, »ich kann mir denken, warum Ihr Sohn so erschüttert reagiert. Was genau hier heute Morgen passiert ist, wissen wir noch nicht. Um das genauer sagen zu können, müssen noch einige Untersuchungen gemacht werden. Ihr Sohn vermutet anscheinend, dass es einen direkten Zusammenhang mit dem Todesfall und der von ihm gelenkten Drohne gibt. Einiges deutet darauf hin, dass das nicht der Fall ist.«

Als er das Lächeln auf dem Gesicht der Mutter sah, hob er beschwichtigend die Hände. »In anderer Hinsicht muss ich Ihre Besorgnis allerdings bestätigen. Sie werden womöglich wegen der Beschädigung von Sacheigentum angezeigt werden. Zumindest dann, wenn der Eigentümer der Drohne das so sieht. Und womöglich werden die Angehörigen der Verstorbenen zivilrechtlich gegen Sie vorgehen und Sie auf Schadensersatz und Schmerzensgeld verklagen.«

Erneut riss sie die Augen auf. »Was bedeutet das?«

»Dass wir jetzt erst einmal abwarten, was die weiteren Untersuchungen ergeben. So schlimm wird es schon nicht werden.« Lenz drehte sich um und winkte einem Schutzpolizisten zu. »Mein Kollege wird jetzt Ihre Personalien aufnehmen. Sie geben bitte auch an, wie lange Sie noch am Ammersee sein werden und wann genau Sie abreisen wollen. Und ich muss Sie auffordern, in Zukunft Ihrer Aufsichtspflicht besser nachzukommen. Sie müssen wissen, was Ihr Sohn tut.« Er tippte sich an einen imaginären Hut, drückte noch einmal die Schulter des Jungen und wandte sich ab.

Am anderen Ende der Wiese tauchten fünf Männer in Overalls mit Aluminiumkoffern aus der Gruppe der Schaulustigen auf, gefolgt von einer kompakten blonden Frau. »Franz, schau. Die KTU und die Otto.«

»Also«, sagte sein Partner, ohne auf ihn einzugehen, »der Bub kannte die Gruber nicht. So wie ich das sehe, gibt es keine Verbindung, geschweige denn Hinweise auf einen Vorsatz. Ideen wie die, dass er die Drohne als Tatwaffe eingesetzt hat, halte ich für abwegig. Das war ein Dummejungenstreich. Ein rechtlich relevanter, aber dennoch ein Streich.«

Mit Erleichterung registrierte Lenz, dass die Notärztin bereits wieder ihr Fahrzeug belud. Ein nervender Nebenkriegsschauplatz weniger. »Plötzlicher Herztod hin, hackender Teenager her, hier gibt es Hinweise, die wir nicht einfach ignorieren können. Sagst du der Matthiessen bitte, dass wir der Staatsanwaltschaft Bescheid geben? Und Beni soll im Landratsamt anrufen und die Mitteilung machen, dass Frau Gruber verstorben ist. Sonst melden die sie noch als vermisst.« Franz brummte nur zur Antwort.

Caro hatte auch so vor sich hin geknurrt, vorhin im Auto, dachte Lenz, während er sich mit dem Finger an der Innenseite des Hemdkragens entlangfuhr. War das warm. Was hätte er dafür gegeben, jetzt unter dem Vordach seines Elternhauses auf dem Bankerl im Schatten zu sitzen, ein kaltes Helles in der Hand, Carola im Arm. Stattdessen stand er auf einer Wiese ohne Schatten und musste sich mit einer toten Frau beschäftigen. Er setzte sich in Bewegung.

Er wollte gerade einen Schutzpolizisten ansprechen, als ein Geräusch seinen Gedankenfluss unterbrach. Mit dem lauten Flopp-flopp-flopp ihrer Schwingen startete am anderen Ende der Wiese die Gruppe Graugänse und flog schreiend über ihn hinweg, hinaus auf den See, den Bergen entgegen. Lenz sah ihr hinterher. Und spürte ein Sehnen, das ihn fast überwältigte.

Weißwurstfrühstück

»Da seids ja endlich. Schickts euch, die Ersten sind schon da.« Bundestagsabgeordneter Johannes Ludwig stand in der Tür seines Hauses und winkte seinen beiden Mitarbeitern, die eben noch die Gartenpforte hinter sich zuzogen, ungeduldig zu.

Servus, Johannes, ich finde es auch schön, dich zu sehen, dachte Carola. Sie warf einen Blick auf ihre Armbanduhr. Neun Uhr fünfundvierzig. Von der KPI war sie mit dem kleinen Umweg über das Wahlkreisbüro direkt zu ihrem Chef gefahren. Es waren noch satte fünfzehn Minuten bis zum Beginn des Frühschoppens. Mutter werden, will ich das?, schoss es ihr durch den Kopf. Was wäre, wenn ich mal ein paar Jahre zu Hause …? Stopp!, unterbrach sie ihre Gedanken.

Sie sah sich zu ihrem Kollegen Seppi um, der grinsend hinter ihr hertrottete und mit den Schultern zuckte. Unwillkürlich dachte sie wieder an Lenz. Hatte er das ernst gemeint? Wollte er wirklich ein Kind mit ihr? Oder war das ein Anzeichen für eine sich anbahnende Midlife-Crisis? Und wieso freute sie sich eigentlich nicht? Jetzt hörst du aber mal damit auf, wies sie sich selbst zurecht. Die Sonne scheint, und die Blumen blühen hier wieder. Kein Grund, Trübsal zu blasen. Schnellen Schrittes durchquerte sie den Garten ihres Chefs, der vor einem Jahr nach einem Glyphosatanschlag noch einer graubraunen Wüste geglichen hatte.

»Caro«, empfing Ludwig sie in der Tür, »gut, dass wir das heute machen. Diese ganze Mückensache fliegt uns gerade derartig um die Ohren, du glaubst es nicht. Seppi, grüß dich.« Er schüttelte seinen Mitarbeitern die Hand. »Geht einfach durch nach draußen, die Ersten hocken schon da, möchten aber am liebsten gleich wieder fort.« Er lachte ein kleines, bitteres Lachen.

Carola zog die Augenbrauen in die Höhe und folgte ihrem Arbeitgeber auf das Holzdeck hinterm Haus. Nach dem morgendlichen kurzen Schauer war es schon wieder sommerlich warm, aber noch nicht heiß. Unter einer ausladenden Markise war ein großer ovaler Tisch weiß gedeckt. In großen Löwenkopfterrinen schwammen Weißwürste, frische Brezn hingen an hölzernen Ständern, und dazwischen standen Teller und Weißbiergläser. Sämtliche Zutaten für ein politisches Weißwurstfrühstück standen bereit, für angeregte Gespräche und den einen oder anderen Witz auf Kosten des politischen Gegners. Die vier Personen, die bereits Platz genommen hatten, betrachteten ihre Schuhe. Es herrschte betretenes Schweigen.

»So«, Carola spürte, wie Ludwig sie an der Schulter nach vorn schob, »das hier sind meine Mitarbeiter, die Caro und der Seppi. Die könnt ihr immer ansprechen, wenn ihr ins Wahlkreisbüro kommt.« Er lachte gekünstelt.

Jesus, Maria und Johannes, dachte Carola, was ist hier denn los? Die hocken alle da, als ob sie gleich zur Schlachtbank geführt werden. Da muss aber Feuer unterm Dach sein, wenn du jetzt schon uns vorschiebst.

Ein schlanker dunkelhaariger Mittfünfziger, der auf einer Stuhlkante rechts von ihr hockte, stand denn auch auf und stellte sein kaum angetrunkenes Weißbier auf den Tisch. »Sei mir nicht bös, Johannes«, sagte er, »du weißt, dass ich dich und deine Arbeit für die Region über jede Parteigrenze hinweg sehr zu schätzen weiß … Aber was grad da bei uns los ist, das geht weit über das erträgliche Maß hinaus. Da kannst du es niemandem verdenken, dass er nicht ›Hier!‹ schreit, wenn er gefragt wird, ob er politische Verantwortung übernehmen will.«

»Ich weiß, Leopold, ich weiß.« Johannes war neben den Mann getreten und klopfte ihm auf die Schulter.

Ah, dachte Carola, das ist also Dr. Leopold Aigner, Gemeinderat für die Unabhängigen Bürger. Und die da muss seine Frau sein. Carola musterte die schmale aschblonde Frau, die neben Aigner mit gefalteten Händen auf einem Stuhl saß.

»Was weißt du, Johannes?«, kam es von der Terrassentür. »Dass bald der halbe Gemeinderat sein Amt niederlegt, wenn's so weitergeht?« Ein Hüne in Jeans und Karohemd polterte über das Holzdeck und ließ seine Pranke auf Ludwigs Schulter krachen.

»Das will ich doch nicht hoffen, Max«, antwortete Carolas Chef mit leicht schmerzverzerrtem Gesicht. »Bine, grüß dich«, empfing er eine hübsche Mittdreißigerin mit Schneckerllocken im Schlepptau des Mannes. »Bedient euch bitte.«

»Maximilian und Sabine Anklam«, flüsterte Seppi Carola ins Ohr. »Er ist selbstständiger Zimmerer und für die Grünen im Gemeinderat. Sie ist Kinder- und Jugendpsychologin und hat eine eigene Praxis. Sie kümmert sich um traumatisierte Kinder. Menschlich sind die beiden ganz weit vorn, finde ich. Und die da drüben«, sein Daumen deutete auf ein Paar mittleren Alters in Tracht, das mit ernster Miene am oberen Ende des Tisches saß und weder Besteck noch Gläser anrührte, »sind Franz und Uschi Aufkammer. Er ist Landmaschinenhändler und sitzt, bestimmt erinnerst du dich, für die Freien Wähler im Gemeinderat. Sie macht die Buchhaltung, wie sich das gehört.« Er kicherte und wich geschmeidig Carolas Ellbogen aus, den sie ihm in die Rippen rammen wollte.

»Hast heute Morgen wieder einen Kasper gefrühstückt, Seppi?«, zischte sie in sein Ohr. »Apropos Kasperletheater: Braucht man neuerdings als Gemeinderat einen Nachnamen mit A?«

Seppi hob grinsend die Schultern.

»Wollen wir noch auf den Friedel warten?«, fragte Ludwig, als ein drahtiger Mann mit schütterem Haar, eine Brünette hinter sich herziehend, das Holzdeck betrat. »Ah, Friedhelm, Joseffa, da seids ihr ja. Hockts euch hin, wo noch Platz ist.«

Ludwig breitete seine Arme aus. »So, dann noch einmal ein herzliches Grüß Gott. Schön, dass ihr der Einladung meiner Frau, die sich entschuldigen lässt, und mir zum politischen Weißwurstfrühstück gefolgt seid. Ich wollte diese Runde nutzen, um euch über aktuelle Themen in Berlin –«

»Ja so ein Schmarrn, Johannes!«, fiel ihm der Zimmerer ins Wort. »Dafür hab ich keine Zeit net. Wir müssen reden, wie es weitergeht mit dene Mücken und dem Gemeinderat.«

Carola kniff Seppi in den Oberschenkel und ignorierte seinen unterdrückten Schmerzschrei, als fraktionsübergreifend Zustimmung geknurrt wurde. »Das hätte ich jetzt nicht gedacht, dass die sich alle mal so einig sind«, nuschelte sie ihm zu.

»Pack schlägt sich, Pack verträgt sich. Hat meine Oma schon gewusst.« Er rieb sich den Oberschenkel.

Mit beiden Händen winkte Ludwig das Geplänkel ab. »Ihr kennt doch alle die Rechtslage. BTI ist ein zugelassenes Insektizid zur Mückenbekämpfung. Wenn die Gemeinden rund um den Ammersee sich für dessen Einsatz aussprechen und die Regeln eingehalten werden, ist dagegen nichts einzuwenden.«

»Nichts einzuwenden, nichts einzuwenden. Das kann auch nur einer sagen, der nicht andauernd angeredet wird, wenn er im Supermarkt an der Kasse steht«, schnaubte Sabine Anklam, die Frau des Zimmerers, und schüttelte empört ihre Locken. »Ich weiß ja nicht, wie ihr das seht, aber ich empfinde das als Grenzüberschreitung. Total übergriffig. Das ist Mobbing, psychische Gewalt.« Um den Tisch wurde einhellig Beifall gebrummt.

»Johannes, hast du eigentlich schon mal die Kommentare zu diesem BTI-Zeugel in der Facebook-Gruppe ›Du kommst aus Diessen‹ gelesen?« Friedhelm Albrecht hatte sich hinter dem Stuhl seiner Frau aufgebaut und legte ihr eine Hand auf die Schulter. »Uns wird mehr oder weniger persönlich gedroht. Hast du mal, Seffa?« Seine Frau reichte ihm ein Handy. »Hier. ›Wanns du in den Gemeinderat kommst und für BTI stimmst, hast du uns die längste Zeit beraten.‹ Sorry, Johannes, du kennst mich, ich bin ein politischer Mensch und kann auch einstecken, aber das geht jetzt zu weit. Ich kann doch nicht mein Unternehmen für einen Posten im Gemeinderat aufs Spiel setzen. Verstehst du, das ist existenziell!« Er sah hilfeheischend in die Runde und erntete leises Knurren.

Ludwig nickte bedächtig. »Und aus diesem Grunde plädiere ich dafür, die Diskussion aktiv anzugehen. Ich schlage vor, dass wir –«

»Welche parteipolitischen Interessen verfolgen Sie denn mit Ihrem Vorschlag, Herr Ludwig?«, kam es kühl vom unteren Ende des Tisches.

Carolas Chef ließ die Schultern sinken, als wäre er plötzlich unglaublich erschöpft. »Gar keine, Herr Aufkammer, gar keine. Ich bin an der Sache interessiert. Und darüber hinaus kann ich Ihnen versichern, dass ich weiß, was Sie und ihr durchmacht. Ich bin in der genau gleichen Lage. In Berlin wird mit sehr harten Bandagen gekämpft und beileibe nicht nur in den politischen Gremien. Wir werden von jeder erdenklichen Seite wegen allem und jedem angegriffen. Auch wenn wir damit nichts zu tun haben.«

Die Männer nickten und gaben kehlige Laute von sich, die Frauen schwiegen.

Das kannst du aber laut sagen, dachte Carola und erinnerte sich an ein rauschendes Fest im Sommer letzten Jahres. Was ein schöner Abend hätte werden sollen, eine Party, um einen für alle Seiten gelungenen Kompromiss in Sachen Geothermiekraftwerk zu feiern, hatte ein verwirrter Geist fast in ein Blutbad verwandelt. Aber wieso führen hier eigentlich nur die Männer das Wort?

»Ich möchte allen Parteien und Fraktionen im Gemeinderat meine Unterstützung anbieten«, versuchte Ludwig, die Geräuschkulisse zu übertönen. »Ich bin da ein unverbesserlicher Optimist. Eine Versachlichung würde der Diskussion guttun. Deshalb könnten mein Team und ich« – er deutete auf Carola und Seppi – »beispielsweise gemeinsame Veranstaltungen organisieren, um über den Einsatz von BTI zu informieren. Damit lösen wir das Thema von uns als Personen ab und gehen aktiv gegen die persönlichen Angriffe und Diffamierungen vor. Was meint ihr?« Er strahlte von einem zum anderen.

Schweigen. Kein Brummen, kein Knurren, einfach nur Schweigen.

»Oh-oh«, hauchte Seppi in Carolas Ohr, und sie musste sich zusammenreißen, um nicht zu nicken.

»Weißt, Johannes, damit ist nichts gewonnen.« Leopold Aigner war aufgestanden. »Wir alle sind Unternehmer. Manche von uns erst seit Kurzem. Und mehr oder weniger nah an dem BTI-Thema dran. Ich mit meiner Firma sowieso, der Herr Aufkammer mit seinen Drohnen mittelbar und bei dir, Friedel, bildet BTI doch einen deiner Beratungsschwerpunkte. Wir sind also alle direkt betroffen.« Er sah in die Runde, in der genickt wurde. »Und als Politiker stecken wir auch mit drin«, fuhr er fort. Wieder wurde rund um den Tisch gebrummt. »Wir alle haben Familie, die meisten Kinder. Wir haben keine Zeit, in der Mehrzweckhalle rumzusitzen und Maulaffen feilzuhalten.«

»Also ich für meinen Teil hab meine Position dargelegt. Unter diesen Voraussetzungen stehe ich für ein politisches Amt nicht zur Verfügung. Tut mir leid, Johannes.« Albrecht, der immer noch hinter seiner Frau stand, reichte ihr das Telefon zurück und tippte ihr auf die Schulter. Wie auf Befehl stand sie auf.

Carola beobachtete die beiden. Die Frau hat kein einziges Wort gesagt, dachte sie. Hat einfach nur dagesessen und auf Knopfdruck, nein, auf Fingertippen ihrem Mann assistiert.

»Meine Frau und ich empfehlen uns«, unterbrach dessen Stimme ihre Gedanken. »Danke für die Einladung, Johannes.«

Mit erstauntem Blick schüttelte Carolas Chef die Hände des Ehepaars.

»Also wenn das so ist, mir pressiert's auch. Ich muss weiter. Bine, kommst du? Habe die Ehre, Johannes.« Der Zimmerer ergriff die Hand seiner Frau und war so schnell verschwunden, wie er gekommen war.

»Wir halten Sie dann auch nicht länger auf, Herr Ludwig.« Mit ernsten Mienen einen Abschiedsgruß nickend, schritten die Aufkammers an Ludwig vorbei.

»Nimm's nicht so schwer, Johannes. Es kommen auch wieder bessere Zeiten.« Leopold Aigner, seine Frau im Schlepptau, klopfte Ludwig beim Abschied auf die Schulter.

Bis auf die Anklam haben alle Weiber keinen Ton gesagt, dachte Carola, als ihr Chef sich vor ihr aufbaute und die Arme ausbreitete.

»Hund sind s' schon. Bewerben sich um politische Verantwortung oder haben sie bereits, aber wenn's nass reinzugehen droht, halten sie sich raus. Was sagst du dazu, Caro?«

»Ganz ehrlich? Das nenn ich mal einen Schlag ins Wasser«, antwortete sie. »Ich –«

Seppi quiekte und zog sein Telefon aus der Tasche. »Leute, das hier betrifft uns. Ehe wir weitermachen, lasst mich eben mal lesen, was das ist. Ich hab einen Alarm eingestellt …« Er warf einen längeren Blick auf das Display und reichte das Handy seinem Chef. »Das musst du lesen, Johannes. Bevor es von den Admins gelöscht wird. Geht dich was an.«

Ludwig hob die Augenbrauen. »Wieder diese Facebook-Gruppe?«

Seppi nickte.

Ludwig las laut vor: »›Dich, wenn ich erwisch.‹« Er sah vom Display auf. »Will da jemand eine Mücke abknallen?«

Carola reckte ihren Hals, um auf das Display sehen zu können. »Ich glaube, damit bist eher du gemeint.«

»Mei, das ist doch lustig.« Ludwig versuchte ein Lachen.

Seppi wedelte matt mit der Hand. »Geht aber noch weiter.«

»›Und dei preußisches Gscheithaferl nimm i gleich mit.‹« Ludwig ließ das Telefon sinken. »Da ist ein Manschgerl mit einer Waffe.«

»Das betrifft dann wohl mich.« Carola schob sich ihre Hände unter die Achseln. Sollte sie sich fürchten, lachen oder einfach abhauen? War es Zufall, dass ausgerechnet heute Lenz ihr den Rückzug in die Familie vorgeschlagen hatte? Anders gefragt: Geriet ihr Leben gerade aus den Fugen, oder nahm sie eine kosmische Kraft gewaltig auf den Arm?

»Da sind aber auch Lach-Emojis. Ups, schon weg. Diesmal waren die Admins aber schnell.« Seppi sah von seinem Handy auf.

Ludwig ließ sich auf einen der leeren Gartenstühle sinken. »Smileys hin oder her, das ist nicht mehr lustig. Wir müssen doch eine sachliche Lösung für das Mückenproblem finden, oder? Worüber regen die sich eigentlich so auf?«

»Ach, die kommen schon wieder runter.« Seppi produzierte sein Jungengrinsen. »Gott sei Dank ist jetzt erst mal Wochenende. Wirst sehen, die trinken ein paar Halbe, beruhigen sich wieder, und nächste Woche ist das alles längst rum ums Eck.«

»Johannes, was hältst du davon, wenn ich noch einmal alle

Positionen zu BTI zusammentrage und online stelle?« Carola sah ihren Chef fragend an. »Ganz neutral und sachlich?«

»Sehr gut. Genau das machst du.« Er schenkte ihr einen dankbaren Blick. »Und im Übrigen stimme ich dir zu, Seppi. Die kommen schon wieder runter.«

Carola sah ihn an und schwieg. Plötzlich hörte sie Lenz' Stimme: »Ich denke, wir sollten eine Familie gründen.« War das alles Zufall? Ein Fingerzeig des Schicksals? Eine Exit-Strategie? Aber wenn ja, wieso fühlte sich der Gedanke, Mutter zu werden, genauso befremdlich für sie an wie die Bedrohung von wildfremden Menschen im Internet?

One of those things

»Suchst was Bestimmtes?« Franz lehnte, die Hände in den Hosentaschen, in der geöffneten Bürotür. »Servus übrigens.«

Lenz hörte Franz' Stimme nur gedämpft. Sein halber Oberkörper steckte in einem der Büroschränke. »Jaja, servus. Den Flipchart such ich. Der steht doch meiner Erinnerung nach hier, oder etwa nicht?« Mit gerötetem Gesicht wandte Lenz sich zu seinem Kollegen um.

»Eine Tür weiter«, entgegnete Franz trocken. »Seit wann brauchst du einen Flipchart?«

»Seitdem du Beni gesagt hast, dass ich ihn brauche.« Lenz öffnete die nächste Tür, zog das Dreibein heraus, stellte es in die Zimmermitte und klemmte einen dicken Block Papier in die Halterung. Mit zwei Schritten war er an der Bürotür. »Beni! Kommst du grad?«

Franz zog die Schreibtischschublade auf und holte einen dicken Filzstift hervor. »Verrätst du mir, was du vorhast? Hier!«

Lenz fing den Filzer im Flug. »Ich will über vorhin reden. Mit anderen Worten: Brainstorming. Ah, Beni, grüß dich. Hock dich her.« Er baute sich neben dem Flipchart auf. »So, Kollegen, und jetzt lasst uns mal sammeln, was wir über heute Morgen haben. Franz, kommst du auch dazu?«

Franz blieb hinter seinem Bildschirm verschwunden. »Ich hab eigentlich was Dringenderes zu tun.«

Lenz schenkte der Bildschirmrückseite einen Blick. »Soso.«

Franz' Haaransatz tauchte auf. »Mei, was, meinst du, soll ich denn zu eurer Diskussion beitragen? Ich sag dir, das war einfach *one of those things*. Eine Frau ist einen zugegebenermaßen tragischen, aber nichtsdestotrotz erwartbaren Tod gestorben. Willst du daraus ein Tötungsdelikt konstruieren und Ermittlungen einleiten? Ich bitte dich«, der Haaransatz senkte sich wieder, »da gibt es nichts zu ermitteln.«

Jessas, ist der etwa beleidigt, dass ich ihn wegen der Notärztin zurechtgewiesen habe? Lenz betrachtete immer noch die Computerrückseite.

»Also, so klar und eindeutig, wie du das jetzt darstellst, finde ich die Sachlage nicht«, ließ Beni sich vernehmen.

»Ihr wisst schon, dass ihr einen gewaltig nerven könnt?« Franz hievte sich aus seinem Stuhl. »Aber okay, dann klärt mich mal auf.« Betont langsam hockte er sich mit der linken Pobacke auf seine Schreibtischkante.

Beni legte die Mappe, die er mitgebracht hatte, auf die Sitzfläche eines Stuhls und streckte die Hand aus. »Darf ich?«, fragte er Lenz, nahm ihm den Filzer aus der Hand, zog die Kappe ab und stellte sich neben den Flipchart.

Läuft, dachte Lenz, erlaubte sich ein Lächeln und ruckelte sich auf seiner Schreibtischecke zurecht.

Beni nickte in Franz' Richtung. »Du hast ermittelt, dass die Tote am See Lisa-Maria Gruber ist und die Pressesprecherin unseres Landrats war.« Beni schrieb Stichworte und malte eine Wolke drum herum. »Lenz, du hast festgestellt, dass der Bub, der …«

»Timo Schmitz«, soufflierte Lenz.

»Genau, dass Timo Schmitz eine Drohne gehackt hat, die für BTI-Einsätze genutzt werden sollte. Ziemlich coole Aktion übrigens, findet ihr nicht auch?«

»Ziemlich cool und reichlich illegal«, entgegnete Franz bestimmt. Als niemand ihm beipflichtete, zuckte er mit den Schultern. »*So what*, ist ja auch nur meine Meinung.«

Und *wie* beleidigt der ist, dachte Lenz.

Beni, der mit dem Rücken zu ihm weitergeschrieben und -gemalt hatte, drehte sich um, steckte mit einem knackenden Geräusch die Kappe wieder auf den Filzer und sagte mit einem milden Lächeln: »Gleich, Franz, gleich.«

»Was wollte die Gruberin eigentlich am See?«, fragte Lenz.

»Dazu komme ich gleich.« Beni trat zwei Schritte vor, zog ein Papier, das wie ein fotokopierter Zeitungsausschnitt aussah, aus der Mappe und hielt es hoch. Ein paar Stellen waren neongelb markiert. »Ich hab mal gegoogelt, ob der Landrat eine Meinung zu BTI hat. Hat er. Er ist dafür und muss deswegen Kritik einstecken. Hier.«

Er drehte den Ausschnitt um. »Das ist ein Interview, das er anlässlich der Hälfte seiner Amtszeit dem ›Tagblatt‹ gegeben hat. Der Artikel ist von heute. Erst sagt er, dass er es toll findet, für den Landkreis zu arbeiten, dann, dass es auch Schattenseiten gibt. An dem Punkt hakt der Reporter nach. Der Landrat erwidert, Zitat: ›Ich finde es erschreckend, dass ich als Mandatsträger beschimpft und bedroht werde, wenn ich mich für die Interessen des Landkreises einsetze.‹ Wieder lässt der Reporter nicht locker und will Beispiele wissen. Der Landrat nennt daraufhin Windkraftanlagen, Geothermie und BTI.«

»Geothermie!«, entfuhr es Lenz und Franz wie aus einem Mund.

»Der Landrat ist für Geothermie? Für welche denn?« Lenz dachte nur widerwillig an einen Fall im letzten Jahr, bei dem diese Form der Energiegewinnung eine zentrale Rolle gespielt hatte.

»Für oberflächennahe Geothermie mit dem Ziel, ein Fernwärmenetz zu beschicken«, erklärte Beni.

»Ach so.« Lenz entspannte sich wieder. »Na, dann ist ja gut. Und BTI findet er auch gut?«

Beni nickte. »Er ist für einen Einsatz in den gesetzlichen Grenzen nach Zustimmung jeder einzelnen Gemeinde.«

»Und dafür bekommt er Gegenwind?«, fragte Lenz.

»Mei, das ist doch vollkommen normal. Wenn du Politiker bist, musst du damit rechnen, dass die Leute nicht alles gut finden, was du so verzapfst.« Franz klang genervt.

Beni hob die Hände. »Richtig, Kollege, aber hier sieht die Lage wohl ein bisschen anders aus: Der Landrat soll Morddrohungen bekommen haben.«

Lenz fixierte den jungen Kommissar. »Morddrohungen? Wieso weißt du das und ich nicht?«

Beni grinste spitzbübisch. »Offiziell habe ich auch keine Kenntnis davon. Der Landrat hat vier Etagen höher um eine diskrete Beratung angefragt. In der Staatskanzlei. Ich weiß das nur, weil meine Cousine da in der Rechtsabteilung arbeitet. War alles ganz inoffiziell, eigentlich eher ein Gespräch auf dem Flur zwischen zwei Terminen. Der Landrat kennt ihren Chef und hat ein freundschaftliches Gespräch mit ihm geführt. Meine Cousine stand daneben. Sie glaubt, er wollte sich nicht als Angsthase blamieren, weil die Drohung wohl sehr verklausuliert war.«

»Aha.« Lenz verzichtete darauf nachzufragen, wer in dieser Konstellation welches Dienstgeheimnis verletzt hatte.

»Ich sehe aber immer noch keinen Grund, weshalb ich mich mit dem Tod von Frau Gruber beschäftigen sollte«, ließ Franz sich vernehmen. »Aus rechtlicher Sicht gibt es eine von einem Teenager gehackte Drohne, vielleicht noch Schmerzensgeld- oder Schadensersatzansprüche, aber mehr auch nicht. Keinerlei Verdachtsmomente.« Er stand auf, ließ sich wieder auf seinen Stuhl fallen und griff nach seiner Maus. »Ah, da schau her, Frau Dr. Otto aus der Rechtsmedizin hat uns schon den Obduktionsbericht geschickt. Na, dann wollen wir mal sehen …«

Die Maus klickte leise, als Franz die Datei öffnete. »Ha! Sag ich's doch. Herzversagen. Unerkannte Herzschwäche, vermutlich erblich. Keinerlei Fremdeinwirkung. Toxischer Befund ist negativ. So, Kollegen, ich fass das mal zusammen: Die Frau war nüchtern und vollkommen bei Trost, hatte aber ein schwaches Herz, von dem sie nichts wusste, und ist tragischerweise deshalb verstorben. Soll vorkommen.« Er beugte sich hinter seinem Bildschirm hervor. »Darf ich dann wieder an meinen alten Fällen arbeiten?«

»Ja, da schau her.« Beni stand wie ein begossener Pudel neben dem Flipchart.

Lenz verspürte das Bedürfnis, seinem jungen Kollegen beizustehen. Und sei es nur moralisch. »Beni, hast du noch was?«, fragte er freundlich.

»Also«, Beni drehte das Blatt mit dem Zeitungsausschnitt zwischen den Fingern, »mich hat die Frage beschäftigt, was Frau Gruber um die Uhrzeit am See wollte. Und dann auch noch in diesem Aufzug.«

»Aufzug?«, fragte Lenz.

»Na ja, sie ja war nicht in Freizeitkleidung unterwegs. Wenn sie Urlaub gehabt und privat am See gewesen wäre, hätte ich es ja noch verstanden. Aber sie war sehr schick angezogen.«

»Was erwartest du? Verwaschene Jogginghosen? Es gibt Leute, die haben Stil. Auch im Urlaub. Du weißt doch, was Karl Lager–«, ereiferte sich Franz hinter seinem Bildschirm.

»Jaja«, unterbrach ihn Lenz und sah auf die handgenähten Budapester an seinen eigenen Füßen hinunter. »Das wissen wir, Franz. Und ich bin ganz deiner Meinung und kleide mich auch in meiner Freizeit angemessen. Was hast du denn nun rausgefunden, Beni?«

Der junge Kommissar sah ihn dankbar an. »Ich hab vorhin im Landratsamt angerufen und denen mitgeteilt, dass Frau Gruber verstorben ist. Bei der Gelegenheit habe ich nach ihren Terminen gefragt. Ob die Gruberin heute Urlaub hatte. Nein, hatte sie nicht. In ihrem Kalender stand von neun bis zehn Uhr ein Termin in Eching, mit dem Stichwort BTI und den Initialen P und A.«

Franz erhob sich und setzte sich wieder auf seine Schreibtischecke. »Das ist in der Tat interessant. Was meinst du, was bedeutet das?«

Beni drehte sich um, schrieb etwas auf das Papier im Flipchart und trat beiseite. In dicken Filzstiftlettern stand dort jetzt: »BTI P. A.«

Franz kicherte.

»Bitte jetzt keine Kalauer über Passau«, brummte Lenz. »Die Tote hatte keinen Termin in Niederbayern, sondern einen am Ammersee.«

»Ich hatte ja schon etwas länger Zeit, um darüber nachzudenken«, sagte Beni. »Meine Theorie ist, dass sie einen Termin zu dem BTI-Einsatz mit einem oder einer Unbekannten hatte, dessen oder deren Initialen P. A. sind.«

»Beni, um das festzustellen, braucht's keine Raketenwissenschaft«, gab Franz zurück. »Steht ja genau so in ihrem Terminkalender. Ich wiederhole mich nur ungern, aber: Sich am Ammersee mit einem oder einer P. A. zu treffen ist nicht verdächtig.«

Beni schaute inzwischen wie ein verletzter Hundewelpe. »Das sag ich ja auch gar nicht. Aber vor diesem Termin muss sie im höchsten Maße gestresst gewesen sein, sonst hätte ihr Herz nicht versagt. Was ist, wenn der Anlass für das Treffen mit diesem oder dieser P. A. nicht legal war?«

»Himmelherrgott, ihr seid euch sicher, dass ihr nicht ein wenig übertreibt?« Franz stand auf. »Okay, ich kann zwar immer noch keine belastbaren Hinweise auf eine Straftat erkennen, aber immerhin Auffälligkeiten. Und denen müssen wir nachgehen. Was wollt ihr jetzt tun?«

Aus Benis Hosentasche ertönte ein gedämpftes Trillern, er zog sein Telefon heraus und warf einen Blick auf das Display. »Whoooa, du glaubst es nicht!« Er reckte das Gerät in die Höhe. »Ein Shitstorm! Bei uns! Am Land!«

Shitstorm? Lenz verstand nur noch Bahnhof. »Was soll denn das sein, ein Shitstorm?«

»Hier.« Auch Franz hatte jetzt sein Smartphone in der Hand. »Auf der Facebook-Seite vom Landrat. Über hundert Kommentare zu dem Interview, das Beni ausgedruckt hat. Und es werden sekündlich mehr.« Er scrollte. »Praktisch alle negativ.« Er stutzte. »Jessas! Also, das hier geht wirklich zu weit: ›Hängen sollst du, du Schwein.‹« Er sah auf. »Das ist nicht mehr eine verklausulierte, das ist schon eine eindeutige Morddrohung.«

Beni gab ein glucksendes Geräusch von sich.

»Was ist denn jetzt schon wieder?« Lenz spürte erneut eine starke Sehnsucht nach dem Bankerl vor dem Secklerhof. Da gab es so was nicht, Stürme aus Scheiße.

»Ein Kornkreis! Ist gerade entdeckt worden. Da bei uns am Ammersee! Die ersten Bilder sind schon im Internet. Oh, ist das schön!« Beni wischte auf seinem Handy herum.

Ja, spinnen die denn alle? Lenz stand auf. »So, Leute, wir machen jetzt Schluss, mir reicht's für heute«, sprach er ein Machtwort. »Du, Beni, informierst die Staatsanwaltschaft über die Morddrohungen gegen Landrat Schuster, soll die sich auch mal kümmern. Und dann machst du noch einen Termin mit Schusters Büro für Montagmorgen aus. Auch wenn Kollege Pollinger mir nicht zustimmt: Ich will wissen, was der Landrat weiß.«

Familienplanung

Carola schob die Haustür auf und blieb stehen, die Klinke in der Hand. In der Diele des Secklerhofs roch es gut. Lecker. Definitiv nach Kuchen. Kein Wunder, es war Samstagnachmittag. Da backte ihre Vermieterin regelmäßig. Sie versuchte zu erschnuppern, was sich im Ofen befand. Auf jeden Fall nichts mit Schokolade, das hätte sie sofort erkannt. Obst fiel auch aus, es fehlte die fruchtige Note. Stattdessen duftete es nach ... Sie schob die Küchentür auf. »Resi, hast du Hefezopf gemacht?«

Ihre inzwischen Quasi-Schwiegermutter stand mit einer kleinen Schüssel in der Hand vor dem großen Küchentisch und überzog ein Gebäck mit einer weißen sämigen Flüssigkeit.

»Das heißt Gugelhupf«, antwortete sie.

Carola, schon die Hand Richtung Kuchen ausgestreckt, stoppte mitten in der Bewegung. Was war denn das für ein Ton? Unleugbar frostig, und das, obwohl sie Resi die letzten Jahre als dauergutgelaunt erlebt hatte. Schmarrn, dachte sie, gibt's doch gar nicht, hab mich bestimmt verhört.

»Ist das Zuckerguss?« Carola beugte sich über das beeindruckende Gebäck mit dem markanten Loch in der Mitte und dem gedrehten Zackenmuster, an dem die dickliche Creme hinunterrann. Sie spürte, wie ihr das Wasser im Munde zusammenlief.

»Ja«, bestätigte Resi knapp. »Mit Mandeln und Rosinen.«

»Du bist eine Göttin, Resi.« Carolas Zeigefinger versank schon beinahe in dem Zuckerguss. »Aua!« Ihr Finger, auf den Resi den Löffel hatte schnalzen lassen, zuckte zurück. »Spinnst du? Das tut weh!«

»Geschieht dir recht«, beschied Resi erbarmungslos. »Der ist zum Kaffee. Apropos, wo bleiben s' denn schon wieder, die Saubuam?«

Wie aufs Stichwort trottete Lenz im Gänsemarsch mit seinem Bruder Tom in die Küche.

»Mutter, grüß dich«, brummte er, gab Carola einen Kuss auf

die Wange und plumpste auf seinen Platz am kurzen Eck der großen Bank unter der Fensterreihe.

Tom gab zur Begrüßung einen Knurrer von sich, rutschte auf den Platz seinem Bruder gegenüber und zog den Gugelhupf zu sich heran. »Messer?«, fragte er in Richtung seiner Mutter, die ihm wortlos ein Brotmesser und einen Teller zuschob. Beherzt säbelte Tom ein großes Stück aus dem noch dampfenden Kuchen, lud es sich auf und sah wieder seine Mutter an.

Die drehte sich um, nahm ein buntes handgetöpfertes Haferl aus dem Schrank, ging zur Kaffeemaschine, füllte die Tasse und reichte sie ihrem Zweitgeborenen.

»Merci«, brummte der, tunkte sein Gugelhupfstück in die Tasse und stopfte sich schmatzend das tropfende Ende in den Mund.

Sauber, dachte Carola, mit zwei Worten ist hier alles gesagt. Sie selbst nahm sich einen der Stühle vor dem Tisch, ließ sich darauf fallen und schnippte, ohne nachzudenken, eine Mücke fort, die sich ihrem rechten Ohr genähert hatte.

»Ihr auch?«, fragte Resi kühl und schnitt weitere Stücke vom Kuchen ab.

»Gern«, antwortete Carola. Sie bildete sich das nicht ein. Resi war heute wirklich ausgesprochen kurz angebunden. Irgendwie herrschte dicke Luft. Und … das Radio lief auch nicht. Normalerweise dudelte das Ding den ganzen Tag vor sich hin, und Resi sang hüftschwingend mit. Aber heute war es still in der Küche. Wenn sie es sich recht überlegte – wieso saß sie eigentlich hier? Gab es etwas, das sie hätte wissen sollen? Resi hatte gestern Abend, als sie heimkam, nichts gesagt, außer, dass es Kaffee und Kuchen geben würde.

Schweigend verteilte Resi Gugelhupf und Getränke, schob Teller und Tassen in Richtung Lenz und Carola. Dann setzte auch sie sich auf einen Stuhl. »Wie ihr wisst, bin ich nicht mehr die Jüngste«, verkündete sie.

What? Carola zog die Augenbrauen zusammen und taxierte ihre Vermieterin neben sich. Aus schneeweißen Bermudashorts schauten durchtrainierte, gleichmäßig gebräunte Beine hervor, die jeder Vierzigjährigen zur Ehre gereicht hätten. Resi trug ein knallrosa Poloshirt, hatte die Haare hochgesteckt und eine sportliche Sonnenbrille auf dem Haarberg platziert. Ihre Füße steckten in ultramodernen Hochleistungssneakern. »So schaust du aber nicht aus«, entgegnete sie trocken.

»Was?« Resi wirkte kurz irritiert, dann fegte sie mit einer ungeduldigen Handbewegung nicht nur die Krümel, sondern auch Carolas Kommentar vom Tisch. »Papperlapapp, ich bin über siebzig, das ist weiß Gott nimmer jung. Und ihr zwei, ja, genau, mit euch zwei Saubuam red ich«, ihr Zeigefinger nahm Lenz und Tom aufs Korn, die wie auf Kommando die Köpfe einzogen, »seid deutlich über vierzig. Ich will endlich übergeben und kann nicht. Wie, bittschön, stellt ihr euch das vor?« Resis Handflächen knallten auf die Tischplatte.

Carola fuhr zusammen. Jesus, was war denn hier los? Übergeben? Was überhaupt? Ihr Gehirn berappelte sich nur langsam von dem Schreck. »Hol mich mal bitte ins Boot, Resi«, sagte sie, etliche Blumenkränze in ihren Tonfall windend. »Was meinst du mit ›übergeben‹?«

»Dass dir das nichts sagt, hab ich mir gleich denkt. Bist halt bloß eine Stadererin. Norddeutsch noch dazu.« Resi hatte die Hände jetzt auf den Tisch gestützt und funkelte ihre beiden Söhne an. »Aber die da, die zwei Mistkrüppel, die wissen ganz genau, wovon ich red. Schauts mich an!«

Gehorsam nahmen Lenz und Tom ihre Blicke von der Tischplatte.

Resi schenkte sowohl ihrem Erst- als auch ihrem Zweitgeborenen einen langen Blick, bevor sie wieder loslegte. »Was denkt ihr euch eigentlich? Sandelts seit Jahren, ach, was sag ich, seit Jahrzehnten so dahin, grad schön ist es. Du, Lenz, warst ja wenigstens schon mal verheiratet. Aber dass dabei ein Hofnachfolger herausgeschaut hätt bei dieser … dieser komischen Ehe, das hast auch nicht hingebracht.«

»Mutter, ich –«, versuchte Lenz, ihren Redefluss zu stoppen.

»Bua, jetzt red ich!«, herrschte Resi ihn über den Tisch hinweg an, und Carola sah mit Erstaunen, dass Lenz wieder den Kopf senkte.

»Und du, du bist zu überhaupt nichts zu gebrauchen«, fuhr Resi Tom an. »Ein g'schlampertes Verhältnis nach dem anderen, dass ich mir jeden zweiten Tag beim Bäcker das Geheule deiner Verflossenen anhören kann. Und rausgekommen ist dabei auch noch nie was Gescheits!«

Tom warf seiner Mutter einen giftigen Blick zu, pfefferte seine Gugelhupfecke in die Tasse, dass der Kaffee auf den Tisch spritzte, und verschränkte die Arme vor der Brust.

Sehr lautes Schweigen senkte sich über den alten Eichentisch. Resi hatte die Hände noch immer auf die Tischplatte gepresst, Lenz hockte mit Armesündermiene auf seinem Platz. Und Tom? Carola konnte eine Ader an seiner Schläfe pochen sehen. Ich an deiner Stelle hätte nicht nur mit Kuchen geworfen, sondern wäre aufgestanden und gegangen, dachte sie. Aber das traut er sich dann doch nicht. Ich glaub, jemand muss mal Tacheles mit dieser Furie reden.

»Meinst du nicht, dass dich die Lebensentwürfe deiner erwachsenen Söhne eigentlich nichts angehen?«, durchbrach sie die Stille.

»Lebensentwürfe?« Resis Stimme troff vor Hohn. »Komm du mir bloß nicht mit so einem Schmarrn! Bei uns in Bayern wird kein Leben entworfen, da wird der Hof übergeben. So schaut's aus!« Resis rechte Hand hob sich und krachte erneut auf die Eichenplatte.

Carola fuhr zusammen. War wohl doch keine so gute Idee gewesen, sich Resi entgegenzustellen. »Ich dachte doch nur …«, stotterte sie und verstummte dann.

»Ja, du!« Resi nahm sie ins Visier. »Du dachtest bloß. Meinst nicht, ich hör euch zwei nicht schnaxeln, Tag und Nacht? Immer nur Spaß haben, jaja, so ist grad recht. Dass der Laurentius die Nachfolge sichern muss, darauf bist du wohl noch nicht gekommen?«

Vollkommen perplex klappte Carola den Mund wieder zu. Wieso hackte neuerdings jeder auf ihrer Gebärfunktion herum? Und im Übrigen – was hatte Resi eigentlich damit zu schaffen?

»Mutter«, schaltete sich Lenz in begütigendem Ton ein, »Caro und ich sind noch nicht so weit, wir –«

»Was soll das heißen«, fuhr Resi ihn an, »›noch nicht so weit‹? Wie lange soll das mit dieser sinnlosen Schnaxlerei denn noch weitergehen? Bis ich nimmer hatschen kann? Tom, ich red mit dir!«

Ihr Zweitgeborener, der die letzten Minuten mit verschränkten Armen auf der Bank gesessen und regungslos zugehört hatte, schob seine Unterlippe vor und knurrte: »Wos geht mi des o?«

»Was dich das angeht? Was dich das angeht?«, keifte Resi zornesrot. »Das will ich dir verraten, mein Sohn.« Ihr Zeigefinger war wieder auf Tom gerichtet. »Du bist enterbt, wenns du mir nicht schleunigst einen Enkel bringst. Aber einen legitimen, gell, nicht irgendeinen Bankert von einer deiner Schlampen. So schaut's aus und nicht anders. Und bevors dich freust, Lenz, bist auch enterbt. Kriegt alles das Kloster.«

Carola wusste, dass sie starrte. Ihr Blick wanderte von Resi, die glühend und fuchsteufelswild auf ihrem Stuhl zu kochen schien, zu Tom, der, wenn er es denn gekonnt hätte, seine Arme wahrscheinlich noch fester vor der Brust verschränkt hätte, zu Lenz, der von einer Pobacke auf die andere rutschte und seine Hände rang. Ja, sagt denn hier keiner endlich mal was?, wunderte sie sich. Weist diese rechthaberische Kuh mit ihren 19.-Jahrhundert-Ansichten mal in ihre Schranken? Na endlich, dachte sie, mein Lenz steht auf. Carola strahlte ihn an.

»Mutter«, sagte Lenz, stellte sich neben Carola und legte ihr eine Hand auf die Schulter, »Carola und ich wollten es dir eigentlich noch nicht sagen, aber wir sprechen darüber, eine Familie zu gründen.«

Als hätte sie etwas gestochen, fuhr Carola herum. Nein, wollte sie schreien, genau das haben wir nicht getan! Sie spürte, dass sich alle Augen auf sie richteten. In ihrem rechten Ohr pfiff es. »Also, ich –«, fing sie an.

»Nur, weißt«, unterbrach Lenz sie, »das ist noch alles ganz neu für uns. Die Carola und ich, wir reden halt. Aber im Grunde sind wir uns einig, gell, Spatzerl?« Er drückte ihre Schulter.

Vor Carolas innerem Auge lief zeitlupenlangsam ein Film ab: Wie sie ihren Becher fester umkrallte, weit ausholte und ihn mit aller Macht gegen die Wand schleuderte, an die Stelle neben dem Marterl, genau dahin. Scherben flogen durch den Raum. Das Pfeifen in ihrem Ohr wurde lauter. Der Tisch, die Teller und der Kuchen begannen, zu einem grauen Brei zu verschwimmen. Hatte sie ihre Tasse geworfen? Hatten die anderen etwas gesagt? Oder war das die Stimme ihrer Mutter, die sie hörte? »Caro. Was man anfängt, bringt man auch zu Ende.« Sie tastete nach der Sitzfläche unter sich.

»Sorry, Leute, ich muss mal kurz verschwinden.« Wie durch dicken Nebel nahm sie wahr, wie sie den Stuhl wegschob und aufstand, den Weg zur Tür fand, durch das Haus, in ihr Apartment.

Dort stand die cognacfarbene Ledercouch, und sie dachte: Wenn ich mich da jetzt drauffallen lasse, steh ich nie wieder auf. Das Pfeifen war mittlerweile ohrenbetäubend. Aber wenigstens hörte sie ihre Mutter nicht mehr. Ihr war schlecht.

Sie tastete sich zum Schlafzimmer, zum Schrank, zog eine Tasche, die sie immer für ihre Berlinbesuche nutzte, hervor, griff mechanisch in Schubladen, zerrte Sachen vom Bügel, ließ im Bad ein paar Utensilien von der Ablage dazufallen. Sie atmete schwer.

Irgendwie tauschte sie Flipflops gegen Sneakers, griff ihre Sachen und tappte zurück ins Erdgeschoss. Als sie an der Küche vorbeikam, meinte sie, Lenz' Stimme zu hören.

Leise zog sie die Haustür hinter sich ins Schloss und ging mit schnellen Schritten zu ihrem Auto. Über der Kühlerhaube tanzten die Mücken, sie riss die Tür auf, warf ihr Gepäck auf den Beifahrersitz, ließ den Wagen an und rollte den Berg hinunter. *Was man anfängt, bringt man auch zu Ende.* Seit Jahren hatte sie nicht mehr an diesen Satz gedacht. Wie an einer Schnur gezogen fuhr sie durch samstäglich stille Seitenstraßen, parkte, stieg aus und ging zu einer alten Eichentür. Diesmal war sie es, die Mücken umschwirrten. Sie klingelte.

»Caro! Was für eine schöne Überraschung! Kommst grad recht, ich wollte … Was ist denn mit dir los?« Ihre Freundin streckte erschrocken die Arme nach ihr aus.

»Barbara«, presste Carola hervor, »ich …« Sie gab auf und fiel ihr entgegen, spürte, wie sie in einer weichen Mähne versank, wie ein warmer Körper und zwei starke Arme sie aufrecht hielten. Ein Weinanfall schüttelte sie von oben bis unten durch.

Barbara zog sie an sich. »Ist ja gut, meine Süße, ist ja gut.« Sie hievte Carola über die Schwelle ins Haus. »Jetzt kommst erst mal rein und trinkst einen Cappuccino. Und dann erzählst du mir ganz genau, was passiert ist.«

Ufos am Ammersee

Ein dunkler Punkt. Mitten in der weißen Fläche der Zimmerdecke. Hatte da wer eine Mücke zerdrückt? Anzunehmen. Carolas Blick löste sich von der Stelle, wanderte ziellos umher und blieb wieder an dem Fleck hängen. Er hatte sich nicht bewegt. Sie sich auch nicht.

Wie still es sonntags in Diessen war. Sie lauschte. Kein Mucks. Oder hörte sie nur schlecht, weil es immer noch leise in ihren Ohren pfiff?

Mühsam rappelte sie sich etwas auf, tastete nach ihrem Telefon, warf einen Blick auf das aufleuchtende Display. Nichts. Gestern Abend hatte sie auf Barbaras Drängen hin Lenz noch eine Nachricht geschrieben. »Sonst schickt der noch die Kavallerie«, hatte ihre Freundin gesagt. »Bin bei Barbara. Melde mich«, hatte sie getippt. Keine Antwort. Bis jetzt nicht.

Sie ließ sich wieder in ihr Kissen sinken. Was wollte sie auch? Sie war es ja gewesen, die einfach gegangen war. Davongelaufen traf es wohl eher. Sie war ihm eine Erklärung schuldig, nicht er ihr.

Was Barbara wohl dachte? Gestern hatte sie ihr nicht viel erzählt, nur dass Lenz und sie sich gestritten hätten. Was gelogen war. Und dass sie es auf dem Secklerhof nicht mehr aushielt. Was zu hundert Prozent die Wahrheit war. Sodass sie erst mal Abstand brauchte von Lenz.

Aber wie sollte sie ihm erklären, was in ihr gerade vorging? Dass sie keine Luft mehr bekam? Dass ihr schwarz vor Augen wurde? Nein, korrigierte sie sich, ihr wurde nicht schwarz vor Augen, die Konturen verschwammen. Als ob das jetzt noch einen Unterschied machte. Sie kratzte sich am Handgelenk. Einer der vielen Mückenstiche hatte sich entzündet.

Gott, du bist so ein Feigling, schalt sie sich. Jetzt reiß dich zusammen. Das hatte sie doch kürzlich schon mal gedacht. Sie konnte sich nicht mehr erinnern, wann und wieso. Warum dachte sie überhaupt etwas, was ihr wehtat? Eine Träne bildete sich in ihrem linken Auge, rollte über ihr Gesicht, eine zweite, eine dritte folgten. Sie zog ein zerknülltes Taschentuch hervor, trocknete ihr Gesicht und schnäuzte kräftig hinein. Nein, ich bin kein Feigling, korrigierte sie sich, es tut nur so verdammt weh.

Sie wartete ein paar Sekunden, bis die Woge verebbte. Wartete noch ein bisschen, kontrollierte sich. Okay, sie musste nicht mehr weinen. Dann nahm sie sich selbst an die Hand, ging vorsichtig auf Zehenspitzen zu der Tür am Ende ihres Herzens, drückte die Klinke hinunter und öffnete sie einen Spaltbreit. Die Stimme ihrer Mutter erklang: »Das wird doch nichts.« Dann die ihres Vaters: »Jaaa, min Deern, Kann-ich-nicht liegt auf dem Friedhof, und Will-ich-nicht liegt daneben.« Sie hörte die Stimmen, wie sie in ihrem Herzen nachhallten, hielt kurz inne, bis sie sich wieder hilflos, unverstanden und ohnmächtig fühlte. Wieder das Kind war, das von seinen Eltern abgewiesen wurde. Harrte noch etwas aus, noch ein bisschen, bis – endlich! – Zorn in ihr aufstieg. Wut blubberte aus ihrem Bauch die Speiseröhre hinauf in ihren Rachen, sie ballte ihre Hände zu Fäusten und wollte schreien, so wie damals: Ihr hört mir gar nicht zu!

Sie warf sich zur Seite. »Lenz«, jammerte sie in ihr Kissen, »du hörst mir gar nicht zu.«

»Redest du jetzt schon mit dir selber?« Barbara stand, ganz Lockenmähne und wogender Körper, in der realen Tür des Gästezimmers und hielt einen Becher in der Hand, aus dem es dampfte. »Recht hast, da widerspricht dir wenigstens keiner. Hier.« Sie trat an Carolas Bett und hielt ihr die Tasse hin. »Kaffee. Hilft immer. Und dann stehst auf. Wir zwei, wir machen einen Ausflug.«

Carola trank einen Schluck. Das musste sie Barbara lassen, als Friseurin verstand sich ihre Freundin auf erstklassigen Cappuccino. »Mir ist aber nicht nach –«

»Ach, papperlapapp. Den Mond kannst du auch später wieder anheulen. Schaust, dass du in zwanzig Minuten unten bist.«

»Und? Ist es wirklich so schlimm, an diesem herrlichen Sonntag mit mir radeln zu gehen?«, fragte Barbara sie, als sie nebeneinander in das Sträßlein einbogen, das durch die Wiesen und Felder der Raistinger Spange führte. Als ob Doppeltüren zu einer Terrasse aufschwangen, breitete sich die Weite des Ammertals vor ihnen aus.

»Das hab ich nicht gesagt«, japste Carola, die Mühe hatte, auf Barbaras altem Damenrad mit deren E-Bike mitzuhalten. »Ja, gibst du vielleicht mal nicht so Gas und sagst mir, wo wir eigentlich hinfahren?«

»Überraschung.« Barbara ließ sich auf Carolas Höhe zurückfallen. »Und jetzt, meine Liebe, sprich. Du hast dich doch gar nicht mit Lenz gestritten. Hab ich recht?«

»Du schon wieder«, wich Carola aus. Sie wollte jetzt nicht reden. Sie wollte nur den Sommerwind in ihren Haaren spüren, in die Pedalen treten und schauen. Ihr Blick ging über den Lenker hinweg, hinaus ins Ammertal. Wie weit sich die Landschaft hier zog, so grün und lieblich. Islandponys weideten auf den Wiesen, daneben staksten Störche durch das Gras und machten Jagd auf unvorsichtige Frösche.

»Carola. Spuck's aus.« Ihre Haare als wehende Fahne hinter sich herziehend, cruiste Barbara entspannt neben ihr her.

Wie still es hier sein könnte, wenn mich die Menschheit mal in Ruhe ließe, dachte Carola und sagte dann: »Die wollen, dass ich ein Kind kriege.« Sie spürte Barbaras Blick auf ihrer rechten Wange.

Eine Weile radelten sie schweigend nebeneinanderher.

»Wer sind denn ›die‹?«, fragte Barbara in die sommerliche Ruhe hinein.

»Na, Lenz. Und Resi.«

»Die Resi? Was hat die denn damit zu tun?«

»Die will einen Hofnachfolger.« Carola stoppte abrupt, sprang vom Rad und verbarg ihr Gesicht in den Händen. Heftig wischte sie sich die Tränen weg.

»Ach, Süße.« Barbara hatte ihr Rad in die Wiese geworfen und umfing sie mit beiden Armen. »Du bist ja ganz außer dir. So kenn ich dich ja gar nicht.«

Nach einer Minute drückte sie Carola von sich weg und sah sie ernst an. »Aber sag mal, dass du so reagierst, liegt doch nicht daran, dass Lenz böserweise eine Familie mit dir gründen will, oder? Was ist wirklich so schlimm für dich?«

Carola zog die Nase hoch. Sie nickte. »Weißt du, keiner von denen fragt mich, was ich eigentlich will. Die bestimmen einfach über meinen Kopf hinweg. Kannst du dir das vorstellen?« Sie befreite sich aus Barbaras Armen und lief ein paar Schritte auf und ab. Gedankenverloren wedelte sie ein paar Mücken beiseite, die einen Angriff auf sie fliegen wollten. »Lenz, ach, der ist vielleicht einfach nur schafsnasig. Dem glaub ich das sogar, dass der gern eine Familie hätte. Weil das ja mit seiner Exfrau Bettina nicht geklappt hat.« Sie schaute über das Land. »Obwohl, wenn ich's mir recht überlege, vielleicht hat ihm Resi damals auch schon die Daumenschrauben angelegt.«

Barbara griff nach ihrer Hand und drehte sie zu sich um. »Wirklich? Ich kann mir nicht vorstellen, dass irgendjemand Laurentius Meisinger zu irgendetwas zwingt.«

»Ha«, machte Carola und wischte sich mit dem Handrücken den Rotz von der Nase. »Da kennst du aber die Resi nicht.« Ihre Augen schwammen vor Tränen. »Du machst dir keinen Begriff, wie die sich gestern aufgeführt hat.« Sie ließ sich wieder in Barbaras Arme sinken.

»Ja, wein dich nur aus, meine Süße.« Barbara bettete ihr Gesicht auf ihren gewaltigen Busen. »Und ich kann mir schon vorstellen, dass sie rabiat werden kann, die alte Meisingerin.«

»Die Frau ist ein Bulldozer! Walzt alles platt, was sich ihr in den Weg stellt. Hofnachfolger-Hofnachfolger-Hofnachfolger«, äffte Carola nach. »Das erinnert mich so verdammt an meine Eltern. Die haben mich auch bevormundet. Hatten einen festen Plan im Kopf, was aus mir werden sollte. Ausbildung-Ausbildung-Ausbildung. ›Blöd kannste sein, aber Abitur machst du.‹ Jahrzehntelang hab ich mir das angehört. Hab mich von ihnen unter Druck setzen lassen, mich Tag und Nacht geschunden, um ihren Vorstellungen zu entsprechen. Bis ich's nicht mehr ausgehalten hab und einfach weggezogen bin. Und jetzt kann ich mit Druck überhaupt nicht mehr umgehen.« Carola zog ein Taschentuch hervor.

Barbara stemmte die Hände in die Hüften. »Na ja, du hast sowohl Abitur als auch ein abgeschlossenes Studium. Und stehst mit beiden Beinen mitten im Leben. So schlecht ist das auch nicht.«

Carola winkte ab. »Ich bin eine Heulsuse, ich weiß … Aber es hat mich niemand danach gefragt, wie es mir dabei gegangen ist. Und ob ich vielleicht doch etwas anderes gewollt hätte. Oder heute noch will.« Ihr Gesicht war tränennass.

Barbara sah sie nachdenklich an. »Was sagt Tom eigentlich dazu? Der war doch gestern auch dabei, nicht wahr?«

»Wooos geht mii des ooo?«, ahmte Carola Tom nach. Trotz ihrer nassen Augen musste sie bei der Erinnerung grinsen.

»Ja, so ein Hundling.« Barbaras Lachen schreckte zwei Störche auf, die Richtung Weilheim davonflatterten.

Über Barbaras Schulter hinweg konnte Carola eine Familie mit zwei Kindern erkennen, die ihnen entgegenkam. »Die ganze Meisinger-Mischpoke kann mir so was von den Buckel runterrutschen, das glaubst du nicht.« Sie verscheuchte ein paar Mücken, drehte sich um und kletterte wieder auf ihr Rad. »Komm, wir fahren weiter, bevor die Mistviecher uns noch auffressen. Wo auch immer das ist, wo du hinwillst.«

Barbara strahlte sie an. »So kenn ich dich. Ist auch nicht mehr weit.«

Die Familie radelte schnatternd an ihnen vorbei. Carola rieb sich noch einmal über die Augen und beeilte sich, mit Barbara mitzuhalten. Sie passierten ein älteres Ehepaar, das sich im Schatten unter einem Busch auf einer Bank ausruhte, und eine im Schneckentempo dahinstrampelnde Frau im altmodisch geblümten Sommerkleid.

»Was wollen denn die ganzen Leute hier?«, fragte Carola, als sie fünf Minuten später ihr Rad auf einem Feldweg abstellte. Sicher zwanzig Autos, viele mit Münchner Kennzeichen, reihten sich bereits an der Seite auf, und die Schlange wurde sekündlich länger.

»Das sehen, was wir auch sehen wollen.« Barbara zog ein Fläschchen aus der Rocktasche. »Halt still, ich sprüh dich ein, sonst zuzeln dich die Mücken noch leer. Und dann schick dich.«

Carola schob schweigend die Unterlippe vor. Sie fühlte sich zu matt vom Weinen, um Einspruch zu erheben. Komische Vögel, dachte sie, als sie die Leute betrachtete, die mit ihnen den Feldweg entlanggingen. Die Mehrheit der Frauen trug lange Wallewalle-Röcke und die Haare offen und hatte sich Federn hinter die Ohren gesteckt. Die Hosen der Männer waren durchweg zerschlissen, dazu wurden Karohemd und Weste getragen, und Birkenstocklatschen waren anscheinend Pflicht.

»Caro, jetzt komm halt, das musst du sehen. Das gibt es nur ganz selten.« Barbara gab ihr einen kleinen Stüber, sodass sie den Trampelpfad, zu dem der Feldweg mittlerweile geworden war, entlangstolperte. Er mündete in einem Kornfeld.

Über die sich im lauen Wind wiegenden Halme hinweg konnte Carola mitten im Feld Menschen entdecken. Sie stockte. »Du willst jetzt, dass wir *in* das Feld gehen? Das hat der Bauer aber gar nicht gern.«

Wieder stupste Barbara sie in die Rippen. »Der schon. Der hat dahinten eine Kasse aufgestellt, da kannst du Geld reinschmeißen und dich von deinem schlechten Gewissen freikaufen.«

Carola gab endgültig auf. Sie hatte keine Kraft mehr, um noch länger zu widersprechen.

»Wenn du meinst.« Sie bog vor ihrer Freundin in das Feld ein. Über das Sirren in ihren Ohren hinweg meinte sie, einen anderen Ton zu hören. Rhythmisch wie ein Herzschlag.

»Spielt da jemand Trommel?« Jeder einzelne Schlag schickte eine kleine Gänsehaut ihre Wirbelsäule empor.

»Du hast recht!« Mit schwingenden Hüften legte Barbara noch einen Zahn zu.

Der Trampelpfad endete an einer freien Fläche. Sämtliche Kornhalme lagen flach am Boden, waren direkt oberhalb der Wurzel abgeknickt. Jedoch nicht kreuz und quer, sondern ordentlich in einer Richtung, wie Bleistifte in einem länglichen Etui. In einiger Entfernung erhob sich ein einsames Getreidedreieck, die Ecken scharf wie mit dem Lineal gezogen, etwas weiter das nächste. Glatt gekämmt schmiegte sich das Korn an den Kanten entlang an den Ackerboden und änderte an den

Ecken seine Richtung. Carola nahm das Bild in sich auf, hörte die Trommelschläge, roch den Weizen und spürte plötzlich, wie eine riesige Gänsehautwelle ihren Rücken entlangraste. Sämtliche Haare auf ihren Unterarmen richteten sich auf. Vollkommen entgeistert wandte sie sich an ihre Freundin. »Was in aller Welt ist das?«

»Ein Kornkreis«, jubilierte Barbara, zog ein zerknicktes Blatt aus ihrer Rocktasche und hielt es ihr unter die Nase. »Wir haben so ein Glück, dass wir das mit eigenen Augen sehen können. Schau, es gibt schon die ersten Drohnenfotos.«

Der Zeitungsausschnitt, übertitelt mit »Kornkreis zieht Esoteriker an«, zeigte das Getreidefeld von oben. Darin drei konzentrische Ringe, die von einem Flechtmuster eingerahmt wurden. Carola sah auf. Ah, dieser Effekt entstand also, wenn die Halme in verschiedene Richtungen gelegt und dazwischen Dreiecke stehen gelassen wurden.

Ihr Blick wanderte nach oben, wo sich der blaue Junihimmel wölbte. Graugänse flogen eine Formation Richtung Ammersee, und wieder kribbelte es ihren Rücken entlang und die Arme hinunter. Sie ging in die Knie, berührte mit ihren Händen das umgeknickte Getreide. »Wer macht so was?«

»Außerirdische. Deswegen sind doch die ganzen Wahnsinnigen hier. Weil die bald wiederkommen und uns mit ihren Ufos besuchen. Und wer Glück hat, darf mit ihnen ins Weltall fliegen.« Barbara lachte sie an.

»Schmarrn.« Carola strich mit beiden Händen über das glatte Getreide. »Der Bauer, dem das Feld gehört, muss das in Auftrag gegeben haben.«

Barbara schüttelte ihre Mähne. »Hat er nicht. Behauptet er zumindest. Aber ist mir ehrlich gesagt auch egal. Ist es nicht wunderschön?«

Die Gänsehaut überzog jetzt Carolas Kopfhaut bis zu ihren Ohren. Sie strahlte. »Wunderwunderschön.« Dann rappelte sie sich wieder auf. »Muss man hier barfuß gehen, um die Außerirdischen spüren zu können?« Sie betrachtete die am Rand des Kornfelds säuberlich aufgereihten Schuhpaare.

»Müssen muss man nichts. Aber fürs echte Kornkreisfeeling ist es besser.« Barbara hatte ihre Schuhe bereits ausgezogen.

Mit nackten Füßen ging Carola langsam neben ihrer Freundin über das Getreide. Wenn sie Barbara jetzt beichtete, dass sie sich fröhlich, beschwingt, voller Energie fühlte, würde die sie bestimmt für plemplem halten, oder? Ihr Blick wanderte erneut über das Kornfeld. Die da drüben, waren das nicht …? »Barbara! Da sind Lenz und Resi!« Sie tauchte hinter einem Korndreieck ab. »Die brauch ich heute wirklich nicht!«

Barbara ging neben Carola in die Knie. »Jesus Maria, du führst dich wirklich auf wie ein Teenager.« Sie ließ sich neben der zusammengekauerten Carola auf den Rücken fallen und streckte sich mit geschlossenen Augen und ausgebreiteten Armen auf dem platten Getreide aus. »Damit gibst du mir die wunderbare Gelegenheit, die ganze Energie in mir aufzunehmen.«

»Frau Witt. Sie auch hier?« Carola sah auf. Das Ehepaar Aufkammer, sie im dunkelblauen Dirndl, er in Lederhosen und weinrotem Gilet, beugte sich zu ihr herab. »Mit wem spielen Sie denn hier Verstecken?«

Jesus … Wie ein Katapult schoss Carola in die Höhe und nickte höflich. »Grüß Sie Gott, Frau Aufkammer, Herr Aufkammer. Ich dachte nur, ich hätte etwas verloren«, log sie geschmeidig. »Sind Sie von dem Kornkreis auch so beeindruckt wie ich?«

Frau Aufkammer warf ihr einen abschätzigen Blick zu. »Hab ich doch gleich gesagt, Franz, dass Stadererinnen von diesem Schmarrn total begeistert sein werden. Wirst sehen, demnächst landet hier noch ein Ufo.« Sie lachte schrill.

»Uschi, lass gut sein.« Franz Aufkammer tätschelte den Arm seiner Frau. »Ich finde es wirklich erstaunlich, zu welchen Vermarktungsmethoden mittelmäßig erfolgreiche Landwirte heutzutage greifen, wenn ihnen der Preis für den Weizen zu gering ist.« Er nickte. »Wir empfehlen uns. Habe die Ehre.« Arm in Arm stelzten die beiden davon.

»Was sagst du dazu?« Carola sah auf die immer noch wie hingegossen liegende Barbara hinab und stupste sie mit dem Fuß am Bein an. »Oder zerreißt es dich eh gleich?«

»Die Aufkammers. Und Ufos. Großartig.« Gackernd wedelte Barbara mit den Händen durch die Luft. »Jetzt hilf mir halt auf.« Sie strich sich den Rock glatt. »Ich hab ja gewusst, dass das hier höchst unterhaltsam werden würde. Aber gleich so?«

Eine Frau im Blumenkleid fiel Carola auf. Dünn, blass und ganz in sich versunken ging sie in einiger Entfernung barfuß über das am Boden liegende Getreide. Die haben wir doch vorhin überholt, dachte Carola. Im Gegenlicht waren nur ihre Umrisse zu erkennen. »Die dort drüben, die kenn ich auch woher«, sagte sie. »Aber woher bloß?«

Barbara war Carolas Blick gefolgt. »Das könnt die Aignerin sein, die Bernadette. Ja, das ist sie. Kundin von mir. Wird von Jahr zu Jahr weniger. Wenn du mich fragst, gut geht's der nicht, warum auch immer. Weil sagen tut s' nix.« Sie zuckte mit den Schultern. »Komm, lass uns weitergehen. Ich möchte eine Runde drehen.«

Aha, dachte Carola, erst die Aufkammerin, jetzt die Aignerin. Heute ist hier anscheinend Politikergattinnentreffen. »Erzähl mal was über die, die Aufkammers und die Aigners«, forderte sie ihre Freundin auf. »Wie sind die so?«

»Mei, die Aufkammers, die kenn ich nur vom Hörensagen. Das sind Landmaschinenhändler in der dritten Generation. Wobei sie das Geschäft geerbt hat, nicht er. Aber er hat was draus gemacht. Nicht einfach, aber die haben ihren Laden gut im Griff. Der Franz hat immer die allerneueste Technik am Hof stehen. Der hat Bulldogs, die können satellitengesteuert ganz alleine ackern. Und Drohnen, mit denen du gezielt Dünger ausbringen kannst. Muss nur alles vorher programmiert werden. Kostet ein Vermögen, aber die Bauern stehen drauf.«

»Und politisch? Ich weiß nur, dass er für die Freien Wähler im Gemeinderat ist«, fragte Carola.

»Genau. Er unterstützt Positionen, wie sie jeder Unternehmer vertreten könnte. Keine Regulierung, freier Markt und so. Sie, die Uschi, macht das Büro und kümmert sich um die Kinder.« Sie hob entschuldigend die Hände, als sie Carolas vorwurfsvolle Miene sah. »So ist das nun mal bei uns in Bayern.«

Sollte das eine Spitze sein, oder war Barbara einfach nur besonders unsensibel? Carola beschloss, nicht darauf einzugehen. »Und die Aigners?«

»Er ist Dr. Leopold Aigner, irgendwas Naturwissenschaftliches. Hat sich vor noch nicht so langer Zeit selbstständig gemacht. Sie, die Berna, war mal eine ganz Fesche. Bis sie den Aigner geheiratet hat, dann war's aus mit der Feschheit. Sie hat das elterliche Haus gekriegt, da wohnen s' auch heute noch. Zwei Kinder, ein Bub und ein Madel. Er ist im Gemeinderat, und sie macht beim Elektro Gruber das Büro. Alles ganz solide, wenn du mich fragst. Im Gegensatz zu denen da.« Barbaras Daumen wies auf ein Pärchen, das Arm in Arm über die Getreidefläche spazierte und mit lautem Hallo begrüßt wurde.

Anscheinend war der Kornkreis heute wirklich *the place to be* am Ammersee. »Das sind doch die Anklams. Soviel ich weiß, ist er Zimmerer und für die Grünen im Gemeinderat, und sie arbeitet mit traumatisierten Kindern. Ich hab die vorgestern kennengelernt und fand sie eigentlich ganz sympathisch. Zumindest macht sie auch mal die Klappe auf.«

Barbara schüttelte ihre Mähne. »Ja, das meinst du. Aber bei denen ist weiß Gott nicht alles Gold, was glänzt. Er ist ein Schürzenjäger vor dem Herrn. Du machst dir gar keinen Begriff. Vor dem ist nichts sicher, was nicht bei drei auf den Bäumen hockt. Der lässt seine Griffln auch nicht von den ganz jungen Madeln.« Sie riss die Augen auf.

»Barbara! Wenn das stimmen würde, wär der doch die längste Zeit im Gemeinderat gewesen. Kann es nicht sein, dass ein paar alte Giftspritzen ihm und seiner Frau ihr Glück und ihren Erfolg neiden und sich deshalb böse Geschichten aus den Fingern saugen?«

»Meinst du? Da wird aber was ganz was anderes über die erzählt. Das hab ich auch schon öfter gehört.« Ihre Freundin klang skeptisch.

Carola hakte sich unter. »Barbara, ich bitte dich. Dein Beruf ist doch dazu prädestiniert, dass die Leute nicht nur zum Haareschneiden und Kaffeetrinken, sondern auch zum Tratschen zu dir kommen.«

»So? Aber mir hat nicht nur eine Kundin erzählt, die ihre Kinder zu ihr schickt, dass sie von der Anklam blöd angeredet worden ist. Wenn die so weitermacht, hat die bald keine Patienten mehr, das sag ich dir.« Barbara zog Carola hinter ein Getreidedreieck. »Und jetzt duck dich, da drüben kommt wieder der Lenz.«

Carola hockte sich neben ihre Freundin. In ihren Augen war es ja gerade die Aufgabe einer Kindertherapeutin, mit Eltern Klartext zu reden. Aber das behielt sie jetzt mal besser für sich. »Und? Was ist jetzt? Sind die weg? Ich hab echt keine Lust darauf, dass mich hier noch einer sieht. So langsam gehen mir nämlich die Ausreden aus.«

»Lügen wohl eher«, entgegnete Barbara. »Aber ja, kannst aufstehen, sie sind fort.«

Dankbar richtete Carola sich auf. »Weißt du zufälligerweise auch was über die Albrechts? Er ist so ein schmalbrüstiges Manderl, wie ihr Bayern sagen würdet, und sie, tja, wenn ich's mir recht überlege, hab ich von ihr gar kein Bild.« Carola kramte in ihren Erinnerungen nach Joseffa Albrecht.

Barbara schien Carolas Neugier, was ihre Diessener Mitbürger betraf, nicht zu erstaunen. Sie hakte sich wieder unter. »Ist auch kein Wunder, die Seffa ist eher der blasse Typ. Steht aber in Nibelungentreue zu ihrem Mann. Vollkommen unbegreiflich. Der macht wirklich so gar nichts her. Und zerreißen tut der auch nichts. Was ist er jetzt gleich noch mal?«

»Unternehmensberater. Mediator, um genau zu sein«, soufflierte Carola.

Barbara schnaubte verächtlich. »Genau, du sagst es. Wenns du es als Unternehmensberater zu nix gebracht hast, wirst heutzutage Mediator.«

»Ja servus, habe die Ehre, was führt dich denn her?« Ein kräftiger Arm legte sich um Carolas Schulter und drehte sie geschickt von Barbara weg. Viel zu dicht für ihren Geschmack stand sie Max Anklam gegenüber.

»Du bist doch die Sekretärin vom Ludwig, gell? Sag mal, suchst du vielleicht einen neuen Job? So eine wie dich könnt ich bei mir gut brauchen.« Der Zimmerer rückte noch näher an sie heran.

Reflexartig schnappte Carola nach Luft, machte einen Schritt zurück und rang sich einen neutralen Gesichtsausdruck ab. »Herzlichen Dank für das Angebot, aber meine Aufgabe als Leiterin des Weilheimer Wahlkreisbüros füllt mich voll und ganz aus.«

Anklams Miene verdüsterte sich für eine Viertelsekunde, dann strahlte er wieder wie zehntausend Watt. So schnell gab ein Zimmerer nicht auf. Mit einer kleinen Bewegung machte er ein paar Zentimeter auf Carola gut. »Wenns du meinst. Wir können uns aber auch mal so treffen. Ich muss öfter mal nach Weilheim, Material holen, da –«

»Max, bist du hier fertig?« Lächelnd und ihre Schneckerllocken in alle Richtungen fliegen lassend, trat Sabine Anklam neben ihren Mann. »Da drüben sind die Leut, von denen ich dir erzählt habe. Wollen einen neuen Dachstuhl.« Sie griff nach seiner Hand, drehte sich um und zog ihn mit sich mit. Max Anklam hob lachend die Schultern und fiel neben seiner Frau in einen Gleichschritt.

Puh, dachte Carola und sah den beiden hinterher, das nenn ich mal Timing. Sie wandte sich wieder Barbara zu, als ihr Blick sich mit einem anderen kreuzte, und stockte in der Bewegung. Ein Unbeteiligter hätte meinen können, dass sich Sabine Anklam noch einmal über die Schulter ihres Mannes hinweg den Kornkreis ansah und Carola ihr dabei rein zufällig im Weg stand. Aber das war nicht der Fall. Die Frau starrte sie an, fixierte sie wie die Schlange das Kaninchen. Erbarmungslos. Unerbittlich. Eisig. Furcht griff mit kalten Fingern nach Carola. Wenn Blicke töten könnten, dachte sie, wäre ich auf der Stelle hin.

Im Kubus

»Mal ehrlich: Würdest du hier arbeiten wollen?« Lenz stand, die Hände in die Hosentaschen gestopft, auf dem grauen Plattenweg, der sich dem Landratsamt entgegenstreckte, und reckte das Kinn in die Höhe.

»Mei, ist halt ein echtes Siebziger-Jahre-Kleinod. Wie unsere Dienststelle auch.« Franz hatte sich neben ihm aufgebaut und massierte gelangweilt seine Stirnfalten.

»Diese Farbe.« Lenz betrachtete das wässerige Gelb der Zweckbaufassade. »Wer hat darüber eigentlich entschieden?«

»Der Vorgänger vom Landrat, kurz bevor er abgewählt wurde. Weil er seinem Nachfolger so richtig eins reinwürgen wollte.« Franz fing Lenz' erstaunten Blick geschickt auf und schnalzte ihn mit einem Zwinkern zurück. »Dich kann man aktuell täglich in den April schicken, gell? Merkst du selber, nicht wahr? Das Landratsamt ist vollkommen in Ordnung. Ich frag mich bloß, was mit dir los ist.«

Ohne auf Franz einzugehen, strebte Lenz dem Eingang zu. Aus dem Augenwinkel beobachtete er den kleineren Seitenanbau zu seiner Rechten. Vor der Kfz-Zulassungsstelle sirrte es wie in einem Bienenstock. Typisch für einen Montagmorgen. Er rief sich zur Ordnung. Franz hatte recht. Er war unkonzentriert. Nicht bei der Sache. Aber das ging nicht, er konnte sich nicht hängen lassen, nur weil Carola zu Barbara ... Ja, was war sie eigentlich? Ausgezogen? Endgültig? Aber ihre Sachen waren noch da. War es aus mit ihnen beiden? Würde er sie jemals wiedersehen? Er konnte nicht einen dieser Gedanken zu Ende denken, ohne dass ihm sofort hundeelend wurde. »Komm, wir haben einen Termin.«

In der Hand einen Zettel mit der Zimmernummer des Landrats, ging er neben Franz durch lange Gänge. Sie waren still und menschenleer. Bilder eines Science-Fiction-Films, in dem Wesen aus den Tiefen des Weltalls andere assimilierten und mit ihnen in einem nachtschwarzen Kubus zusammenlebten, gingen ihm durch den Kopf. *Widerstand ist zwecklos.* Er dachte an die Zulassungsstelle im Erdgeschoss und beschleunigte, als er sich fragte, wie die Mitarbeiter dort ihre kybernetischen Implantate versteckten, seinen Schritt.

»Sag mal, tut hier eigentlich irgendjemand irgendetwas?« Franz' Stimme erzeugte ein kleines Echo in dem langen Gang, ebenso wie ihre Schritte.

Lenz erkannte am Tonfall, dass sein Kollege ehrlich irritiert war.

»Okay, bei uns geht's manchmal zu, das kann auch schon mal nerven. Aber hier sind wir bis jetzt noch nicht einer Menschenseele begegnet. Ist hier überhaupt jemand? Oder sind wir die Einzigen?«

Lenz überlegte kurz, ob er seinen Kollegen an der Borg-Theorie teilhaben lassen sollte. Der würde sofort den Amtsarzt rufen. Kurz darauf stoppte er, kontrollierte die Nummer auf seinem Zettel und wollte gerade an die Tür klopfen, als die von innen aufgerissen wurde.

Haselnussfarbene Knopfaugen blickten ihm entgegen, seine Hand wurde ergriffen und energisch geschüttelt. Der Mann im Türrahmen sah aus wie einem Heimatfilm entstiegen. Gegelte König-Ludwig-Locken fielen über eine hohe Stirn. Volle Lippen unter einem schmalen Oberlippenbart und einer dünnen Hakennase hatten sich zu einem Lächeln verzogen. Der Mann mochte Mitte dreißig sein, war mittelgroß und mittelschwer. Er steckte in einem Lodenjanker, blauem Karohemd, grauer Bügelfaltenhose und schwarzen Schnürschuhen.

Reflexartig murmelte Lenz: »Grüß Gott.«

»Ah, grüß Gott, die Herren Kommissare, auf die Minute pünktlich, wie es sich für bayerische Staatsbedienstete gehört. Kommen S' rein, kommen S' rein. Darf ich mich vorstellen? Alexander Bichler, Leiter des Büros Dr. Schuster.« Wie ein Conférencier auf einer Showbühne trat der Mann zur Seite und gab mit einer einladenden Geste die Sicht auf das Büro hinter sich frei.

Da legst dich nieder, dachte Lenz, das nenn ich mal eine Aussicht. Durch bodentiefe Fenster ging der Blick weit über den tosenden Lech am Fuße des Landratsamtes zu den Türmen der Altstadt hinüber. Der Landrat selbst hatte die Kulisse im Rücken. Er thronte in einem schwarzen Lederchefsessel vor einem Schreibtisch aus Chrom und Glas, der bis auf eine Telefonanlage, einen stylishen Bildschirm und einen Notizblock vollkommen leer war. So, dachte Lenz, der Landrat bevorzugt also den souveränen Auftritt. Dann klopfen wir mal ein bisserl auf den Busch.

»Grüß Sie Gott, Herr Dr. Schuster. Mein Beileid. Und herzlichen Dank, dass Sie sich Zeit für uns nehmen.«

Der Politiker reichte ihnen nacheinander die Hand. »Das ist doch selbstverständlich. Bitte, setzen Sie sich.«

Lenz hockte sich auf die Kante des edlen Besucher-Freischwingers und sah Schuster dabei zu, wie er sich in seinen Sessel zurückfallen ließ. Der Büroleiter zog sich einen Stuhl heran.

»Wir sind hier alle sehr betroffen. Lisa, wir duzen uns alle, war ein wertvolles Mitglied meines Teams. So jung. Und so talentiert.« Schuster faltete die Hände auf der Glasplatte vor sich.

Talentiert, soso, dachte Lenz. In welcher Hinsicht? »Herr Dr. Schuster, unsere Ermittlungen –«

»Ermittlungen?« Der Angesprochene gab sich keine Mühe, seine Irritation zu verbergen. »In welcher Sache ermitteln Sie denn? Gehen Sie etwa von einer Straftat aus?«

Wieso fiel ihm neuerdings eigentlich alle Welt ins Wort? Lenz schaute streng. »Ein Mensch wurde aus dem Leben gerissen. Die Obduktion hat zwar keine Hinweise auf eine Straftat ergeben, das ist richtig, aber im Umfeld des plötzlichen Ablebens von Frau Gruber sind dennoch Ungereimtheiten aufgetaucht. Dem müssen wir nachgehen.«

Der Landrat lachte gekünstelt. »Ich werde selbstverständlich jede Ihrer Fragen beantworten. Und ermitteln Sie bitte, wenn Sie der Meinung sind, dass hier Steuergelder korrekt verwendet werden.«

Oha, dachte Lenz, bin ich dir jetzt schon auf die Zehen gestiegen? »Wie ich bereits sagte, unsere Ermittlungen haben ergeben, dass sich Frau Gruber nicht aus privaten Gründen am See aufhielt. Sie hatte einen beruflichen Termin. Der Termin war mit den Initialen P und A und dem Vermerk ›BTI‹ in ihrem Kalender markiert. Können Sie uns bitte Auskunft geben, mit wem sich Frau Gruber getroffen hat und um was genau es bei dem Gespräch gehen sollte?«

Das Lachen des Landrats wurde um eine Nuance schriller. »Nun, Lisa hat weitgehend selbstständig agiert.« Wieder landeten seine gefalteten Hände vor ihm auf der Glasplatte.

Lenz sah im Augenwinkel, wie Franz sich neben ihm in seinem Besucherstuhl nach vorn beugte. »Das ist alles, was Sie uns dazu sagen können, Herr Landrat? Ein bisserl wenig.«

Schuster warf die Hände in die Luft. »Wie ich schon sagte, Lisa war in ihrer Zeiteinteilung vollkommen frei. Sie hat selbstständig recherchiert und ihre Termine eigenständig vereinbart.«

Dass du jede Frage beantworten würdest, war dann schon mal eine Lüge. Dir helf ich weiter, Bürscherl. Lenz straffte sich. »Herr Dr. Schuster, wer ist P. A.?«, hakte er nach, um einen neutralen Ton bemüht.

»Woher soll ich das wissen?« Der Landrat verzog sichtbar genervt die Mundwinkel. »Auch auf die Gefahr hin, dass ich mich wiederhole: Ich kontrolliere nicht, mit wem sich meine Mitarbeiter bei der Ausübung ihrer Pflichten treffen.«

Das glaubst du doch selber nicht, dachte Lenz. »Herr Dr. Schuster, nur um das klarzu–«

»Ich kann das bestätigen«, fuhr ihm der Büroleiter eilig dazwischen. »Wir können hier tun und –«

»Alex!«, schnitt ihm sein Chef das Wort ab.

Und hier werd ich sogar schon vom Mitarbeiter unterbrochen, dachte Lenz und beobachtete, wie sich das Gesicht des Heimatfilmdarstellers rosa färbte. Der Landrat hatte etwas zu verbergen, so viel stand schon mal fest. »Dann lassen Sie es mich anders formulieren«, wandte er sich wieder an den Politiker. »Welchen Arbeitsauftrag haben Sie Ihrer Pressesprecherin in Sachen BTI gegeben?«

Der Blick des Landrats wanderte nach links. »Meine Positionen in dieser Angelegenheit sowohl der Presse als auch Multiplikatoren gegenüber zu vertreten. Was denn sonst? Und dieser Aufgabe ist Lisa ganz hervorragend nachgekommen. Für mich zählen nur Ergebnisse. Ich muss und will auch nicht über jeden einzelnen Schritt meiner Mitarbeiter informiert werden.«

Oh, der log. Und wie. Wich Lenz' Blick aus. Sollte er ihn darauf hinweisen, dass er kein Recht hatte, die Aussage zu verweigern, oder wäre das zu übereilt? »Da muss ich Ihnen recht geben, Herr Dr. Schuster. Mikromanagement ist etwas ganz Furchtbares.« Er lächelte freundlich und holte zur nächsten Frage aus. »Die Reaktionen auf Ihr Interview, das am Freitag in der Zeitung erschienen ist, haben Sie gesehen?«

Der Landrat lächelte sparsam. »Selbstverständlich.«

Das ist doch sinnlos, dachte Lenz, der rückt nicht mit der Sprache raus. »Was unternehmen Sie in dieser Sache?«, fragte er dennoch leutselig, sein Gegenüber fest im Blick.

Nachlässig nickte der Landrat seinem Büroleiter zu und versank noch etwas tiefer in seinem Sessel.

Der König-Ludwig-Verschnitt nahm Haltung an. »Staatskanzlei und Innenministerium sind bereits informiert, der Staatsschutz ebenfalls. Der Landrat bekommt Personenschutz. Aber alles ganz unauffällig.«

Beim letzten Wort schnellte Schuster in seinem Stuhl nach vorn. »Meine Herren, war's das? Meine Zeit ist äußerst knapp bemessen, ich müsste dann mal weiter.« Sein Blick ließ erkennen, dass er von der Anwesenheit der Kommissare voll und ganz genug hatte.

Lenz überlegte, ob er beharrlich bleiben sollte, entschied sich aber dagegen. Er hatte genug gehört.

Der Büroleiter stand auf, und auch Franz machte Anstalten, sich von seinem Stuhl zu erheben. »Wir empfehlen uns.«

Die Miene des Landrates hellte sich auf. »Eine Sache möchte ich Ihnen aber noch mit auf den Weg geben.« Er zwinkerte Lenz zu. »Ich hab ja schon gesagt«, er flocht einen Lacher ein, »dass Lisa und ich ein gutes, um nicht zu sagen, enges Verhältnis hatten. Aber es war nicht das, was Sie jetzt denken. Ich bin glücklich verheiratet.« Schuster schickte seiner Aussage ein Grinsen hinterher.

Lenz hatte die Mimik des Politikers genau beobachtet. Als ob das jemals eine Rolle gespielt hätte, dachte er. »Und weiter?«

»Lisa hat mir ganz im Vertrauen erzählt, dass es wohl einige ganz Gewiefte im Landkreis gibt, die auf der BTI-Welle mitschwimmen wollen.«

Vor Lenz' innerem Auge erschien ein See aus giftgrünem Wasser. »Da gibt es eine Welle? Wie hab ich mir das vorzustellen?«

»Nun, BTI, wenn es denn kommt, wird ein Riesengeschäft. Das Mittel muss in großen Mengen hergestellt und ausgebracht werden. Das allein ist schon eine Gelddruckmaschine. Aber der Clou ist: Für solche Projekte im ländlichen Raum gibt es Fördermittel.«

Du willst mich doch nur ablenken, dachte Lenz. Deshalb schmeißt du mir jetzt einen Knochen hin. Aber von was? »Und?«, fragte er.

Der Politiker sah ihn an, als ob er nicht alle Tassen im Schrank hätte. »Fördermittel kriegen Sie nicht einfach am Geldautomaten. Wir reden hier schnell mal über mittlere fünfstellige Beträge, wenn es gut läuft, auch über sechsstellige. Ich sage das nur, damit Sie mal eine Idee von den Dimensionen bekommen.«

Der hält mich für einen kleinen Dorfpolizisten, einen depperten noch dazu, dachte Lenz. Dann lass ich ihn mal in dem Glauben. Er bemerkte, dass Franz neben ihm unruhig in seinem Stuhl hin- und herrutschte, und legte ihm die Hand auf den Unterarm. Dann knipste er sein freundlichstes Lächeln an. »Wie spannend.«

»Dafür ist eine komplexe Antragstellung notwendig, beim Land, beim Bundesministerium, bei der EU, je nachdem«, dozierte der Landrat, der eben noch keine Zeit mehr gehabt hatte. »Das Know-how müssten Sie sich theoretisch erst aneignen. Jetzt stellen Sie sich mal vor, dass es Berater gibt, die Ihnen dabei helfen. Und ihre Unterstützung lassen die sich in Gold aufwiegen.« Schuster strahlte ob dieser kleinen Nachhilfestunde bis über beide Ohren.

Daher wehte also der Wind: Wir wollen jemanden denunzieren. Lenz strengte sich an, nicht die Stirn zu runzeln. »Haben Sie jemand Bestimmtes im Blick, wenn Sie von Beratern sprechen?«, fragte er treuherzig.

Schuster nickte. »Mein Tipp: Schauen Sie sich mal den Friedhelm Albrecht an. Der war früher einfacher Unternehmensberater, firmiert seit Neuestem aber als Mediator und, jetzt kommt's: als Coach in Sachen BTI. Der macht auch DIN-ISO-Zertifizierungen und unterstützt seine Klienten bei genau diesen Anträgen. Wer weiß, ob da alles mit rechten Dingen zugeht.« Er stand auf. »Jetzt bin ich meinen staatsbürgerlichen Pflichten aber wirklich nachgekommen.«

Sein Blick sagte Lenz, dass er das Gespräch gedanklich bereits abgehakt hatte. Er nickte einen stummen Gruß und wandte sich zur Tür.

Der Büroleiter hielt schon die Klinke in der Hand. »Sollten Sie noch etwas von uns brauchen, Sie wissen ja: Ein Anruf genügt.«

Lenz gab sich nicht die Mühe zu nicken. Wenn dieser Kasten hier nicht aus Beton wäre, würden sich jetzt vor lauter Lügen die Balken biegen, dachte er. Hinter ihm fiel die Tür mit einem satten Geräusch ins Schloss.

Die Stille des leeren Flures umfing sie wieder. »Und?«, fragte er Franz.

Der hatte seine Fäuste in die Designerjeans gestopft und lehnte sich jetzt lässig gegen die mit abwaschbarer Latexfarbe gestrichene Wand. »Okay, du hattest recht. Hier ist etwas nicht ganz koscher.«

Lenz sah ihn von der Seite an, schwieg und wartete.

Franz wechselte das Standbein. »Ich korrigiere mich: Hier stinkt etwas gewaltig zum Himmel.«

Lenz deutete sein Nicken nur an.

Franz schien seine Reaktion nicht wahrzunehmen. »Es fällt mir schwer, den Finger daraufzulegen, was uns Schuster verheimlichen will, aber für mich steht fest, dass der Landrat weiß, mit wem sich seine Lisa getroffen hat. Er darf diese Aussage nicht verweigern.«

Lenz hob die Schultern. »Richtig. Und genau darum schert

er sich nicht. Weil er nämlich ganz genau weiß, was für einen Aufwand wir hätten, ihn zu einer Aussage zu zwingen. Von dem Ärger ganz zu schweigen. Ich kapier aber trotzdem nicht, warum er das macht. Er muss doch wissen, dass uns das auffällt.«

Franz lachte leise. »Meinst du? Ich glaube, der ist so arrogant, dass er denkt, wir checken das nicht. Fest steht, er weiß, mit wem sich die Gruber getroffen hat. Und warum. Aber das will er uns ums Verrecken nicht sagen.«

Lenz machte eine kleine Handbewegung. »Komm, lass uns diesen ungastlichen Ort verlassen.«

Gemeinsam gingen sie den leeren Flur entlang. »Ich stimme dir in jedem Punkt zu. Ist dir aufgefallen, dass er uns einen Köder hingeschmissen hat?«

»Mit dem Hinweis auf den Berater? Ich hätte ihn am liebsten gefragt, für wie blöd er uns eigentlich hält.« Franz lachte leise.

»Das Gesicht hätte ich gern gesehen.« Lenz grinste. »Unabhängig davon bin ich gern bereit, anzubeißen und mir diesen Friedhelm Albrecht genauer anzusehen. Rufst du da an und gibst Bescheid, dass wir kommen? Ich will wissen, wie der die Sache sieht.«

Eine halbe Stunde später hielten sie vor einer schmucklosen Halle im Gewerbegebiet von Pähl. »Schlechter Geschmack war nicht nur in den Siebzigern weitverbreitet. Mir scheint, der Albrecht sitzt in der oberen Etage.« Lenz betrachtete zwei einträchtig nebeneinander an die Fassade montierte Firmenschilder von Elektro Gruber und Albrecht Beratung. »Nicht gerade repräsentativ. Da hätte ich von einem Unternehmensberater ein bisserl mehr erwartet.«

Franz kletterte aus dem Dienstwagen und lehnte sich auf den Rahmen der Beifahrertür. »Mei, find ich jetzt richtig sympathisch. Im Zweifelsfall ist das ein Zeichen für seine Kunden, dass er ihr Geld nicht zum Fenster rausschmeißt.«

»Oder dafür, dass es zu mehr nicht reicht. Komm.« Lenz stieg eine schlichte Stahltreppe in den ersten Stock hinauf, klopfte an eine Metalltür, trat ein und hielt überrascht inne. Der Unterschied zum unaufgeregten Äußeren der Halle hätte stärker nicht sein können. Aus unzähligen Deckenspots fiel gleißend helles Licht auf schneeweiße Wände und tief royalblaue Auslegeware. Mit Hilfe eines Hängesystems, das Lenz aus Galerien kannte, war jede Wand mit einem übergroßen schreiend bunten Bild behängt – sie zeigten einen Sonnenuntergang, Vögel, die dem Horizont entgegenflogen, und eine perspektivisch verzerrte Marilyn Monroe. Aus kleinen Lautsprechern perlte unverkennbar die Verkehrsfunkmelodie von Bayern 3.

»Grüß Gott!«, rief Lenz in den Raum und ging ein paar Schritte, die den Trockenbauboden unter ihm zum Ächzen brachte. Ein drahtiger Mittfünfziger mit leichter Sommerbräune und schütterem Haar betrat eilig den Empfangsraum.

»Ah, die angekündigten Kommissare. Grüß Gott, Albrecht mein Name. Bewundern Sie unsere kleine Ausstellung? Toll, nicht wahr? Der Künstler ist ein enger Freund von mir. Macht normalerweise Airbrush auf Autos. Das sind seine ersten Werke auf Leinwand. Können Sie kaufen. Darf ich vorgehen?«

Ohne eine Antwort abzuwarten, drehte Albrecht sich um und marschierte los. Franz sah Lenz achselzuckend an und folgte ihm.

Sie passierten mehrere Besprechungszimmer. Durch eine geöffnete Tür konnte er eine Wand sehen, auf die ein Projektor ein helles Bild warf. Das TÜV-Siegel strahlte auf dem hellen Untergrund, dazu der Schriftzug »DIN EN ISO 9001« und der Name »Dr. Gabriele Boetius«. Eine voluminöse rothaarige Frau im Businesskostüm und mit Perlenkette wurde von dem hellen Licht angeleuchtet. Unwillkürlich verlangsamte Lenz seinen Schritt. Hatte davon nicht der Landrat erzählt?

Albrecht schien zu bemerken, dass er innehielt, stoppte nun seinerseits und drehte sich um. »DIN-ISO-Zertifizierungen. Unser Kerngeschäft«, erläuterte er. »Wir begleiten die unterschiedlichsten Unternehmen auf ihrem Weg hin zu einem integrierten Qualitätsmanagement.« Sein Mund verzog sich zu einem Verkäuferlächeln, dann öffnete er eine Tür zu einem kleinen Besprechungsraum. Mit einem Griff zog er einen Stuhl heran, setzte sich und machte eine einladende Geste. »Also, meine Herren, was kann ich für Sie tun?«

Lenz hockte sich auf die Kante eines Stuhls ihm gegenüber. »Herr Albrecht, wir untersuchen die Umstände des Ablebens von Lisa-Maria Gruber, der Pressesprecherin des Landrats.«

Über das immer noch professionell lächelnde Gesicht des Beraters zog eine Wolke. »Stand in der Presse. Ich kannte sie, rein beruflich natürlich, hatte sie aber schon lang nimmer gesehen. Ewig schad.«

Lenz fixierte Albrecht. »Wir kommen gerade vom Landrat. Der hat angedeutet, dass Sie – nun, wie soll ich mich ausdrücken? – zu den Profiteuren in Sachen BTI gehören.«

Das Lächeln erlosch vollständig. Albrecht kniff die Augen zusammen. »Das hat er gesagt?«

Lenz nickte. »Inhaltlich schon.«

»So ein Hundling.« Albrechts Rechte fuhr in seine Haare. »Das muss ich erst mal verdauen.« Er senkte den Blick und besah sich seine Fingernägel.

Die Kommissare schwiegen. Und warteten.

Nach einer kleinen Ewigkeit hob Albrecht den Kopf wieder. »Darf ich Ihnen meine Sicht der Dinge darlegen?«

»Wir bitten darum.« Franz schlug entspannt die Beine übereinander.

Albrecht überlegte kurz, lehnte sich dann zurück und faltete die Hände im Genick. »Ich bin Schuster ein Dorn im Auge.«

Wem will dieses Manderl denn zu nahe treten? »Wieso?«, fragte Lenz.

Albrecht kippte nach vorn, lehnte sich über den Tisch den Kommissaren entgegen und lächelte. »Weil ich nun mal nicht folgen kann. Damit Sie das verstehen, muss ich ein bisserl ausholen. Wissen S', als Kinder waren wir Nachbarn, sind sogar zusammen zur Schul gegangen.«

Lenz ließ ihn nicht aus den Augen. »Das heißt ja was, bei uns am Land.«

»Richtig.« Albrechts Lächeln verglomm erneut. »Aber dann wurde er politisch und hat gemeint, weil wir nebeneinander in der Bank gehockt sind, müsste ich seiner Partei beitreten. Mag ich aber nicht.«

»Und?« Lenz hob die Augenbrauen.

Der Berater verschränkte die Arme vor der Brust. »Ich bin in der Opposition. Das trägt er mir nach, bis heute.«

Wirklich? So ganz kauf ich dir deine Opferrolle nicht ab, dachte Lenz. »Herr Albrecht, uns würde interessieren, wie Ihre Haltung zu BTI ist.«

Der Angesprochene zuckte mit den Achseln. »Sie wollen wissen, wie ich zu der Mückendiskussion und zu dem Bekämpfungsmittel stehe? Nun, ich sehe das vollkommen pragmatisch. BTI ist ein zugelassener Wirkstoff. Wenn es in den Gemeinden eine politische Meinungsbildung gibt, die zu dem Ergebnis kommt, dass das Mittel im Rahmen der gesetzlichen Grenzen ausgebracht werden soll, kann ich keinen Hinderungsgrund für einen Einsatz erkennen.« Er seufzte. »Mein Pragmatismus hat mir schon viel Ärger eingebracht.«

»Inwiefern?«, hakte Franz nach.

Albrecht hob entnervt die Schultern. »Mei, ich hab total unterschätzt, wie emotional die Leute auf das Thema reagieren. Ich bin Betriebswirt und Berater, ich unterstütze meine Kunden vor dem Hintergrund betriebswirtschaftlicher Analysen. Und für diese, wie gesagt, pragmatische Haltung werde ich jetzt persönlich angegriffen.«

Und deshalb soll ich Mitleid mit dir haben, oder wie?, dachte Lenz. »Wie haben wir uns diese Angriffe konkret vorzustellen?«, fragte er betont freundlich.

Albrecht beugte sich noch weiter über den kleinen Konferenztisch. »Meine Frau wird auf offener Straße beschimpft. Meine Kinder haben in der Schule Dresche gekriegt. Und mir drohen Kunden, dass sie mir Aufträge entziehen, wenn ich weiter in Sachen BTI berate. Ist das nicht eigentlich Nötigung?«

»Das müssen Sie einen Rechtsanwalt fragen, Herr Albrecht«, entgegnete Lenz kühl, dann überlegte er kurz. »Ich fasse das mal zusammen: Sie kannten Frau Gruber, hatten aber jüngst keinen Kontakt zu ihr. Korrekt?«

Albrecht nickte ernst. »Korrekt.« Er hielt kurz inne, bevor er den Kopf schüttelte. »Jetzt sind Sie umsonst zu mir rausgekommen. Leider eine Schneiderfahrt für Sie. Kann ich noch etwas für Sie tun?«

Lenz stutzte. Wie kam dieses Manschgerl auf das schmale Brett, sie einfach weiterschicken zu können? Wollte er von sich ablenken? Er setzte eine freundliche Miene auf. »Wissen Sie, wer bei uns im Landkreis gewerblich Drohnen vermietet?«

Der Berater sah ihm direkt in die Augen. »Sie meinen die, die da über das Erholungsgebiet geflogen ist?«

Lenz hörte, wie Franz neben ihm ausatmete. Es war wirklich bemerkenswert. Einmal mehr war hiermit der Beweis erbracht worden, dass am Ammersee nichts geheim gehalten werden konnte. In der Presse war von der Drohne nichts zu lesen gewesen, also konnten es nur die Buschtrommeln gewesen sein, die die Nachricht von dem Flugobjekt am Nordufer schneller als der Schall verbreitet hatten.

»Haben Sie einen Tipp für uns?«, fragte er möglichst unaufgeregt zurück.

Albrechts Gesicht verriet keine Gefühlsregung. »Wenn Sie, wie ich hoffe, Ihren Job gemacht haben, wissen Sie doch, dass es eine vom Aufkammer war. Wobei der mit der ganzen Sache sicherlich nichts zu tun hat. Für den Mann leg ich meine Hand ins Feuer.«

Lenz kniff die Augen zusammen. Was sollte dieser plötzliche Anfall von Heldenmut? Er hatte doch nur eine einfache Frage gestellt. »Danke für die Auskunft, Herr Albrecht. Und entschuldigen Sie, dass wir Ihre Zeit in Anspruch genommen haben.« Er stand auf.

»Immer zu Diensten.« Der Berater lächelte wieder fröhlich. »Ich bringen Sie noch zur Tür.«

Nachdenklich ging Lenz die wenigen Meter von der Halle zu ihrem Dienstwagen. Was war hier los?

»Sag mal, was ist hier eigentlich los?«, sprach Franz laut seinen Gedanken aus.

»Das kann ich dir nicht sagen. Aber ich habe immer mehr Fragen, nicht weniger. Ich hab den Eindruck, die einen spielen Schwarzer Peter, die anderen Jean d'Arc. Und ich kapier nicht, wieso.« Lenz öffnete die Fahrertür.

Franz kratzte sich gedankenverloren hinter dem Ohr. »Mein Instinkt als Ermittler sagt mir, dass wir auf etwas gestoßen sind. Aber auf was in drei Teufels Namen?«

»Das würde ich auch zu gern wissen.« Lenz warf den Autoschlüssel in die Luft und fing ihn wieder auf.

Franz schenkte seinen Jonglierkünsten keine Beachtung. »Eine Frau ist gestorben. Plötzlicher Herztod. Aber ich erinnere dich daran, was Silke –«

»Silke?«, fragte Lenz irritiert.

Franz schenkte ihm über den Kühler hinweg ein mildes Lächeln. »... was Frau Dr. Matthiessen gesagt hat. Die Gruberin war vermutlich extrem gestresst. Das hat ihr Herz nicht mitgemacht. Aber weswegen der Stress morgens um neun im Erholungsgebiet Eching?«

Lenz beschloss, auf die Vornamensnennung nicht weiter einzugehen. »Ich möchte hiermit feststellen, dass die Hundlinge etwas zu verbergen haben. Und zwar vor uns, der bayerischen Kriminalpolizei. Es muss zwischen der toten Gruber, dem BTI, dem Landrat und dem Albrecht einen Kausalzusammenhang geben. Das ist doch auch schon was. Warst du mal auf Treibjagd?«

Franz schaute verdutzt. »Mein Gott, du weißt doch, dass ich so was ablehne.«

»Mein Opa war Jäger, ich musste als Junge Treiber spielen«, erzählte Lenz. »Jeden Herbst sind meine Kumpels und ich vor den Männern hergelaufen und haben mit Stöcken auf Büsche geschlagen. Die Hasen haben sich erschreckt, sind losgerannt und wurden, puff, abgeknallt.«

»Ih, pfui, bah, wie grausam.« Franz schüttelte sich.

Lenz lehnte sich über das Autodach. »Komm, Franz, lass uns auch auf Büsche klopfen. Mal schauen, was dann losrennt.«

Schadensbegrenzung

Niemand beachtete Carola, als sie die wenigen Meter vom Parkplatz zum Ludwig'schen Wahlkreisbüro zu Fuß ging. Obwohl sie das Gefühl hatte, dass auf ihrer Stirn in Leuchtschrift zu lesen stand: »Mein Freund ruft mich nicht an.« Dass niemandem das auffiel?

Sie gähnte. Eine unruhige Nacht lag hinter ihr. Immer wieder war sie aufgeschreckt, irritiert von dem fremden Zimmer, den ungewohnten Gerüchen. Ihr Herz tat weh. Im Schutz der Dunkelheit hatte sie den Tränen freien Lauf gelassen und war dennoch wieder eingenickt. Als sie um sieben Uhr ihr Telefon geweckt hatte, hatte sie sich vollkommen gerädert aus dem Bett gequält. Aber es war Montag, sie musste zur Arbeit.

Zum gefühlt zweihundertsten Mal an diesem Morgen sah sie auf das Display ihres Telefons. Nichts. Das Schweigen machte sie fertig. Er rührte sich nicht. Sie sich auch nicht. Wie hatte sie sich so verrennen können? Wie sollte es bloß weitergehen?

Wie viel Anstrengung es sie an diesem Morgen kostete, wahrzunehmen, wie lieblich die Obere Stadt war. Genauso viel, wie vorhin die Augen aufzuschlagen und dem Fleck an der Decke keine Beachtung zu schenken, sondern schleunigst Barbara in der Küche beim Frühstück Gesellschaft zu leisten. Nur nicht nachdenken, weder über norddeutsche oder bayerische Familientraditionen noch über Lokalpolitik oder gar Mücken.

Doch, doch, Weilheim war schön hier. Was man weiß Gott nicht von jeder Ecke dieser Stadt sagen konnte. Auf den Stühlen vor der Eisdiele saßen die Ersten schon bei Kaffee und Zeitung, der Angerbach gurgelte durch das Wasserrad, die Bäume spendeten Schatten vor der bereits wärmenden Sonne. Angenehm mückenfrei war es hier auch. Betont gemächlich ging sie an den Schaufenstern vorbei. Mach dich nicht verrückt, Caro, redete sie sich gut zu, wenn du deine innere Mitte findest, groovt sich dein Leben ganz von selbst wieder ein. Wirst schon sehen. Mit Nachdruck schob sie die kleine Stimme im Kopf beiseite, die »Lenz, was ist mit Lenz?« flüsterte, drückte die Klinke der Wahlkreisbürotür hinunter und prallte gegen eine Wand aus Hektik und Lärm.

Ihr Chef stand mit dem Telefon am Ohr an seinem Schreibtisch und rief: »Jetzt lassen Sie mich doch …«

Sogar Carola konnte hören, dass der Anrufer in der Leitung brüllte. Frustriert hielt Ludwig das Telefon vom Kopf weg und riss den freien Arm in die Luft.

Seppi lief mit seinem Headset auf dem Kopf und »Ja, ich höre Sie, ja, laut und deutlich« brummend durch das Büro, dazu klingelte das Telefon an ihrem Platz und wollte gar nicht mehr aufhören.

Carola spürte, wie jemand sie an der Schulter zur Seite schob, drehte sich um und erkannte ihren Lieblingspostboten. Ihr »Servus, grüß dich« blieb ihr im Halse stecken. Dem Mann in Gelb-Blau stand die blanke Wut ins Gesicht geschrieben.

»Deinen Chef hab ich zum letzten Mal gewählt!«, bellte er und schmiss ihr die Post vor die Brust.

Reflexartig fing Carola sie auf, schloss verdattert die Tür hinter ihm und ging an ihren Schreibtisch. Adrenalin brandete heiß durch ihren Körper – was war vorgefallen, das sie übers Wochenende offensichtlich verschlafen hatte und ihnen jetzt um die Ohren flog?

Ludwig hielt einen Zettel in ihre Richtung. »FB« in Neonpink prangte darauf.

Mit gesenktem Kopf zog Carola ihren Stuhl heran und fuhr den Rechner hoch. Während sie wartete, rasten die Gedanken durch ihren Kopf. Die Kacke war am Dampfen, so viel stand fest, und das war in ihrem Lenz-Frust komplett an ihr vorbeigegangen. Hektisch kramte sie in ihren Erinnerungen.

Ihre letzte Amtshandlung am Freitag nach dem verunglückten Weißwurstfrühstück war gewesen, wie verabredet einen belanglosen und in ihren Augen sehr verträglichen Text über die verschiedenen Standpunkte zu BTI auf dem Ludwig'schen Facebook-Profil online zu stellen. Um ihn anschließend zu vergessen. Seit dem samstäglichen Desaster in der Küche hatte sie sich nicht mehr darum gekümmert.

Böser Fehler, dachte sie und starrte die aufgerufene Facebook-Seite vor sich an. Ihre Maus wanderte an den Kommentaren entlang. An den sehr, sehr vielen Kommentaren. Das nahm ja überhaupt kein Ende! Das Profil war öffentlich, jeder konnte einen Kommentar abgeben. Und das hatten über dreihundert ihrer Besucher getan, so viele wie noch nie. Wow, das waren aber eine Menge zornesroter und sich übergebender Emojis.

Sie begann zu lesen. Zahlreiche »Rücktritt jetzt!«-Forderungen gehörten noch zu der harmloseren Sorte, die Bezeichnung »Umweltsau« war da schon knackiger. Wenige schrieben unter ihrem Klarnamen, viele versteckten sich hinter einem Alias.

Sie scrollte weiter und blieb an einem langen Eintrag hängen. Da schien jemand sich ausgesprochen wichtig zu finden. Aha, ein Arzt. Wortreich legte er dar, wie sehr er Ludwigs Position missbilligte. Der Schlusssatz des Posts lautete: »Da mein Cousin als ›SZ‹-Redakteur ohnehin für einen Artikel über Artensterben und BTI in Bayern recherchiert, dürfte ihm dieses Beispiel, keine klare Position gegen BTI zu beziehen, sicherlich als Inspiration dienen.« Carola ließ sich in ihrem Stuhl zurückfallen. Drohte er ihr damit, sie bei der Presse zu verpetzen?

Während sie gelesen hatte, waren zehn neue Kommentare dazugekommen. Sie scrollte und scrollte und konnte es einfach nicht fassen. Wieder hakte sich ihr Blick an einem Eintrag fest. »Hängen sollst«, stand da. Ihre Hand zuckte zurück, als stünde die Maus unter Strom. Bis dato hatte sie noch nicht gewusst, dass es ein Galgen-Emoji überhaupt gab.

Als sie aufblickte, machte ihr Chef, den Hörer noch immer ans Ohr geklemmt, mit seinen Händen das Pausenzeichen. Carola nickte stumm. Wie erschöpft er aussieht, dachte sie. Sie stand auf, ging hinüber zur Kaffeemaschine und drückte auf die Taste für einen Cappuccino. Keuchend tat das Chromgebirge seinen Dienst. Wenigstens etwas, das heute Morgen einwandfrei funktionierte.

Seppi stellte sich neben sie, sein Headset um den Hals gelegt. Auch er machte einen mitgenommenen Eindruck. »Hab ich schon erwähnt, wie sehr mich Montage nerven?« Sein Jungenlächeln hing ihm schief im Gesicht.

Ludwig hatte den Anrufer abgewürgt und legte seinem Mitarbeiter die Hand auf die Schulter. »Danke, Seppi, dass du das auf dich nimmst.« Er sah in ihre kleine Runde. »Wir sind ja wirklich sturmerprobt, aber das sprengt alles bisher Dagewesene.«

Carola blinzelte ihn an und war erleichtert, dass er ihr keine Vorwürfe machte. »Was passiert hier gerade?«, fragte sie vorsichtig.

Seppi schaute bedeutungsschwer. »Ich würde mal sagen, das ist ein ausgewachsener Shitstorm.«

Carolas Magen fühlte sich an wie ein Eisklotz. »Dein Ernst? Und alles wegen diesem BTI-Gedöns? Es trifft jetzt nicht nur den Landrat, sondern auch uns?«

Ludwig fuhr sich über die sonnengegerbte Halbglatze. »Sieht ganz danach aus. Ich hab das erst nicht so richtig mitgekriegt. Am Samstag war noch alles okay, da sind die Leute offensichtlich zum Einkaufen und in den Baumarkt gegangen. Wie immer halt. Aber gestern hat sich da eine echte Dynamik aufgebaut. Für eine detaillierte Analyse hatte ich noch keine Zeit, aber fest steht, dass der Beitrag vom Freitag ziemlich oft geteilt und fast immer negativ kommentiert wurde.«

Carolas Körpertemperatur stieg langsam wieder etwas an. So kannte und schätzte sie ihren Chef: analytisch, sachlich, nüchtern. »Mir fehlen da immer noch zehn Meter. Wieso wir? Wir sind doch in der Sache vollkommen neutral.«

»Stimmt, Caro.« Ludwig unterbrach sich. »Jetzt mal abgesehen von den Inhalten, die ich als nicht so schwerwiegend ansehe. BTI ist am Ende des Tages ein Thema wie jedes andere auch, über das man kontrovers diskutieren kann. Wir haben in den letzten Jahren schon viel einstecken müssen. Denkt nur an das Bürgerbeteiligungsverfahren. Oder das Geothermiekraftwerk.« Ludwig lächelte schwach. »Ich hab mich schon oft anschreien lassen müssen, das macht mir nix mehr, ich hab ein dickes Fell. Außerdem bin ich dafür gewählt worden.« Er sah auf. »Mein Thema ist ein ganz anderes.«

Sein Tonfall ließ Carola aufhorchen. Was kam denn jetzt?

Ludwig stand vor seinen beiden Mitarbeitern und hob entschuldigend die Hände. »Seien wir mal ehrlich. Die Leute verlieren jedes Maß und jedes Mittel. Unter den Kommentaren waren gleich mehrere Morddrohungen, und damit ist auch bei mir eine Grenze erreicht. Um Sabine Anklams Worte vom Freitag zu gebrauchen, das ist eine Grenzüberschreitung, Mobbing, psychische Gewalt. Und nicht nur das. Ich muss das ernst nehmen und in Berlin melden.« Mit der rechten Hand beschrieb er einen weiten Kreis durch den Raum. »Das ist echt nicht mehr meins.«

Carola sah über ihren Cappuccino hinweg Seppi an, der wie ein erschrecktes Kaninchen schaute, dann ihren Chef. War das noch ihr daueroptimistischer Arbeitgeber, der jeden Fehdehandschuh aufnahm, den ihm jemand vor die Füße warf?

Sie stellte ihre Tasse ab. »Du nimmst die Spinner wirklich ernst? Aber das ist doch nur heiße Luft, was die produzieren. Ich bin der Meinung, dass wenigstens wir versuchen sollten, nicht allzu emotional zu werden, sondern sachlich zu bleiben. Aber dazu müssen wir erst mal verstehen, worum es eigentlich geht. Und das sind weder Mücken noch BTI. Da steckt doch etwas ganz anderes dahinter. Hab ich recht?«

Seppi kratzte sich am Kopf. »Die Leut brauchen einfach nur einen Deppen, den sie anschreien können.«

Ludwigs Mund formte ein kleines Lächeln, das nicht bis zu seinen Augen reichte. »Damit hast du wahrscheinlich gar nicht so unrecht.«

Seppi kicherte. »Ich glaub, es stimmt, was Caro gesagt hat. Es geht denen nicht um die Mistviecher. Oder um Artenschutz. Oder BTI.«

Ludwig verzog kritisch die Lippen. »Auch damit liegst du vermutlich ziemlich richtig.«

»Aber um was geht es denen dann?«, hakte Carola nach und schlürfte ihren Cappuccino. Großartig. So mies, wie dieser Tag begonnen hatte, so wild war sie entschlossen, sich ihn jetzt nicht ganz versauen zu lassen.

Ludwigs stahlblaue Augen waren auf einen Punkt in der Ferne

gerichtet. »Ich denke, dass die Mückenproblematik nur stellvertretend für eine generelle Überforderung steht. Als akutes Problem sind die Viecher ein Sinnbild. Unsere Welt ist hochkomplex und wird es mit jedem Tag mehr. Vielen Menschen fehlt schlicht und ergreifend der Durchblick. Sie fühlen sich ohnmächtig und reagieren darauf sehr emotional. Und wenn dann etwas passiert, über das man geteilter Meinung sein kann – in unserem Fall die BTI-Stellungnahme vom Freitag –, bricht es aus ihnen heraus. Ein Kommentar verstärkt den nächsten, wie in einem Echoraum.«

Carola schnaubte. »Sorry, Johannes, kann ja alles sein, aber Verständnis hab ich dafür trotzdem nicht. Fehlender Durchblick? Echoraum? Außerdem hab ich in dem Facebook-Post wirklich alle Positionen zu BTI auflistet. Argumente dafür und dagegen, wohlgemerkt!«

Ludwig lachte leise auf. »Ich ahne, worauf du hinauswillst. Nicht nur theoretisch, sondern auch ganz praktisch steht jedem von uns jede Information zur Verfügung. Jeder könnte, wenn er denn wollte, sich mit seinem Smartphone in der Hand im Internet schlaumachen.«

»Und warum machen die Leute das dann nicht?« Seppi sah ihn verständnislos an.

»Du fragst mich Sachen.« Ludwig sah auf einmal noch müder aus als zuvor.

Carola neigte ihren Kopf. »Na ja, wir beobachten ja nun schon seit einigen Jahren, dass die Qualität der Diskussion abnimmt. Dass Parolen statt Fakten ausgetauscht werden. Alles sehr diffus. Die Leute haben dauernd Angst, vor was auch immer.«

»Lass heute mal was sein.« Seppis Grinsen war etwas breiter geworden.

»Wie meinen?«, fragte Carola irritiert.

»Kennst du nicht?«, antwortete Seppi. »Sag mal, wie lange lebst du schon in Bayern? Das heißt, dass noch nie etwas gewesen ist, was aber nichts zu sagen hat, denn heute könnte ja was sein. *Comprende?*«

Carola streckte ihm die Zunge raus.

Ludwig hatte dem Geplänkel seiner Mitarbeiter keine Beachtung geschenkt. Er nickte gedankenverloren. »Genau. Der Himmel könnte uns auf den Kopf fallen. Wir leben in der sichersten aller Welten, aber haben Angst wie nie zuvor.«

Ärger wallte in Carola auf. Was sollte dieses indifferente Geschwurbel? Ihr Chef war gewählt worden. Sie hatten einen Job zu tun. Basta. »Lasst uns doch mal zum Punkt kommen: Haben die Menschen Angst, weil sie sich nicht informieren können oder weil sie sich nicht informieren wollen?«

Betretenes Schweigen senkte sich auf sie herab. Silhouetten von Menschen, die am Fenster vorbeigingen, warfen Schatten in den Raum. Carola konnte die Bürotelefone im Hintergrund brummen hören.

Ungläubig sah sie erst Ludwig, dann ihrem Kollegen in die Augen. »Wie jetzt? Ist meine Frage etwa nicht politisch korrekt?«

Ludwig holte Luft. »Carola, ich will es mal so formulieren: Die Welt besteht aus lauter komplizierten Fragestellungen. Eine schwieriger als die andere. Unsere Wähler verlangen von uns aber einfache Antworten. Und wenn wir die in ihren Augen nicht liefern, sind wir schuld an allem Übel.«

»Im Ernst, Johannes? Deshalb kriegen wir Morddrohungen und sollen uns fügen? Sollen nicht mehr argumentieren, Pro und Kontra gegenüberstellen, sondern vereinfachen? Aber so ein Verhalten ist gleichbedeutend mit dem Ausverkauf solider politischer Facharbeit, das ist dir schon klar, oder?«

Ludwig suchte ihren Blick. Sie hatte ihn noch nie so ernst gesehen.

»Das ist mir sonnenklar, Caro. Genau das hab ich ja eingangs sagen wollen. Als Politiker habe ich immer daran geglaubt, dass sich das bessere Argument durchsetzt. Oder, wenn mein politischer Gegner auch gute Gründe hat, wir uns in der Mitte auf einen Kompromiss einigen. Ich wäre niemals auf die Idee gekommen, dass jemand überhaupt kein Argument zur Kenntnis nehmen *will*. Ich kann jetzt aber auch nicht einfach so tun, als wäre ein Sachverhalt, wie jetzt beispielsweise das Thema Mückenbekämpfung durch BTI, simpel zu beantworten. Es gibt eine Menge Argumente dafür und mindestens die gleiche Menge dagegen. Ich bin ja gerade deshalb Politiker geworden, weil ich um Antworten auf diese komplexen Fragen ringen will. Um den bestmöglichen Kompromiss zu finden.«

Entnervt hob Carola die Schultern. »Ja und? Du weißt doch, Politik war schon immer das Bohren dicker Bretter.«

»Jaja, das ist ja alles richtig.« Ludwig schloss für einen Moment die Augen, um sie nur mühsam wieder zu öffnen. »Wie ich schon gesagt hab, hab ich kein Problem damit, politisch angegriffen zu werden. Mir geht es um die persönlichen Attacken. Hängen soll ich. Und du übrigens auch.« Der Versuch eines Lächelns misslang ihm gründlich. »Ich merke immer stärker, dass ich mich dem nicht mehr aussetzen und auch keinen von euch in Gefahr bringen will.«

Carola kniff die Augen zusammen. Schimmerten die Augen ihres Chefs etwa feucht? Ein Seufzer bildete sich in ihrer Kehle, und ein Tränenkloß kroch ihren Hals empor. Voller Mitleid betrachtete sie ihren Arbeitgeber, der mit hängenden Armen vor ihr stand. Es war aber auch alles ein bisschen viel in letzter Zeit. Und nach dreißig Jahren in der Politik konnte sie es ihrem Chef nicht verdenken, dass er so dünnhäutig reagierte. Aber was sollten sie jetzt tun? Alles hinschmeißen? Er könnte sich ins Privatleben zurückziehen, sie ein Kind gebären und sich zukünftig der Brutpflege widmen. Herrgott, was waren das für Aussichten! Heftig sog sie Luft in ihre Lungen. Keiner sprach ein Wort.

»Also, ich hab fei keine Angst«, durchbrach Seppi die Stille. Er hatte, ganz gegen seine Gewohnheit, die Arme vor der Brust verschränkt, das Kreuz durchgedrückt und stand breitbeinig vor ihnen. »Ich glaub, ich kenn ein paar von dene Deppen, die uns anonym im Internet mit Dreck bewerfen. In der Öffentlichkeit täten die sich so was nie trauen. Alles Feiglinge. Das juckt mich nicht. Ich bin der Meinung, wir machen weiter.«

»Bist du dir da sicher, Seppi? Du musst hier nicht den Helden spielen.« Ludwig klang besorgt.

»Ach, papperlapapp.« Seppi machte eine wegwerfende Handbewegung, gab seine Machohaltung auf und lümmelte sich wieder an das Sideboard. »Hunde, die bellen, beißen nicht. Schon gleich nicht da bei uns am Land.«

Carola sah ihn dankbar an. Ich glaube, ich muss meine Meinung über dich endgültig revidieren, dachte sie. Offensichtlich hatte sie Seppi deutlich unterschätzt.

»Und ihr seid euch wirklich, wirklich sicher, dass ihr weitermachen wollt?« Ludwig sah erneut erst Carola, dann Seppi in die Augen.

Carola erwiderte seinen Blick. »Klaro, ich bin auch dabei. Wir müssen aber schon wachsam sein«, fügte sie hinzu. »Du musst auf jeden Fall der Fraktionsgeschäftsführung, unserer Vizepräsidentin und der Bundestagsverwaltung Bescheid geben, dass du beziehungsweise wir Morddrohungen erhalten haben.«

Ludwig nickte. »Sonst noch was?«

Seppi schob die Unterlippe vor. »Ich sichere mal die Kommentare, damit wir im Zweifelsfall einen Beweis haben. Und dann verberge ich sie und schalte die Kommentarfunktion aus. Damit nehmen wir den Deppen komplett den Wind aus den Segeln.«

»Mach das, Seppi. Was noch?« Ludwig klang wieder wie gewohnt – sachlich, klar, geschäftsmäßig.

We are back, dachte Carola. »Ball flach halten. *Business as usual.* Wir lehnen uns bei allem, was BTI betrifft, nicht mehr aus dem Fenster. Ist eh Sache der Gemeinden.«

»Richtig.« Seppi stieß sich vom Sideboard ab und lockerte seine langen Gliedmaßen.

»Aber ich denke doch«, Carola hob den Finger, »wir sollten unsere Pappenheimer im Auge behalten. Nicht dass die uns noch in den Rücken fallen.«

Ludwigs blaue Augen blitzten angriffslustig. »Meinst du jemanden Bestimmtes?«

Carola nickte. »Die Bande, die sich am letzten Freitag bei dir daheim so erfolgreich aus der Affäre gezogen hat, den Schlausprecher Aigner, die Aufkammers und den Anklam.« Vor ihrem inneren Auge rückte ihr der Zimmerer erneut auf die Pelle. »Letzteren ganz besonders.«

»Du hast den Albrecht vergessen. Den Typ, dem man das Rückgrat amputiert hat«, lachte Seppi.

»Stimmt, Seppi.« Ludwig schmunzelte amüsiert. »Steht da irgendetwas an?«

»Am Donnerstag stellen sich die Kandidaten für die Liste der Unabhängigen Bürger vor. Neunzehn Uhr im Saal der Gastwirtschaft am Kapellenweg«, referierte Carola.

Ludwig klatschte in die Hände. »Okay, Leute, dann an die Arbeit. Stellt eure Telefone leise und lasst die Anrufbeantworter rangehen. Wir müssen noch die kommende Sitzung des Gesundheitsausschusses vorbereiten. Ich bin deine Stellungnahmen zu den Tagesordnungspunkten durchgegangen, Carola, und hab da noch ein paar Anmerkungen. Und die Show am Donnerstag lassen wir uns nicht entgehen.«

Unter Monstern

»Als Bub war das mein Traum.« Andächtig die Hände gefaltet, stand Lenz vor einer dunklen Bulldogschnauze. Die wie bei einem Rennwagen vergitterte Lüftung endete weit oberhalb seines Scheitels. Darüber wölbte sich eine mattschwarz lackierte Motorhaube, die in schier schwindelerregender Höhe von einer gläsernen Kanzel gekrönt wurde. Fast doppelmannshohe Reifen, in deren Rillen kleine Kinder hätten Verstecken spielen können, buhlten mit der Motorhaube um Aufmerksamkeit.

Franz gab ein leises Schnauben von sich. »Damals gab's die doch noch gar nicht.«

Lenz wedelte mit der Hand durch die Luft. »Solche Monster natürlich nicht. Aber die es damals gab, waren aus meiner Jungenperspektive trotzdem schon riesig. Mein Vater hatte immer das neueste Modell am Hof. Wenn ich gute Noten nach Hause brachte, durfte ich selber fahren. Das war schon toll.«

»Mei, warst halt einfach zu motivieren. Heut lockst du mit der Aussicht, dass du Bulldog fahren darfst, niemanden mehr hinter dem Ofen vor.« Franz zuckte mit den Schultern. »Zugegeben, ich kann die Faszination erkennen, die von solchen Kraftpaketen ausgeht. Ich versteh die Bauern trotzdem nicht. Schau, das Güllefasserl da drüben.« Er zeigte auf einen gigantischen knallgelben Tankanhänger, an dessen Heck wie Folterwerkzeuge anmutende Schleppschläuche befestigt waren. »So was gibt es doch nicht geschenkt. Das kostet ein Vermögen. Und es kann mir keiner erzählen, dass die das von ihrem Milchgeld bezahlen.«

Lenz reckte sich ein bisschen, um seine Hand über die Bulldogschnauze gleiten zu lassen. Er meinte zu spüren, wie die sechs Zylinder unter seiner Handfläche vibrierten. »Nie im Leben.«

»Aber gekauft wird's trotzdem.« Franz trat gegen den Reifen. »Wieso muss das immer so riesig sein? Wer, frage ich dich, hat denn bei uns so viele Viecher im Stall, dass sich so ein Ding rentiert? Geschweige denn die Flächen? Musst ja schon froh sein, wenn dein Grund irgendwann mal flurbereinigt wurde. Sonst kannst du mit so einem Gespann auf deinem Grund noch nicht mal gescheit wenden.«

Lenz streichelte weiter die Kühlerhaube. »Brauchen tut so was bei uns kein Mensch. Aber trotzdem tragen die Bauern lieber ihr ganzes Geld und das von der Bank noch dazu zum Landmaschinenhändler, ehe der Nachbar den größeren Bulldog hat.«

Franz schüttelte den Kopf. »Wenn ich so darüber nachdenke, sind alle Bauern Opfer einer gigantischen Marketingmaschinerie. Sie merken es bloß nicht.«

Obwohl ihm nicht danach zumute war, musste Lenz grinsen. »Recht hast. Daran verzweifeln manchmal auch die Banker. Eine Freundin meiner Mutter, die drunten in der Fischerei arbeitet, hat ihr erzählt, dass ein Landwirt neulich mit der Rechnung für einen neuen Bulldog zu ihr in die Filiale gekommen ist. Tags darauf sollte der geliefert werden. Der Bankerin blieb die Luft weg, als sie die Summe gesehen hat.«

»Gewiss über hunderttausend Euro, gell?«, brummte Franz.

»Exakt. Als die Bankmitarbeiterin gefragt hat, womit er den Bulldog denn bezahlen will, hat der Bauer gesagt, dass sie das Geld von dem Kredit für den Stallneubau nehmen soll.«

»Hat bestimmt nicht funktioniert«, erwiderte Franz.

»Genau. Sie hat versucht, dem Bauern zu erklären, dass das nicht so einfach geht. Aber der hat ihr gesagt, dass ihm das wurscht sei. Sie soll das machen. Die Freundin meiner Mutter ist fast vom Stuhl gefallen.«

Franz lachte und ging auf das Güllefass zu.

Erschöpft ließ Lenz sich an den Bulldog sinken. Ob Franz bemerkte, dass er sich mit jeder Minute elender fühlte? Es war Dienstagmorgen, die Sonne schien, aus dem Frühling wurde langsam Sommer, und in ihm war alles kalt und leer. Täglich fiel es ihm schwerer, die Fassade aufrechtzuerhalten. Jeder Handschlag kostete ihn unendlich viel Kraft. Das Telefon in seiner Hosentasche kontrollierte er schon lange nicht mehr. Es tat eh keinen Mucks. Seit drei Tagen kein Wort von Caro. Spürte sie denn nicht, dass er vor Sehnsucht fast krepierte? Wie lange sollte das so weitergehen? Hatte sie ihn abgehakt? Er stieß sich vom Bulldog ab und wollte sich gerade die Nasenwurzel reiben, als er merkte, dass ihn jemand ansah. Er drehte sich um.

Ein stämmiger Mann um die fünfzig wurde von einem Kipper mit doppelten Bordwänden halb verdeckt. Auf die Entfernung eine Durchschnittsvisage mit Quadratschädel, schütterem Haar, Schweinsäuglein und Doppelkinn. Dazu konservative Tracht. Das muss der Aufkammer sein, dachte Lenz. Der Mann taxierte ihn und Franz in aller Ruhe. So fühlen sich also die Kälber auf einer Viehauktion, dachte Lenz.

Als Aufkammer anscheinend genug gesehen hatte, schlenderte er auf die Kommissare zu. Seinem Gesichtsausdruck nach hatte der Händler sie beide bereits als potenzielle Kunden ausgeschlossen.

Mit den Händen in den Hosentaschen baute Aufkammer sich vor ihnen auf. »Grüß Gott. Was führt Eana zu mir?«

»Grüß Sie Gott. Meisinger, Pollinger, Kripo Weilheim.« Lenz ließ seine Begrüßung bewusst zwei Sekunden wirken und genoss den kleinen Schreck, der in den Augen seines Gegenübers aufblitzte. Na, gehst du gerade dein Sündenregister durch und fragst dich, bei was wir dir draufgekommen sind? Dann werden wir jetzt mal auf ein paar Büsche klopfen. Mal schauen, ob du dich erschreckst und versuchst, uns auszukommen. »Sind Sie der Herr Aufkammer?«

»Schon«, knurrte der Landmaschinenhändler. »Kripo? Um was geht's?«

Ich stell hier die Fragen, dachte Lenz. »Wir untersuchen die Umstände des Ablebens von Lisa-Maria Gruber, der Pressesprecherin des Landrats, die am letzten Freitag im Erholungsgebiet Eching verstarb. Das war doch Ihre Drohne, die an dem Morgen zum Einsatz kommen sollte, nicht wahr?«

»Ja, richtig.« Aufkammer hatte erneut seine ausdruckslose Miene aufgesetzt.

»Unseren Ermittlungen nach wurde die Drohne gehackt. Ein fünfzehnjähriger Bub hatte die Kontrolle darüber übernommen und ließ sie Loopings über dem See fliegen. Was sagen Sie dazu?«

Aufkammer hob kaum merklich die Schultern. »Mei.«

Mit dieser Antwort hatte Lenz gerechnet. Allein diese Silbe macht das Leben in Bayern lebenswert, dachte er. »Mei« konnte einfach alles bedeuten, »ja«, »nein« oder auch »weiß nicht«. In Aufkammers Fall hieß es: Ich könnte euch sagen, was ich davon halte, aber ihr seid mir viel zu gering. Deshalb nehm ich mir raus, frech zu antworten. Und werd damit davonkommen. Das wisst ihr, und das weiß ich. Noch irgendwelche Fragen? Lenz starrte in das Allerweltsgesicht. So ein Hundling.

Franz lachte spöttisch. »Mei? Das ist alles, was Sie dazu zu sagen haben? Ihre Drohne wird gehackt, und Sie zucken nur mit den Schultern? Seien S' mir nicht bös, Herr Aufkammer, aber das nehm ich Ihnen nicht ab.«

Der Landmaschinenhändler lehnte sich gegen den Hinterreifen seines Bulldogs und versenkte seine Hände in den Hosentaschen. »Der Bua, der ist ja nicht von da.«

Franz grinste süffisant. »Ach so. Und Sie meinen, weil der nicht von da ist, fährt der wieder heim, und dann sind Sie Ihre Sorgen los. Sie machen mir vielleicht Spaß. Mehr haben Sie nicht für uns?«

Mit einer abfälligen Handbewegung wischte Aufkammer Franz' Äußerung vom Tisch. »Ach, wissen S', wegen so was reg ich mich doch nicht auf. Wegen einer Drohne. Das ist wirklich nicht Kerngeschäft.«

»Sie planen also nicht, mit Ihren Drohnen wirtschaftlich erfolgreich zu sein? Aber wenn Sie das wollten, müssten Sie Ihren Kunden schon erklären, dass eine sichere Technologie zum Einsatz kommt, meinen Sie nicht?«, hakte Lenz nach.

Im Gesicht des Landmaschinenhändlers spiegelte sich Langeweile. »Das sind doch nur Peanuts.«

Lenz hörte Franz neben sich nach Luft schnappen. »Wenn das Drohnengeschäft so irrelevant ist, wie Sie es darstellen, wieso verkaufen Sie die Dinger dann überhaupt?«

Aufkammer antwortete nicht.

Lenz starrte ihn an. Bilde ich mir das ein, oder sieht er an mir vorbei?, fragte er sich. Der Landmaschinenhändler schien etwas ungemein Interessantes hinter ihm entdeckt zu haben, das er schweigend anstarrte. Warte nur, Bürscherl, dir helf ich weiter! Ewig hältst du das nicht durch. Irgendwann wirst du's schon ausspucken. Lenz biss die Zähne zusammen und schwieg. Auch Franz sagte kein Wort.

Nach einer gefühlten Ewigkeit räusperte sich Aufkammer. »Ich mach das nur, weil's ein schönes Extrageld gibt«, sagte er schließlich und sah erneut über Lenz' Kopf hinweg.

Der begutachtete den Leinenjanker seines Gegenübers. Schöner Stick, guter Schnitt, teure Hirschhornknöpfe. Grasegger, vielleicht auch Lodenfrei, dachte er. Auf jeden Fall nicht aus dem Billigoutlet. »Sie machen mich neugierig, Herr Aufkammer. Extrageld? Von wem?«

Der Landmaschinenhändler steckte seine beiden Fäuste tief in seine Hosentaschen, sein Blick ging noch immer ins Irgendwo. »Das kann Ihnen doch wurscht sein.«

Nun ja, dachte Lenz, ich bin nicht Polizist geworden, weil mir alles egal ist. Schon gar nicht, wenn's um Geld geht. Er straffte sich. »Ist es aber nicht. Wer zahlt Ihnen da was?«

Aufkammers Augen verengten sich. Ein sicheres Zeichen, dass Lenz' Hartnäckigkeit ihn langsam zur Weißglut trieb. »Logischerweise die Gemeinden, in deren Auftrag wir das BTI ausbringen. Für die sind wir quasi Lohnunternehmer. Das ist Kleingeld, nicht der Rede wert. Das Extrageld kommt von der EU. Fördergelder.« Jetzt blitzten seine Augen arrogant. »Ein ordentliches Geschäft. Wer hätte gedacht, dass die EU noch mal zu was zu gebrauchen ist.«

Ah, dachte Lenz, jetzt kommen wir der Sache näher. Zunächst mal findest du dich clever, weil du einen Weg gefunden hast, an die EU-Töpfe ranzukommen. Und bestimmt bis du der Meinung, dass du eh zu viel Steuern zahlst. Nur, Subventionen sind nicht illegal. Besonders nicht in der Landwirtschaft. Die leben ja davon. Wieso hast du dann ein Problem damit, mit der Sprache rauszurücken? Was erzählst du uns nicht?

»Die Mücken sind ja eine echte Plage dieses Jahr, nicht wahr? Da sind Sie persönlich schon für den BTI-Einsatz, gell?«, nutzte Franz die Gesprächspause.

Mit einer gelangweilten Handbewegung wandte sich Aufkammer Franz zu. »Das BTI ist mir so was von wurscht. Ich stell nur die Technik zur Verfügung. Wer was damit macht, geht mich nix an.«

Erst kommt das Fressen, dann die Moral, dachte Lenz. »So argumentieren doch auch Waffenhersteller, wenn mit ihren Gewehren Freiheitskämpfer erschossen werden, oder?«

Erstmals verzog sich Aufkammers Mund zu so etwas wie einem Grinsen. »Sagen S', Herr Kommissar, was wollen Sie eigentlich von mir? Was ich hier mache, geht Sie fei gar nix an. Und solange ich mich an die Gesetze halte, können Sie mir auch nix. Und ja, die Drohne ist nicht Kerngeschäft, macht aber Spaß. Und den gönn ich mir. So eine Drohne, die kostet doch nix. Im Gegensatz dazu.« Jetzt war er es, der den Kotflügel des Bulldogs tätschelte, der ihn um das Dreifache überragte.

»Sie wollen wegen des Hackerangriffs also nichts unternehmen?«, fragte Franz.

»Ich sagte doch bereits, die Drohne, das ist Pillepalle für mich«, antwortete Aufkammer nicht mehr nur leicht genervt. »Der Friedel –«

»Friedhelm Albrecht?«, ging Franz dazwischen.

Aufkammer ließ so etwas wie milde Überraschung erkennen. »Ich sehe, den kennen S' auch schon. Aber ja, genau der. Der Friedel hat mich da nämlich beraten. Hat auch den kompletten Antrag abgewickelt. Und einem geschenkten Gaul … Sie wissen schon.«

Warum ist der auf einmal so leutselig?, dachte Lenz. Ein Gedanke blitzte in seinem Hirn auf. »Wer stellt eigentlich das BTI bei uns in der Gegend her?«, fragte er.

»Aigner Chemie in Raisting.« Aufkammer löste sich von dem Bulldogreifen. »Und wenn's weiter nichts ist, sind wir hier fertig, gell? Habe die Ehre.« Ohne eine Antwort abzuwarten, tippte er sich grüßend an die Stirn, drehte sich um und verschwand hinter dem turmhohen Kipper.

Franz sah ihm hinterher. »Ich weiß, ich war zunächst anderer Meinung, aber der hat eindeutig Dreck am Stecken.«

»Tja, mein lieber Franz«, sagte Lenz und lehnte sich wieder gegen den Bulldog, »damit magst du wohl recht haben. Keine Ahnung, warum auch immer uns der Landrat nicht sagen wollte, mit wem sich seine Pressesprecherin getroffen hat. Und uns dafür seinen Schulkameraden vor die Füße schmeißt. Wie einen alten abgenagten Knochen. Der es wiederum für nötig hält, sich vor Aufkammer zu stellen. Das, was die alle miteinander verbindet, ist BTI. Nur warum? Oder anders gefragt: Liegen wir mit dieser These richtig, oder übersehen wir etwas? Bisher haben wir nicht einen Hinweis auf eine Straftat gefunden. Solange das der Fall ist, haben wir nichts, aber auch rein gar nichts in der Hand.«

»Und das lässt du jetzt einfach so stehen? Siehst du die Kausalitäten nicht? Lisa-Maria Gruber war megagestresst. Deshalb ist sie am helllichten Tag am Nordufer des Ammersees einfach tot umgefallen. Jeder steckt hier mit jedem unter einer Decke. Das wissen wir doch ganz genau, das können wir nicht einfach ignorieren.« Franz klang entgeistert.

»Ich muss dir widersprechen, Franz. Ganz genau wissen wir nichts. Noch ist das hier nicht mehr als ein Stochern im Nebel. Außerdem hab ich keine Ahnung, wie es auf deinem Schreibtisch aussieht, aber auf meinem stapeln sich die alten Fälle. Trotzdem«, er hob abwehrend die Hände, als Franz protestieren wollte, »soll Beni mit diesem Aigner noch diese Woche einen Termin ausmachen. Den werden wir zwei auch noch befragen. Damit wir wirklich jedem Hinweis nachgegangen sind.« Und um des lieben Friedens willen, dachte er.

Nestbautrieb

»Was hast du gesagt?« Carola tauchte aus der Tiefe ihrer Gedanken empor. Sie hockte auf dem Beifahrersitz neben Barbara. Körperlich anwesend, aber mit ihren Gedanken ganz weit weg.

Tag drei ohne ein Zeichen von Lenz. An ihrem Seitenfenster zogen die Moorwiesen des Ammersee-Südufers vorbei. Im Radio lief ein Hit, der nach Sommer klang. Carola rieb sich die Stirn. Spürte die kleinen Buckel, die die nächtlichen Mückenangriffe hinterlassen hatten. Sie war müde, aber das spielte keine Rolle. Dass sie nach dem chaotischen Start in die Woche und dem heutigen langen Arbeitstag jetzt mit Barbara nach Raisting fahren musste, hatte sie sich selbst und ihrer halben Obdachlosigkeit zu verdanken.

»Ich gab gesagt, ich weiß, dass du sauer auf mich bist, aber so kann es nicht weitergehen«, wiederholte Barbara.

Am liebsten hätte Carola aufgestöhnt. »Wieso sollte ich sauer auf dich sein?«

»Warum sagst du sonst die ganze Zeit kein Wort? Hab ich dir was getan?« Barbara klang verletzt.

Carola hätte schreien können. Gab es irgendein interstellares Problem im Weltall, weshalb alle um sie herum plötzlich am Rad drehten? »Es könnte doch auch sein, dass ich einfach nichts zu sagen habe«, antwortete sie defensiv.

Ihre Freundin nickte langsam. »Also bist du doch sauer.«

Was sollte sie auf so eine Aussage noch entgegnen? Ihr fiel nichts anderes mehr ein, als hilflos die Schultern zu heben. Das führte doch alles zu nichts. Am besten brachte sie die ganze Angelegenheit so schnell wie möglich hinter sich.

Barbara patschte ein paarmal auf ihr linkes Knie. »Du weißt, ich hab dich lieb, aber du kannst nicht ewig bei mir pennen.«

Okay, dachte Carola, langsam verstehe ich, wie sich kleine Küken fühlen müssen, wenn sie von den Altvögeln – viel zu früh – aus dem Nest geworfen werden. Was meinte Barbara eigentlich, warum sie zu ihr geflüchtet war? Sie hatte sich die Situation doch nicht ausgesucht. Was sollte sie denn noch dazu sagen? Sie warf ihrer Freundin einen stummen Blick zu.

»Erde an Caro, Erde an Caro.« Barbara machte ein Geräusch, das entfernt an ein Lachen erinnerte. »Mein Gott, jetzt schau halt nicht wie Bambi.«

»Wie? Jetzt darf ich noch nicht mal mehr schauen?« Carola fühlte sich in die Ecke gedrängt. Am liebsten hätte sie die Beifahrertür aufgerissen und wäre davongespurtet.

Endlich brachte Barbara das Auto vor einem weißen Einfamilienhaus zum Stehen, löste den Sicherheitsgurt und drehte sich zu Carola um. »Süße, du musst dein Leben wieder auf die Reihe bringen. Und als Erstes brauchst du eine eigene Wohnung.«

»Etwa hier?« Carola reckte den Hals etwas, um durch die Windschutzscheibe einen Blick auf die schmucklose Fassade zu werfen.

Barbara hatte den Türgriff bereits in der Hand. »Jetzt werd mal realistisch, Caro. Ich weiß nicht, was du dir so vorstellst nach drei Jahren auf dem Secklerhof. Das hier ist *bloody* Raisting und nicht itzibitzi Roseninsel.« Sie unterbrach sich und starrte aus dem Fenster. »Ja, wen haben wir denn da?«

Auf der rissigen Betontreppe vor der senfgelben Drahtglastür wartete eine schmale brünette Frau in einem einfachen Sommerkleid, das halbe Gesicht von einer Sonnenbrille verdeckt. Ihr Kommen schien sie nicht registriert zu haben.

Barbara stieg aus, trat mit zwei Schritten neben sie und legte ihr den Arm um die Schulter. »Servus, Seffa, du auch hier?«

Ohne eine Antwort abzuwarten, drehte Barbara sich zu Carola um. »Kennt ihr euch eigentlich? Joseffa, das ist meine Freundin Carola Witt. Sie leitet das Wahlkreisbüro des Bundestagsabgeordneten Ludwig. Caro, das ist Joseffa Albrecht, eine gute Freundin und langjährige Kundin von mir.«

Die dunkelhaarige Frau nickte kurz, erwiderte aber nichts.

»Was führt dich denn nach Raisting?«, überging Barbara ihr Schweigen. »Bist du auch auf Wohnungssuche? Ziehst du etwa aus von daheim?«

Joseffa Albrecht sah aus, als hätte sie in eine Zitrone gebissen. Einige Sekunden lang rang sie nach Worten. »Naa«, antwortete sie schließlich zögernd, »eine Freundin von mir will an den Ammersee umsiedeln. Sie kann aber nicht jedes Mal kommen, um eine Wohnung anzuschauen. Da helf ich ihr ein bisserl aus.«

Barbara hatte den Mund schon für einen Kommentar geöffnet, als die abgegriffene Haustür von innen aufgezogen wurde. Ein kleiner Mann im undefinierbaren Alter zwischen fünfundfünfzig und fünfundsiebzig, einen gewaltigen Bierbauch vor sich herschiebend, trat aus dem Haus. Passend zum abgenutzten Äußeren des Gebäudes trug er ein verblasstes Karohemd und verwaschene Jeans. Mit zusammengezogenen Augenbrauen unter der glänzenden Halbglatze musterte er abschätzig die drei Frauen vor seiner Tür.

»Nächste«, knarzte er.

Joseffa Albrecht lächelte ihn schüchtern an. »Das bin dann wohl ich. Servus, Barbara, pfiat di.« Sie huschte an dem Mann, der der Vermieter sein musste, vorbei ins Haus. Der warf Barbara noch einen Blick zu, bevor er scheppernd die gelbe Glastür ins Schloss fallen ließ.

Carola spürte, wie ein bisschen Lebensenergie in sie zurückkehrte. Die Frau kannte sie doch! Aber woher? »Die ist mir jetzt irgendwie bekannt vorgekommen. War das nicht die, die wir am Sonntag im Kornkreis gesehen haben?«

Barbara schüttelte ihre Lockenmähne. »Nein, die Joseffa haben wir nicht gesehen. Vielleicht war sie auf einer politischen Veranstaltung?«

Carola tippte sich an die Stirn. »Genau! Das ist doch die Frau von diesem Unternehmensberater … Jetzt erinnere ich mich. Die war mit ihrem Mann beim Weißwurstfrühstück und hat nichts anderes getan, als ihrem Herrn und Meister zu assistieren. So was von bizarr. Der musste sie nur ansehen, und sie hat ihm wortlos etwas gereicht. Nicht einen einzigen Piep hat sie von sich gegeben. Abgefahren. Und hinterher konnte ich mich partout nicht mehr an sie erinnern.«

Barbara schob die Unterlippe vor. »Kann schon sein, dass die

Seffa in einem Rudel aus politischen Alphatieren untergeht. Die war schon immer ein sehr zurückhaltender Mensch.« Sie verschränkte die Arme vor der Brust. »Die Story mit ihrer Freundin kauf ich ihr trotzdem nicht ab. Ich verwette einen Monatsumsatz, dass die eine Wohnung für sich selber sucht.« Sie hielt kurz inne. »Aber wieso? Ich dachte, ihre Ehe wäre okay.« Mit einer energischen Handbewegung fegte sie ihre Gedanken von einem imaginären Tisch. »Egal. Jetzt zu dir.« Sie fasste Carola an den Schultern. »Caro, ich mag dich wirklich, aber ich glaube auch, dass du Abstand brauchst. Und Ruhe. Und zwar in deiner eigenen Wohnung.«

Carola schlug die Augen nieder. »Eigentlich weiß ich nicht, was ich brauche«, sagte sie kleinlaut. »Aber du hast recht. Ich kann nicht ewig dein Gästezimmer blockieren. Trotzdem: Sollte ich mir dann nicht eher was in Weilheim suchen?« Sie schüttelte den Kopf. »Ich fühl mich irgendwie total aus der Bahn geworfen.«

Bevor Barbara antworten konnte, wurde hinter ihnen die gelbe Glastür ein weiteres Mal aufgerissen. Flink wie eine Hausmaus huschte Joseffa Albrecht an ihnen vorbei und winkte zum Abschied.

»Sie hören von mir.« Grußlos wandte sich der Hausbesitzer um. Sein Blick wanderte zwischen Carola und Barbara hin und her. »Soso, gleich zwei. Na, dann kommen S' halt rein.« Mit einer halbherzig einladenden Geste trat er zur Seite.

Barbara gab Carola einen Schubs. Zögernd trat sie in einen halbdunklen grau gefliesten Hausflur. Ein durchdringender Geruch nach grüner Seife und gebratenen Zwiebeln schlug ihr entgegen. Sie spürte, dass der Vermieter sie von der Seite taxierte.

»Weshalb suchen S' denn eine Wohnung?«, fragte er.

Als Carola sich zu ihm umdrehte, sah er sie aus zusammengekniffenen Augen an. Erneut fühlte sie Barbaras Ellbogen im Rücken. »Äh, ich arbeite in Weilheim und hab bisher zur Untermiete bei Freunden gewohnt. Jetzt möchte ich endlich in eine eigene Wohnung ziehen.«

Der Mann musterte sie ungeniert von oben bis unten. »Für

sich selbst suchen S' also, soso. Als Frau. Wissen S', wir haben langjährige Mieter im Haus, die ihre Ruhe schätzen. Können Sie sich denn überhaupt eine eigene Wohnung leisten?«

What? Ob sie sich ...? Was ist denn das für ein Bullshit? Also, das brauchte sie wirklich nicht. Carola machte einen Schritt Richtung Tür, als Barbara sie am Unterarm festhielt.

»Selbstverständlich kann sie das«, gurrte ihre Freundin mit der geschulten Stimme einer langjährigen Dienstleisterin. »Schauen Sie, die Selbstauskunft haben wir bereits ausgefüllt.« Sie reichte dem Vermieter eine Mappe.

Carola hatte stumm zugehört und die moosgrüne, in der Mitte abgewetzte Auslegeware betrachtet, die an die Fliesen im Flur anschloss. »Dann würd ich gern mal einen Blick in die Wohnung werfen«, sagte sie schließlich zu dem Vermieter, neben dem sich Barbara aufgebaut hatte.

Leise quietschend öffnete sie erst die eine, dann die andere Tür. Astreine siebziger Jahre, dachte Carola, während sie die rotbraunen Fliesen in der vergilbten Küche und die schweinchenrosafarbenen Kacheln im winzigen Bad in Augenschein nahm. Wie sollte sie es hier auch nur einen Tag lang aushalten? Sie trat an ein Fenster. In zwei Meter Entfernung wuchs eine Thujahecke.

»Vor sechs und nach zweiundzwanzig Uhr ist Ruhe. Einmal im Monat ist Grillen erlaubt. Und wir wollen keine nächtlichen Herrenbesuche«, hörte sie den Vermieter granteln.

Barbara lachte gestelzt. »Wissen S', meine Freundin arbeitet viel, da hat sie eh keine Zeit für Männer.«

Gott sei Dank kommen die beiden ohne mich klar, dachte Carola, als ihr Blick auf die Waschbetonfliesen fiel, die zwischen Hauswand und Hecke als Terrasse dienten. Wirklich schön hier. Seufzend drehte sie sich um.

»Was soll das denn heißen: keine Zeit für Männer? Sind Sie etwa Lesben?« Der Vermieter klang empört.

War das hier »Versteckte Kamera«? Obwohl sie sich unendlich traurig fühlte, hätte Carola fast losgelacht. Sie verdrehte die Augen und ging zurück in den Hausflur. »Schon mal was von

Grundgesetz Artikel drei gehört?«, fragte sie und versuchte, sich an dem Mann und ihrer Freundin vorbei in Richtung Ausgang zu drängen.

Barbara verstellte ihr den Weg. »Meine Freundin will sagen, dass sie viel und hart arbeitet, Single ist und eine schöne, ruhige Wohnung sucht, in der sie ihren Feierabend genießen kann. So eine wie diese hier.«

»Soso. Wenn S' meinen.« Der Vermieter wandte seine Aufmerksamkeit wieder der Selbstauskunft zu. »Verdienen tun S' ja genug.« Plötzlich stockte er. »Wo arbeiten S', haben S' gesagt?«

Carola sog Luft durch die Nase ein. Tu Barbara den Gefallen und gib dir ein einziges Mal Mühe, sagte sie zu sich selbst. Schließlich ist sie deine einzige echte Freundin am Ammersee. »Ich leite das Wahlkreisbüro des Bundestagsabgeordneten Johannes Ludwig in Weilheim. Seit nunmehr drei Jahren.« Verdammt, so lange tat sie sich den Schmarrn schon an? Sie rang sich ein Lächeln ab.

Der Vermieter ließ die Selbstauskunft sinken. »Sie, ist der nicht für Mücken?«, fragte er scharf.

Carola hob die Augenbrauen. Was hatte das denn jetzt mit der Wohnung zu tun? »Mücken? Wieso?«

Der Mann wedelte ungeduldig mit der Selbstauskunft. »Tun S' nicht so, Sie wissen genau, was ich meine. Ist der nicht dafür, dass die Scheißviecher am Leben bleiben? Umweltschutz oder so was? Schmarrn halt?«

Fängt der jetzt auch schon mit dem Blödsinn an, dachte sie und spürte, wie angefasst sie war. Der Typ hatte keine Ahnung, wälzte aber heiße Luft. Ich glaub, mir reicht's jetzt langsam. Carola drückte das Kreuz durch. »Mein Chef, der Bundestagsabgeordnete Ludwig, ist dafür, die Diskussion differenziert zu führen. Es gibt gute Argumente –«

»Sag ich's doch«, unterbrach sie der Vermieter, »für Mücken sind S'.« Er zerknüllte die Selbstauskunft, drückte den Papierball der verdatterten Barbara in die Hand und riss die Haustür auf. »Raus.«

Draußen drehte Barbara sich um. »Was war das denn jetzt? Tickt der noch ganz sauber?«, sagte sie und legte Carola die Hand auf die Schulter. Als sie deren Blick sah, zog sie sie an sich. »Jetzt red halt mal Tacheles: Was ist los? Was hast du denn?«

»Ach, Barbara.« Carola schniefte. »Du kennst mich, ich bin normalerweise nicht so nah am Wasser gebaut.« Sie schluchzte auf. »Aber ich kann es im Moment überhaupt nicht vertragen, so angegangen zu werden.«

Barbara strich ihr über den Kopf. »Du Arme. Das tut mir so leid.«

Carola hatte ihr nicht zugehört. »Erst Resi, dann diese Irren, die im Wahlkreisbüro anrufen und uns wegen nichts und wieder nichts bedrohen, und jetzt das hier.« Sie dachte kurz nach. »Weißt du, der Typ ist ein Depp und die Wohnung grauenhaft.«

Barbara lachte auf, und Carola konnte nicht anders, als mitzulachen. »Das kann der doch nicht ernst meinen, dass er so was vermieten will. *Anyhow*, was ich sagen wollte: Ich stehe wirklich neben mir. Irgendwie muss ich die ganze Zeit an meine Mutter denken und wie die mit mir umgegangen ist.«

»Aber weder Resi noch Lenz sind deine Mutter. Und schon gar nicht dieser hässliche Kerl gerade eben.«

Carola bettete ihren Kopf an Barbaras Schulter und versuchte ein Lächeln. »Da hast du auch wieder recht. Aber trotzdem verhalten die sich alle genauso übergriffig wie meine Mutter. Was mich vollkommen aus der Bahn wirft.«

Barbara streichelte gedankenverloren ihren Rücken. »Was durchaus verständlich ist.«

Carola löste sich von ihr. »Aber so kann es doch nicht weitergehen! Da hast du ja recht. Ich bin einfach abgehauen und weiß jetzt nicht mehr vor und nicht zurück. Was soll ich bloß machen?«

Ihre Freundin hakte sich bei ihr unter. »Erst mal den schönen Abend genießen. Komm, lass uns diesen ungastlichen Ort verlassen. Ich hab gedacht, wir hätten heute was zu feiern. Neue Wohnung und so. Vergiss es«, sagte sie, als sie Carolas wehleidigen Blick sah. »Ich hab uns im Bistro in Diessen einen Tisch reserviert und ein Kilo Scampis vorbestellt. Wirst sehen, dazu ein Glas Wein, dann sieht die Welt schon wieder anders aus. Los, steig ein.«

Gehorsam setzte Carola sich ins Auto. Ihre Gedanken drifteten sofort ab, als Barbara den Gang einlegte und begann, Geschichten von ihren Kundinnen zu erzählen. Unwillkürlich kratzte sie sich am Handgelenk. Der Mückenstich vom Wochenende war immer noch da, dick, rot und schmerzend. Wie mein Herz, dachte sie und hoffte, dass Barbara nicht bemerkte, wie sie sich eine Träne abwischte.

Spießrutenlaufen

»Geh, Caro, was ziehst denn für eine Lätschen? Ist doch *easy peasy* heute Abend. Ausnahmsweise müssen wir nichts tun, können uns zurücklehnen und den anderen beim Schuften zuschauen. Also ich find's super.« Seppi stieß Carola den Ellbogen in die Rippen.

Am liebsten hätte sie ihm eine gescheuert. Was ungerecht gewesen wäre, denn eigentlich war es Lenz, dem sie eine knallen wollte. Oder eher sich selbst. Langsam verwandelte sich ihre Trauer in Wut. Es war Donnerstagabend. Oder: Tag fünf ohne Lenz. Vorgestern mit Barbara war es schön gewesen, gemeinsam hatten sie in Downtown Diessen Unmengen an Scampis verdrückt und einen Flasche Wein dazu gekippt. Sie rülpste leise. Die Viecher und der Knoblauch redeten heute Abend, zwei Tage später, immer noch mit ihr. Herrschaftszeiten, so ging das auch nicht weiter. Sie quälte sich ein Lächeln ins Gesicht: »Weißt was, Seppi? Heut lad ich dich ein.«

»Das ist doch mal ein Wort!« Ihr Kollege strahlte sie an, als ob er gerade im Lotto gewonnen hätte.

Etwas aufgeheitert von Seppis Reaktion, stapfte Carola die letzten Stufen hinter ihm zum Saal im Wirtshaus am Kapellenweg empor, betrat erst einen halbdunklen Flur und dann einen kleinen holzgetäfelten Saal. Die ersten Lampen brannten schon, obwohl draußen noch heller Tag war. Gemurmel, Lachen und das Geräusch von Stühlen, die über Parkett geschoben wurden, schlugen ihr entgegen. Am anderen Ende des Saales waren auf einer kleinen Bühne ein Rednerpult und eine Leinwand aufgebaut worden. Davor hatten an einer langen Tafel bereits die ersten Gäste Platz genommen. Zwei, drei Tische im hinteren Teil des Saales waren ebenfalls schon besetzt.

»Es geschehen noch Zeichen und Wunder, unser Chef ist vor uns da. – Servus, Johannes«, begrüßte sie ihren Arbeitgeber, der in gerader Haltung und allein vor einem Weißbierglas an einem der blank gescheuerten Tische saß. Sie musterte ihn anerkennend. Johannes Ludwig bewies heute mal wieder, dass er zu den bestgekleideten Mitgliedern des Deutschen Bundestages gehörte: nachtblauer Leinenanzug, schneeweißes Hemd, pinke Krawatte. Carola kannte etliche, die in dem Outfit albern ausgesehen hätten. Aber Johannes Ludwig, fit und durchtrainiert, die schulterlangen grauen Locken frisch geföhnt, wirkte wie einem Männermodemagazin entstiegen. »Gut schaust du aus.«

»Du aber auch, Caro«, strahlte Ludwig sie an.

Sie strich ihr weißes Etuikleid glatt, das ihre frühsommerliche Bräune zur Geltung brachte. Manches hatte auch Vorteile. Beispielsweise, in Weilheim zu arbeiten, niemanden zu haben, der auf sie wartete, und nach der Arbeit ohne Zeitdruck noch frustshoppen gehen zu können. »Danke schön. Wir haben ja auch einen Ruf zu verlieren. Haben wir was verpasst?« Sie hockte sich auf einen der harten Stühle und winkte der Bedienung.

Ludwig machte eine nachlässige Handbewegung. »Na. Außer vielleicht, dass diese Veranstaltung für alle Parteien und Gruppierungen interessant zu sein scheint. Schau, da drüben hocken die Freien Wähler.«

»Ah, die Aufkammers geben sich die Ehre.« Carola betrachtete das nebeneinandersitzende Ehepaar, sie im rosa Dirndl, er im Leinenjanker. »Die gehen doch ganz eindeutig zum Lachen in den Keller, oder?« Sie zog die Augenbrauen zusammen. »Die reden ja kein Wort miteinander. Schauen die immer so trübsinnig?«

»Das liegt ganz eindeutig an ihr. Sie ist eine echte Zwiderwurzn. – Au!« Seppi rieb sich sein Schienbein, gegen das Carola getreten hatte.

»Männer sind ergebnisorientiert, Frauen zickig, gell? Männer setzen sich durch, Frauen sind hysterisch? Männer treten für ihre Überzeugungen ein, Frauen haben ihre Tage? Soll ich weitermachen, oder magst du was trinken, Seppi?«

»Emanze«, antwortete der und zog geschickt seine Beine hoch. »Dunkles Weißbier, bittschön«, bestellte er bei der Bedienung, die an ihren Tisch gekommen war.

»Für mich auch ein Weißbier. Aber ein helles«, gab Carola ihre Bestellung auf.

»Die Alte ist und bleibt eine echte Zwiderwurzn. Merk dir das, Caro, wirst bald auch eine. Ha!«, lachte er und fing den Bierdeckel auf, den sie nach ihm geworfen hatte.

»Wie auch immer: Wer ist noch da?«, fragte sie, nachdem sie Seppi mit dem Zeigefinger gedroht hatte.

»Friedel und Seffa Albrecht. Der hat nur ganz kurz Grüß Gott gesagt und sich dann zu Max und Bine Anklam gehockt.« Ludwig machte auf einmal einen bekümmerten Eindruck.

»So, der kennt uns schon nicht mehr? Das ist aber kein gutes Zeichen.« Carola ließ ihren Blick suchend durch den Saal gleiten. Ah, da saßen sie sich ja einträchtig gegenüber, die Albrechts und die Anklams. Die zwei Männer hatten ihre Arme um ihre Frauen gelegt, die beide lachten und ihre Ehegatten anstrahlten. Was zieht die Albrecht denn für eine Show ab?, dachte Carola. Erst keinen Mucks tun, wenn der Ehemann den Zampano gibt, und anschließend Wohnungen anschauen, aber hier einen auf heile Welt machen? Und erst die Anklam. Carola dachte an den Blick, den Sabine Anklam ihr nach ihrer Begegnung im Kornkreis zugeworfen hatte. Der Frau war doch in dem Moment völlig klar gewesen, dass ihr Mann sie angemacht hatte. Und heute Abend saßen alle beieinander und taten so, als ob sie sich blendend amüsierten? Wer sollte das denn bitte glauben?

»Ich weiß auch nicht, was mit dem Friedel los ist. Der war doch schon als Jugendlicher in der Partei. Und jetzt tritt er auf einmal nicht mehr an?« Ludwigs durchdringend blaue Augen wanderten unruhig durch den Saal. Dann nickte er der Bedienung dankbar zu, die ihre Getränke auf den Tisch stellte. »Ehrlich gesagt finde ich seine Reaktion inzwischen total unverständlich. Du wirst doch nicht Parteimitglied, machst die Kärrnerarbeit und lässt dich aufstellen, um dich dann genau in dem Moment, in dem dir der Job angetragen wird, zurückzuziehen. Das macht doch überhaupt keinen Sinn. Ich denke ja, dass der ganz andere Gründe hat als die, die er vorgibt. Aber jetzt erst mal prost!«

Er stieß mit seinem Weißbierglas an Seppis und Carolas. Andere Gründe? Carola nahm sich vor, ihn bei nächster Gelegenheit zu fragen, was er damit meinte.

Seppi klopfte mit den Fingergelenken auf den Tisch. »Scht jetzt, da tut sich was.«

Carola wandte sich zur Bühne, als ihr Chef ihr seine Hand auf den Arm legte.

»Schau mal«, flüsterte er, »wer an der langen Tafel in der Mitte sitzt. Ganz vorn, da bei den üblichen Verdächtigen. Siehst du? Da, wo die Gemeinderäte und der Zweite Bürgermeister von den Unabhängigen Bürgern hocken.«

»Ich seh den Aigner.« Carola beugte sich zu ihrem Chef und beobachtete den attraktiven Mann, der sich angeregt mit einer Blondine zu seiner Rechten unterhielt.

»Das daneben ist übrigens eine Immobilienmaklerin. Genau das wollte ich dir zeigen. Hinter den Mandatsträgern sitzen die, die neu auf die Liste kommen sollen. Nicht blöd. Da hat sich das kleine Who's who vom westlichen Ammersee versammelt. Viele Unternehmer, Landwirte, Alteingesessene. Alles Leute, die man kennt.«

Carola nickte. »Sag mal, um wie viele Plätze geht es eigentlich noch mal?«

»Vierundzwanzig. Aber jetzt sollten wir besser zuhören, es geht los.«

Vierundzwanzig? Ein Moderator trat ans Rednerpult. Auf der Leinwand erschien gerade der erste Name, umzüngelt von lodernden Flammen. Jeden einzeln würde er vorstellen? Noch dazu mit vierundzwanzig überanimierten Präsentationen? Das konnte dauern. Und fad werden. Richtig fad. Vollkommen ausreichend, wenn Seppi und ihr Chef ein Auge auf den politischen Beauty-Contest hatten, beschloss Carola. Sie hatte jetzt Hunger. Mit einer Handbewegung winkte sie die Bedienung erneut an ihren Tisch.

»Aua! Wieso trittst du mich denn, Seppi?«, brummte Carola eine halbe Stunde später und sah nur widerwillig von ihrem Teller mit Süßkartoffelgulasch auf.

»Das musst du dir aber jetzt wirklich anhören«, mischte Ludwig sich ein. »Der Aigner versteigt sich gerade total. Kommt überhaupt nicht gut an.«

Mit einem Mikro, das er nervös von einer Hand in die andere nahm, stand Leopold Aigner an dem langen Mitteltisch vor der Bühne. Ihm war anzumerken, dass er sich nicht wohlfühlte. Der Moderator am Rednerpult sah milde lächelnd auf ihn hinab.

»… will ich die Bürgersteige absenken, neue Spielgeräte in den Seeanlagen aufstellen und den Dialog zwischen Jung und Alt verbessern. Danke für Ihr Vertrauen.«

Leiser Applaus plätscherte durch den Saal. Köpfe wurden zusammengesteckt, Gemurmel setzte ein und schwoll an. Aigner nickte in die Runde, senkte das Mikro und schickte sich an, sich setzen zu wollen, als jemand von hinten links »Wohnungsnot!« brüllte.

Aigner blieb stocksteif stehen. Hilflos sah er zum Moderator empor, der mit den Schultern zuckte.

Aigner hob das Mikro wieder. »Soll ich dazu noch was sagen?«, fragte er.

Gelächter brandete auf. »Dafür haben wir dich ja gewählt!«, schrie ein anderer von hinten rechts.

»Also, zur Wohnungssituation am westlichen Ammersee kann ich sagen, dass wir uns bemühen –«

»Einen Scheiß tut ihr!«, brüllte wieder die Stimme von hinten links. »Es gibt keine einzige Wohnung, und wenn's mal was gibt, ist es sauteuer!«

Und potthässlich, dachte Carola und erinnerte sich an die Raistinger Bruchbude. Aber was ist denn bloß mit dem Aigner los?, fragte sie sich. Der Mann, der beim Weißwurstfrühstück auf der Ludwig'schen Terrasse noch einen nonchalanten Auftritt abgeliefert hatte, schien sich in Luft aufgelöst zu haben. Wie im Büßerhemd stand Aigner am Tisch und spielte an dem Mikro herum. »Soll ich jetzt was dazu sagen, oder nicht?«, fragte er.

Carola hörte ihren Chef »Oh mein Gott« flüstern und wäre am liebsten aufgestanden, hätte Aigner das Mikro entrissen und ihn vor die Tür geschickt. Sie beugte sich zu Ludwig über den

Tisch. »Wenn der so weitermacht, werfen die ihn gleich den Löwen zum Fraß vor. Wieso tut denn der Moderator nichts?«

»Also ich find's ganz unterhaltsam«, sagte Seppi, streckte die Beine aus und parkte sein Weißbierglas auf seinem Bauch.

Das Gemurmel im Saal schwoll noch stärker an. »'s ist nur Stau!«, brüllte jemand rechts hinter Carola.

Endlich hob der Moderator die Hände. »Leute, Leute«, mahnte er. »Jetzt gebts auch einmal Ruhe! Lasst ihn bitte antworten. Leopold?«

Carola drehte sich zu ihrem Chef. »Wieso greift der Moderator nicht ein? Der muss doch merken, dass das vollkommen aus dem Ruder läuft. Oder spinnt der jetzt komplett?«

Ludwig zuckte mit den Achseln. »Schau's dir halt an.«

Aigner, immer noch am Tisch stehend, hob entschuldigend die Hände. »Mei, ihr wisst doch, die Ortsumgehung –«

»Und was ist mit dem BTI?«, brüllte plötzlich einer von links.

»Genau!«, schrie ein anderer von rechts. »Was ist jetzt damit? Kriegst du den Auftrag?« Das Gemurmel verwandelte sich in Johlen.

Aigner sah wirklich bemitleidenswert aus. Ein Blitzlicht flammte auf. Instinktiv hob er eine Hand vor die Augen. Einzelne Stimmen übertönten das immer lauter werdende Gerede im Saal.

»Jetzt sag halt: Bist du für oder gegen den Dreck?«

»Was willst jetzt? Sollen die Scheißviecher verrecken oder nicht?«

»Oder magst nicht gleich mit verrecken?«

An den Nachbartischen schlugen sich die Anwesenden auf die Schenkel. Es war so laut wie im Bierzelt.

Fassungslos sah Carola sich um. Die Leute hatten die Köpfe zusammengesteckt und zeigten immer wieder mit dem Finger auf Aigner. Warum nimmt der Moderator ihn nicht in Schutz?, fragte sie sich.

Inzwischen schenkte niemand mehr dem Gemeinderat auch nur einen Funken Aufmerksamkeit. Aigner stand am Tisch, sah sich um und lächelte entschuldigend.

Der Moderator nahm noch einen Schluck aus seinem Weißbierglas und hob langsam sein Mikro.

Jetzt endlich?, dachte Carola.

»Hat von euch noch jemand Fragen an den Poldi? – Ich sehe, das ist nicht der Fall«, sagte er schließlich gut gelaunt, »dann kommen wir auch schon zu unserem nächsten Kandidaten für den Listenplatz …«

»Kannst du mir erklären, was da gerade passiert ist?«, fragte Carola ihren Chef.

Johannes Ludwig faltete die Hände auf der Tischplatte, als wollte er beten. »Wir sind gerade Zeugen des Anfangs vom Ende der politischen Karriere des Herrn Dr. Leopold Aigner geworden.« Er legte die Stirn in Falten.

»Seh ich auch so. Das war's für den. Nach dem Auftritt ist der die längste Zeit seines Lebens Gemeinderat gewesen.« Sagte Seppi und leerte sein Glas in einem Zug.

»Aber warum? Warum tun die das?« Carola sah von einem zum anderen.

»Keine Ahnung. Scheint aber was Überparteiliches zu sein. Denn Max Anklam ist mit von der Partie. Schau.« Ludwig schwenkte sein Weißbierglas Richtung Ausgang.

Drei Personen waren dort ins Gespräch vertieft. Die eine erkannte Carola als den aufdringlichen Zimmerer, die andere war der Zweite Bürgermeister … und die dritte? War das eine Frau?

»Also, ich weiß ja nicht, wie ihr das seht, aber mir reicht's für heute«, sagte Carola und suchte den Blick einer Servicekraft.

»So zartbesaitet kenn ich dich ja gar nicht, Caro. Aber nimm's nicht so schwer, so sind sie nun mal, deine bayerischen Mitbürgerinnen und Mitbürger.« Seppi lächelte freundlich.

Wenn du wüsstest, wie nahe mir so was derzeit geht, dachte Carola und bezahlte für Seppi und sich. Dann klopfte sie dreimal kurz auf den Tisch. »Johannes, Seppi? Servus, wir sehen uns morgen.«

Müdigkeit überrollte sie wie ein Brecher den Strand. Sie sehnte sich nach einem Bett. Bloß raus hier, dachte sie, griff nach ihrer Tasche und schob sich zwischen den Umstehenden hindurch

Richtung Ausgang. Ah, da war er ja, der kontaktfreudige Zimmerer, der werte Max Anklam. Mit leicht geneigtem Kopf hörte er einem Gespräch zu, das der Zweite Bürgermeister mit der Frau führte, die sie vorhin im Halbdunklen nicht erkannt hatte. Carola wollte sich an der Gruppe vorbeidrängen, als die Frau sich an den Zimmerer wandte.

Natürlich wusste sie, wer das war! Carola erkannte die Frau. Sie hatte sie beim Weißwurstfrühstück gesehen. Und beim Kornkreis. Es war Bernadette Aigner. Was um alles in der Welt hatte die Ehefrau des Gemeinderates, der gerade öffentlich geschlachtet worden war, mit dem Zweiten Bürgermeister zu tuscheln? Und wieso hörte ein Zimmerer dabei zu, der nicht nur als Schürzenjäger bekannt, sondern auch Mitglied einer anderen Partei war? Was konnten die drei gemeinsam haben, dass sie sich auf einer politischen Veranstaltung im Schatten eines Durchgangs so offensichtlich einig waren?

Was auch immer es war, es widerte sie an. Sie musste sofort weg. Unwirsch zwängte Carola sich zwischen den Umstehenden hindurch ins Freie und sog gierig die milde Frühlingsluft in ihre Lungen. Sie wollte nur noch ins Bett, die Augen zumachen, schlafen und ja nicht darüber nachdenken, warum sie einen Beruf ausübte, der sie an einen Ort gebracht hatte, an dem die Leute gern dabei zusahen, wie jemand in der Öffentlichkeit auseinandergenommen wurde.

Tod einer Aushilfe

»Kommst du?« Franz, schon halb auf dem Bürgersteig, wandte sich zu ihm um.

»Ja, gleich.« Nur noch einen Augenblick, dachte Lenz. Bitte. Ein paar Sekunden Ruhe. Obwohl er gerade seinen Termin bei Aigner Chemie verpasste. Weil er vor diesem Haus auf dem Beifahrersitz saß und sich anstrengen musste, sich auf die Aufgabe zu fokussieren, die vor ihm lag.

Er hätte schreien können. Ein toter Mensch. Schon wieder. Er wusste, dass der zweite Todesfall innerhalb einer Woche Fragen aufwerfen würde. Und null Fehler erlaubt waren. Er durfte nichts übersehen. Obwohl er nervös war. Immer wieder blitzte Carolas Gesicht vor seinem inneren Auge auf. Aber das würde er besser für sich behalten.

Er musste sich konzentrieren. Alles andere kam nicht in Frage. Es war kurz nach neun am Freitagvormittag. Mildes Frühsommerwetter. Eine ruhige Wohnstraße in Neu-Diessen. Vor ihm eine einfache Doppelhaushälfte. Drei Einsatzfahrzeuge und der Notarztwagen. Erste Nachbarn, die trotz der frühen Stunde auf dem Bürgersteig standen und tuschelten. Er holte tief Luft. Das musste erst mal reichen. Das miese Gefühl im Bauch blieb, als er ausstieg und zu Franz aufschloss.

Mit einem Kopfnicken grüßte er den Uniformierten am Hauseingang. »Wo?«

Der Beamte sah an ihm vorbei und deutete mit dem Daumen zur Treppe: »Erster Stock, gleich rechts.«

Lenz nickte knapp und betrat einen schmalen Hausflur. Aus einem Raum linker Hand drang leises Schluchzen. Wahrscheinlich die Mutter in der Küche, dachte er.

Franz fing seinen fragenden Blick auf. »Die Mutter«, bestätigte er Lenz' Vermutung. »Der Notfallseelsorger ist bei ihr.«

»Okay. Später.« Lenz stieg die schmalen Stufen der sich eng windenden Treppe zu einem quadratischen Absatz empor. Noch bevor er den Mund für eine Frage öffnen konnte, drängte sich ein weißblonder Mittdreißiger in Notarztkluft durch eine zerschrammte Tür. Säuerlicher Geruch schlug ihm entgegen.

»Grüß Sie Gott, Meisinger, Pollinger, Kripo Weilheim.«

»Moin.« Der Arzt blieb stehen und setzte seinen Notfallkoffer ab.

Noch so ein maulfauler Norddeutscher, dachte Lenz. Vorstellen will der sich anscheinend nicht. Schaut ziemlich mitgenommen aus. »Können Sie schon etwas sagen?«

Der Mediziner sah ihn schräg von der Seite an. »So was hab ich das letzte Mal als Assistenzarzt am UKE gesehen. Universitätsklinikum Eppendorf. Hamburg«, fügte er ungeduldig hinzu, als er Lenz' verständnislosen Blick bemerkte.

In Bayern sind viel zu viele hanseatische Kratzbürsten unterwegs, dachte Lenz und verspürte große Lust zurückzupampen. Aber jetzt bloß keinen Streit. Er beschränkte sich auf ein kurzes Nicken.

Der Arzt schien einen Fleck hinter ihm an der vergilbten Wand zu betrachten. »Meiner Meinung nach eine Überdosis Ecstasy. Das hab ich auch Ihren Kollegen gemeldet.« Er machte eine kurze Pause. »Hab ich hier bisher noch nicht gehabt. Dachte immer, das wär bloß in der Großstadt Usus. Wo sich die Kids, gern aus gutem Haus, nachmittags treffen und was einwerfen. Ab und zu geht da etwas schief.«

Ecstasy? Lenz runzelte die Stirn. »Und worauf begründen Sie Ihre Annahme?«

Der Notarzt fischte eine kleine Tüte aus seiner Jackentasche und drückte sie ihm in die Hand. »Wetten werden nicht angenommen. Das Zeug lag neben ihr auf dem Nachttisch.«

Franz betrachtete die pinkfarbenen Tabletten in dem durchsichtigen Plastik. »Was meinen Sie, wie sie da rangekommen ist? Sie war doch noch minderjährig, oder?«

Der Mediziner nickte. »Gerade siebzehn geworden.« Müde ließ er seine Schultern sinken. »Aber Jugend schützt nicht vor illegalen Drogen. Im Gegenteil, Ecstasy ist noch einfacher zu beschaffen als Alkohol. Die Kids bestellen den Dreck einfach online, da will keine Kassiererin ihren Ausweis sehen. Und billiger als Alkohol ist das Zeug auch noch.«

Lenz registrierte die dunklen Ringe unter seinen Augen. »Todesursache?«

Wieder schien der Notarzt den Punkt an der Wand zu fixieren. »Genaueres wird die Obduktion ergeben, aber ich gehe von Kreislaufversagen aus. Sie ist im Bett gestorben, ohne dass irgendjemand etwas mitgekriegt hat.«

Sie war vollkommen allein, schoss es Lenz durch den Kopf. Grausam, so zu sterben. »Können Sie schon etwas zum Todeszeitpunkt sagen?«

»Dem Zustand der Leiche nach zu urteilen, gegen Mitternacht«, antwortete der Arzt.

Da liegt hier alles im Bett und schläft, dachte Lenz. »Anzeichen von Fremdeinwirkung?«

Erstmals sah der Mediziner ihm ins Gesicht. »Keine. Die Kleidung ist in Ordnung. Keine Male, keine Einblutungen, keine Abwehrverletzungen. Aber auch dazu wird Ihnen der Obduktionsbericht mehr erzählen.«

Lenz drehte sich zu Franz um. »Ich möchte, dass sich die Spurensicherung das Haus vornimmt. Nicht, dass wir etwas übersehen.«

Dann wandte er sich wieder an den Notarzt. Der Mann tat ihm leid. Er war bestimmt nach Bayern gekommen, um genau das nicht mehr sehen zu müssen. »Gibt es von Ihrer Seite noch etwas?«

»Ich habe sie auf dem Bauch liegend vorgefunden. Für die Untersuchung habe ich sie umgedreht.« Er unterbrach sich, schien kurz zu überlegen. »Ich konnte nicht umhin zu bemerken, dass auf ihrem Nachttisch neben den Tabletten ein Buch über anorganische Chemie lag. Das sollten Sie sich vielleicht einmal ansehen.«

»Warum sollten wir das tun?«, fragte Franz erstaunt.

Lenz sah dem Arzt an, dass es ihm schwerfiel, nicht mit den Augen zu rollen. »Weil Ecstasy eine synthetische Droge ist und das Mädchen davon was verstand.«

Bevor Franz reagieren konnte, sagte Lenz: »Danke für den Hinweis. Dürfen wir jetzt in das Zimmer?«

Der Notarzt griff nach seinem Koffer. »Sicher. Aber machen Sie sich auf was gefasst. Sie hat sich erbrochen.«

Lenz nickte und betrat dann den Raum, dicht gefolgt von Franz.

»Warte«, sagte er und stellte sich neben die Tür. »Schauen wir uns erst mal in Ruhe um.« Wir dürfen absolut nichts übersehen, dachte er, sonst kommen wir in Teufels Küche. Dann zwang er sich, sich von links nach rechts im Raum umzuschauen und jedes Detail in sich aufzunehmen.

Eine Plüschtiergalerie auf dem Fensterbrett. Collagen aus Fotos, Konzerttickets und getrockneten Blumen an der Wand. Ein kleiner Schreibtisch mit Bücherstapel und Computer. Ein mit Stickern beklebter Kleiderschrank. Zerknüllte Kleidung auf dem Fußboden.

So weit, so gut. Jetzt erst erlaubte Lenz sich, das Bett anzusehen. Vor dessen Kante stand ein grauer Mülleimer. Er tippte darauf, dass der säuerliche Geruch dort seinen Ursprung hatte, und war dankbar dafür, durch keinen See aus Halbverdautem waten zu müssen.

Mit zwei Schritten war er an dem schmalen, abgenutzten Bettkasten. Zwischen zerwühltem Bettzeug lag das Mädchen auf dem Rücken. Ihr linker Arm war über den Kopf ausgestreckt. Sie trug einen grauen Slip und ein passendes Tanktop. Lenz registrierte, dass sie dünn und blass war. Aschblonde Haare mit leichtem Rotstich klebten an ihrem Kopf. Aus irgendeinem Grund musste sie stark geschwitzt haben. War ihre Haarfarbe die Erklärung dafür, dass sie trotz der Jahreszeit so hellhäutig war? Und war das überhaupt wichtig?

Als seine Gedanken abzudriften drohten, wandte er den Blick von ihr ab und sah sich ein zweites Mal im Raum um. Da lag es, das Chemiebuch. Auf dem zu einem Nachttisch umfunktionierten Wäschekorb. Er ging zu dem Buchstapel auf dem Schreibtisch und neigte den Kopf, um die Titel lesen zu können. »Mathe«. »Physik«. »Geschichte«. »Abiturwissen Chemie«.

»Okay. Ich hab genug gesehen. Du auch?«

»Ja«, antwortete Franz knapp. Sein Gesicht war ausdruckslos.

»Dann kann die Spurensicherung anfangen. Wer ist von den Eltern im Haus?«

»Soviel ich weiß, nur die Mutter.«

Natürlich, das Schluchzen im Erdgeschoss. »Weiß sie schon, was mit ihrer Tochter passiert ist?«

»Ja. Sie hat sie ja gefunden und die Leitstelle alarmiert.«

Auch das noch. »Das Mädchen heißt Melanie?

»Ja«, bestätigte Franz erneut. »Melanie Brandner.«

»Okay. Dann sprechen wir jetzt mit der Mutter.« Es half ja alles nichts, er musste da durch. Lenz nahm die Schultern zurück und ging die Treppe wieder hinunter. Die Geräusche kamen von rechts. Er trat durch die Tür und stand in einer weißen, penibel sauberen Küche. Der Seelsorger, ein Mann im dunklen Anzug, saß an einem Tisch einer Frau gegenüber, die ihren Kopf in die Hände gestützt hatte und den Fußboden anstarrte.

Als die beiden Kommissare den Raum betraten, sah sie auf. Aus ihrem Gesicht sprachen Horror und Hoffnung zugleich. »Was ist mit Melli?«

Wie er diese Augenblicke hasste. Lenz riss sich zusammen. »Frau Brandner?

»Ja«, antwortete sie zögerlich. »Susanne Brandner. Was ist mit meiner Tochter?«

»Frau Brandner, ich muss Ihnen leider die Mitteilung machen, dass Ihre Tochter heute Nacht verstorben ist.«

Sie sackte in sich zusammen. »Ja. Ich weiß.«

Der Mann im Anzug stand auf und ging an Lenz und Franz vorbei. »Schock«, flüsterte er. »Sie ist alleinerziehend.«

Wie grausam, dachte Lenz. Wie unendlich grausam. Er setzte sich auf den frei gewordenen Stuhl. »Ich möchte Ihnen mein Beileid aussprechen.«

Die Frau senkte wieder den Kopf und flüsterte: »Danke.«

Lenz rückte auf der Stuhlkante nach vorn. »Fühlen Sie sich dazu in der Lage, uns ein paar Fragen zu beantworten?«

Ihr Kopf bewegte sich kaum merklich auf und ab. »Fragen Sie.«

»Wissen Sie, wann Ihre Tochter gestern nach Hause gekommen ist?«, wollte Lenz wissen.

Wieder nickte sie mit gesenktem Kopf. »Ja. So gegen halb sechs. Ich war vor ihr da.«

Lenz warf Franz einen Blick zu, der einen Notizblock hervorzog. »Und was hat sie dann gemacht?«, fragte Lenz.

»Sie ist in ihr Zimmer gegangen. Um halb sieben auf Nacht haben wir zusammengegessen und uns noch ein bisschen unterhalten.« Ihre Stimme war ausdruckslos. »Danach ist sie wieder hochgegangen.«

»Hat sie noch etwas gesagt?«, fragte Lenz sanft.

»Ja.« Wieder sah Susanne Brandner ihn an. »Dass sie noch für Chemie lernen wollte. Sie hat Chemie im W-Seminar. Wissenschaftspropädeutisches Seminar«, ergänzte sie, als sie Lenz' fragenden Blick sah. »Sehr wichtig für das Abitur.«

Lenz nickte bestätigend. Was sind das doch für arme Schweine heutzutage, dachte er. »Noch etwas?«

Die Mutter bewegte kaum merklich verneinend den Kopf. »Nur dass sie früh ins Bett wollte, weil sie neben der Schule doch noch jobbt. Alles ganz schön anstrengend für sie.«

»Fleißig.« Lenz lächelte.

»Nicht wahr?« Ihre verweinten Augen glänzten. »Das sagt ihr Chef, der Dr. Aigner, auch immer über die Melli.«

»Wo jobbt Melanie, sagten Sie?« Ohne es zu wollen, hatte Lenz das von der Mutter verwendete Präsens übernommen.

»Bei Aigner Chemie in Raisting. Erst hat sie da ihr Schülerpraktikum absolviert, jetzt arbeitet sie stundenweise als Aushilfe.« Stolz klang in Susanne Brandners Stimme mit. »Die sind da ganz begeistert von ihr.«

Lenz spürte, wie ihm erst heiß, dann kalt wurde. Ein Zufall, dass das Mädchen genau bei der Firma gearbeitet hatte, der er heute Morgen einen Besuch hatte abstatten wollen? Was um Himmels willen ging hier vor? Einem Impuls folgend stand er auf und wandte sich ab.

»Hatte Melanie gestern Abend noch Besuch, Frau Brandner?«, sprang Franz für ihn in die Bresche.

Irritiert sah die Mutter Lenz hinterher. »Nein«, antwortete sie zögernd, »wir waren allein, die Melli und ich.« Erneut warf sie über Franz' Schulter hinweg Lenz einen Blick zu und streckte fragend die Hände aus. »Was ist denn los? Stimmt etwas nicht?«

Lenz stand bereits neben der Tür. Er hatte es eilig, sich zu verabschieden. »Frau Brandner, das war's fürs Erste. Meine Kollegen werden Ihre Angaben aufnehmen. Franz?«

Vor der Haustür blieb er stehen. Er wusste, dass er die Frau mit seiner Reaktion beunruhigt hatte, konnte daran aber nichts mehr ändern. »Willst du zuerst etwas sagen?«

Franz sah ihm ins Gesicht und hob fragend die Hände. »Das wäre wirklich ein verdammter Zufall.«

Lenz betrachtete den verschwenderisch blühenden Rosenbusch neben der Eingangstür. Warum war der ihm beim Reingehen nicht aufgefallen? »Stimmt.«

»Genau die Aushilfe der Firma, die wir heute Morgen besuchen wollten, weil wir mehr über diese BTI-Sache erfahren wollen, liegt tot im Bett.«

Lenz zwang sich in die Gegenwart zurück. Er konnte sich jetzt nicht mit Rosen beschäftigen. »Exakt. So einen Zufall gibt es nicht.«

»Ganz deiner Meinung, aber was bedeutet das nun für uns?«, schnappte Franz.

Lenz drehte sich zu ihm, um die Rosen aus seinem Blickfeld zu verbannen. »Ganz einfach. Das ist ein Hinweis, dem wir nachgehen müssen.«

Franz gab ein schnaubendes Geräusch von sich. »In welcher Sache? Drogenbesitz? Schon mal eine Folge von ›How to Sell Drugs Online (Fast)‹ gesehen?«

»Nein«, antwortete Lenz defensiv. Sollte er zugeben, dass er mit diesem Serienschmarrn nichts anfangen konnte? Dass er am liebsten die Öffentlich-Rechtlichen sah? Und am allerliebsten Dokumentationen im Bayerischen Rundfunk? »Ist doch auch wurscht.«

Franz schüttelte den Kopf. »Ist es nicht. Diese Serie ist ein

Lehrstück darüber, wie easy es ist, Drogen zu bestellen und sich liefern zu lassen.«

»Jetzt machst du es dir aber wirklich einfach«, antwortete Lenz. »Auch wenn es möglich wäre, glaube ich nicht, dass Melanie die Drogen gekauft hat.«

»Und was glaubst du?«

Lenz gab einem kleinen Stein einen Tritt. »Die Mutter hat ausgesagt, dass Melanie Chemie als W-Fach hatte, als Abiturfach also. Sie war erst Praktikantin, dann Aushilfe in einem Chemielabor. Ich denke, sie hat das Zeug selbst hergestellt. Einfacher geht's doch wirklich nicht.«

»Und dann hat sie eine zu hohe Wirkstoffdosis konsumiert? Du meine Güte.« Franz klang ungläubig.

»Was denn sonst?«, fragte Lenz entnervt. »Oder glaubst du, hier läuft jemand um den Ammersee und bringt Frauen unterschiedlichen Alters um?«

Franz hob beschwichtigend die Hände. »Okay, okay, okay. Wie du meinst. Die Gruberin hat sich erschreckt, vor was auch immer, und hatte einen akuten Herzinfarkt. Und Klein-Melli hat sich bei der Dosierung vertan und sich damit aus Versehen selbst getötet. Sie wäre weiß Gott nicht die erste Fachfrau« – er malte Anführungszeichen in die Luft – »die sich bei so was selbst umbringt.«

»So könnte man es sehen.« Lenz trat von einem Bein aufs andere. »Dann erklär mir bitte nur noch, wie das BTI zu dieser Theorie passt. Und sag jetzt nicht: Zufall.«

Franz zog den Autoschlüssel aus der Hosentasche und warf ihn Lenz zu. »Das weiß ich auch nicht. Aber bevor wir hier länger rumschwafeln, stellen wir genau diese Frage dem Dr. Aigner. Du fährst.«

Die kurze Fahrt nach Raisting brachten sie schweigend hinter sich. Lenz dachte an Carola. Stellte sich vor, wie sie in einer weißen Bluse und Faltenrock am kiesigen Ufer des Ammersees lag. Und mit verklebten Haaren und einem grauen Tanktop in einem zerwühlten Bett. Jeden Abend fuhr er an Barbaras Haus vorbei, um zu kontrollieren, ob ihr Auto vor der Tür stand. Reine Routine, sagte er sich. Und schob die Wahrheit, dass er sie stalkte, beiseite.

Der Mann, der sie im Erdgeschoss eines unauffälligen Baus am Rand des Raistinger Gewerbegebiets begrüßte und in einen kleinen Besprechungsraum führte, entsprach nicht dem Bild, das Lenz insgeheim von einem Naturwissenschaftler hatte. Groß, durchaus gut aussehend, selbstsicher und durchtrainiert. Er trug Jeans und Karohemd und strich seinen Laborkittel glatt, als er sich setzte.

»Kripo? Was kann ich für Sie tun?«, fragte Aigner ruhig, aber erstaunt, nachdem Lenz sich und Franz vorgestellt hatte.

Während er sich setzte, ließ Lenz sein Gegenüber nicht aus den Augen. »Herr Dr. Aigner, arbeitet eine Melanie Brandner bei Ihnen?«

Der Chemiker wich seinem Blick nicht aus. »Ja. Seit über einem Jahr. Erst als Praktikantin, dann als unsere Aushilfe. Kluges Mädchen. Wird es noch weit bringen. Warum?«

»Wann erwarten Sie sie das nächste Mal?«

»Heute Nachmittag nach der Schule.« Der Schatten einer Irritation huschte über sein Gesicht. »Warum wollen Sie das alles wissen?«

Lenz ließ ihn nicht aus den Augen. Etwas störte ihn an dem Mann. »Melanie ist tot.«

Aigners Gesichtsausdruck wurde starr. »Das tut mir sehr leid. Aber wieso kommen Sie damit zu mir?«, fragte er kühl.

Wie eine Maschine. Bildete er sich das ein, oder tat der Chemiker abgeklärter, als er war? »Am Auffindeort der Leiche sind Substanzen sichergestellt worden. Ich habe Grund zu der Annahme, dass es sich dabei um Ecstasy handelt, und auch dazu, dass Melanie es vor ihrem Tod konsumiert hat. Könnte sie die Droge selber hergestellt haben?«, fragte Lenz.

Wenn Aigner die Nachricht in irgendeiner Weise getroffen hatte, hatte er sich jetzt wieder gefangen. Ein spöttisches Lächeln umspielte seine Mundwinkel. »Was soll ich dazu sagen, ohne schlecht über sie zu reden? Melanie war blitzgescheit, hatte Chemie als W-Seminar. Das Wissen darüber, wie MDMA –«

»MDMA?«, hakte Franz ein.

»Ja, MDMA«, entgegnete Aigner ruppig. »Ecstasy ist Methylendioxymethamphetamin, kurz MDMA. Das Wissen, wie diese Substanz synthetisiert wird, hätte sie sich leicht aneignen können. Sie war ja quasi Expertin. Noch dazu gibt es das Internet. Und das Labor dafür hätte sie hier gehabt.« Er dachte kurz nach und stand auf. »Meine Herren, bitte entschuldigen Sie mich. Ich muss sofort eine Untersuchung einleiten, ob Melli für die Herstellung illegaler Drogen unsere Ressourcen genutzt hat.«

Lenz hob die Hände. »Nichts für ungut, aber ich würde Ihnen dabei gern unsere Kriminaltechniker zur Seite stellen.«

Aigner schien zu überlegen. »Sicher. Brauchen Sie mich noch?«, fragte er mit Ungeduld in der Stimme.

»Sagen Sie, Herr Dr. Aigner, mit was beschäftigt sich eigentlich Ihre Firma?«, fragte Franz.

»Nun, wir haben uns darauf spezialisiert, aus einem Rohprodukt BTI in Puder- beziehungsweise Flüssigform herzustellen.«

Und damit bestätigt er, was Aufkammer ausgesagt hat. Er stellt das BTI her. BTI, BTI, BTI, ich kann's nicht mehr hören, stöhnte Lenz innerlich. Hörte das denn überhaupt nicht mehr auf?

»Dann sind Sie wahrscheinlich bestens mit der Mückendiskussion in diesem Jahr vertraut«, sagte Franz.

»Sie meinen die ganze Aufregung in der Presse und im Internet? Wissen Sie, ich sehe das alles mehr aus der naturwissenschaftlichen Perspektive. Ich stelle hier ein Produkt zur Verfügung, mit dem ich dazu beitragen kann, ein akutes Problem zu lösen und die Lebensqualität der Menschen zu verbessern.«

Lenz musterte ihn überrascht. Der konnte ja genauso staatstragend wie Carolas Chef daherreden. »Sagen Sie, Herr Dr. Aigner, sind Sie nicht Gemeinderat?«

Der Chemiker zog die Augenbrauen zusammen. »Ich verstehe zwar nicht, was das zur Sache tut, aber ja, das bin ich.«

Lenz verkniff sich ein Grinsen. Hauptsache, ich verstehe, um was es geht. »Seit wann gibt es Ihr Unternehmen?«, fragte er.

»Unternehmerisch tätig bin ich seit zwanzig Jahren. Aber dieses Unternehmen gibt es erst seit zwei. Warum fragen Sie?« Aigners Ton war eine Nuance schärfer geworden.

»Kennen Sie Friedhelm Albrecht?«, schaltete Franz sich ein.

»Selbstverständlich«, antwortete Aigner unwirsch. »Er hat mir ja zu diesem Schritt geraten. Und mir beim Aufbau meiner Firma geholfen. Erklären Sie mir jetzt endlich, warum Sie das alles wissen wollen?«

Ein Gedanke schoss Lenz durch den Kopf. »Berät Albrecht Sie auch, was Fördermöglichkeiten betrifft?«, fragte er in seinem verbindlichsten Tonfall.

»Auch das. Und bevor Sie fragen, eine DIN-ISO-Zertifizierung hat er auch bei uns gemacht. Meine Herren, was tut das alles zur Sache?« Verärgert stemmte Aigner die Hände in seine Hüften.

Das weiß ich noch nicht so genau, aber ich werde es herausfinden, dachte Lenz. »Reines Interesse. Kennen Sie auch Lisa-Maria Gruber?«, wechselte er das Thema.

Aigner schüttelte ungläubig den Kopf. »Meine Herren, ich will ja nicht unhöflich sein, aber was hat das mit Melanie Brandner zu tun?« Er sah aus, als wäre er kurz davor, seiner Wut freien Lauf zu lassen.

»Beantworten Sie bitte einfach unsere Fragen, Herr Dr. Aigner«, sagte Franz betont höflich.

Aigner atmete hörbar aus. »Als Kommunalpolitiker kannte ich selbstverständlich die Pressesprecherin des Landrats. War es das jetzt?«

»Wir danken Ihnen für Ihre Auskunft, Herr Aigner«, antwortete Lenz, schob seinen Stuhl zurück und stand ebenfalls auf.

Er wartete, bis Franz nach ihm aus dem Gebäude getreten war. »Was sagst du dazu?«, fragte er und betätigte den Türöffner des Wagens.

»Hundlinge, einer wie der andere.« Franz rieb sich über das Gesicht.

Lenz warf ihm den Autoschlüssel zu. »Stimmt. Hat sich künstlich aufgeregt, als wir ihn nach Albrecht und der Gruber gefragt haben. Dafür ist er bei der Mitteilung vom Tod seiner Aushilfe ziemlich cool geblieben. Das alles steht miteinander in Zusammenhang, da bin ich mir sicher. Ich weiß nur nicht, in welchem.«

»Richtig«, antwortete Franz. »Und was sagt uns das?«

»Auch das weiß ich nicht«, sagte Lenz, »aber langsam befürchte ich das Schlimmste.«

Du hast die Haare schön

»Danke dir, dass du das machst.« Barbara drückte Carolas Unterarm.

»Was mache?«, fragte Carola irritiert.

»Na, dich als Modell zur Verfügung zu stellen. Die Sabrina muss echt noch üben, sonst besteht sie die Prüfung nicht.« Mit energischem Scheppern eines monströsen Schlüsselbundes öffnete Barbara die Tür ihres Friseursalons. Ein Glöckchen bimmelte zart. »Setz dich und mach es dir bequem. Ich werf mal grad die Kaffeemaschine wieder an.« Mit flatternden Rockschößen verschwand Barbara hinter einem Vorhang.

Carola sank auf den letzten in der Reihe der gepolsterten Sessel vor der Spiegelwand und ließ ihre Handtasche auf den Boden fallen. Was für ein Alptraum.

Als sie heute Morgen aufgewacht war, war ihr plötzlich bewusst geworden, dass sie am Wochenende nichts vorhatte. Null Komma null minus gar nichts. Es war Freitagmorgen, die Arbeitswoche war fast schon vorbei, keine politische Veranstaltung in Sicht, und den Einkauf für ihren Zwei-Frauen-Haushalt hatte sie schon gestern auf der Rückfahrt von Weilheim erledigt. Der dunkle Punkt an der Zimmerdecke drängte sich in ihr Blickfeld und sog an ihr mit der Kraft eines schwarzen Lochs. Erschreckt hatte sie die Decke beiseitegeworfen und war unter die Dusche gesprintet.

Barbara nickte bloß, als sie mit einem Handtuch um den Kopf in die Küche kam. Ihre Frage, ob ihre Azubine am Nachmittag an ihr üben dürfe, hatte Carola geradezu begeistert bejaht. Vollkommen egal, wie sie hinterher aussehen würde, wenn sie bloß weg war aus der Stille ihres Zimmers.

Sie blickte auf. Eine blasse, ernste Carola sah ihr aus dem Spiegel im Friseursalon entgegen. Was war los mit ihr? Nie zuvor hatte sich das Leben so bedrohlich angefühlt, sie selbst dabei so zitternd, bei jedem zweiten Wort dünnhäutig zurückzuckend.

Ja, Lenz fehlte ihr. Aber früher hatte sie doch auch schon Liebeskummer gehabt. Heute war da definitiv mehr. Unter der frischen Wunde lag eine alte Blessur. Wie lange war der desaströse Kaffeeklatsch in Resis Küche jetzt schon her? Eine Woche. Das tat weh, aber die alte Verletzung schmerzte mehr. Fühlte sich an wie frisch aufgebrochen.

Das Türglöckchen klimperte, als eine kurvige junge Frau mit hüftlangen tiefschwarzen Haaren den Salon betrat.

Mit einem Becher in der Hand tauchte Barbara wieder auf. »Ah, da bist du ja, Sabrina. Das hier ist Caro, eine Freundin von mir. Und heute dein Modell.«

»Servus.« Carola sah in untertassengroße katzengrüne Augen, darüber ein Jackie-O-Lidstrich und dichte falsche Wimpern.

»Bin gleich für dich da«, hauchte Sabrina und verschwand hinter dem Vorhang.

»Okay, ihr bleibt am besten auf den hinteren Plätzen. Hier, dein Cappuccino. Schau mal, das fände ich schön für dich.« Mit geübtem Griff schlug Barbara einen Frisurenkatalog auf und drückte ihn Carola in die Hand.

Die sah ihr nach, wie sie zur Tür flatterte und die ersten Kundinnen empfing, ganz Wärme, Charme und Weiblichkeit. Da wurde Kaffee serviert, an Haaren gezupft, eine Auswahl an Zeitschriften zurechtgelegt. Okay, auch ich bin zum Haareschneiden hier, dachte sie und starrte auf das Foto, das Barbara für sie ausgesucht hatte. Um das schmale Gesicht einer hübschen Frau wellte sich durchgestuftes aschblondes Haar. Bin ich das?, fragte sich Carola.

»Was machen wir denn?« Sabrina stand plötzlich hinter ihrem Sessel und fuhr mit dunkelrot manikürten Fingernägeln durch ihre Haare.

Ob du dir vorstellen kannst, wie egal mir das ist?, dachte Carola. »Barbara meinte, das da.« Sie hielt den Katalog mit dem Foto hoch.

»Schon eine krasse Typveränderung, gell?« Sabrina strich über Carolas glatte blonde Haare.

Wurscht, dachte Carola. »Weißt du was? *Go for it.*« Sie klappte das Buch zu.

»Dann geb ich dir zuerst mal eine Kopfmassage.« Sabrina versenkte die Finger in ihrer Frisur. »So okay?«

Du meine Güte, ja, dachte Carola und nickte kurz. Während Sabrinas Finger mit sanftem Druck über ihre Kopfhaut wanderten, entspannte sie sich ein klein wenig. »Also wenn es nach mir ginge, hättest du die Prüfung schon bestanden«, sagte sie und wollte gerade die Augen schließen, als die Eingangsglocke wieder bimmelte. Unwillkürlich ruckte ihr Kopf nach links.

Sie kannte die Frau, die den Salon betrat, sie kannte sie, sie kannte sie, das war doch ... richtig, Joseffa Albrecht, die Ehefrau von Friedhelm Albrecht, dem rückgratlosen Gesellen. Sie erinnerte sich an den gestrigen Abend der Kandidatenaufstellung. An der Seite ihres Mannes hatte sie Madame Albrecht sofort erkannt. Aber wenn sie allein auftauchte, war die Frau vollkommen nichtssagend.

Im Spiegel sah sie ihrer Freundin dabei zu, wie sie die Begrüßungszeremonie abspulte, ein Bussi links, ein Bussi rechts, Jacke abnehmen, an der verspiegelten Wand gegenüber einen Stuhl anbieten, Wünsche abfragen, Kaffee servieren. Carolas Blick wanderte zu der Frau, die mit einem Haufen Alufolie auf dem Kopf und einem Umhang um die Schultern auf dem Stuhl neben dem Neuankömmling saß ... Das war doch ... Bernadette Aigner, die Ehefrau von Dr. Leopold Aigner! Die sich, nachdem ihr Mann vor versammelter Mannschaft fertiggemacht worden war, mit dem Zimmerer Anklam und dem Zweiten Bürgermeister in einer dunklen Ecke rumgedrückt hatte.

Sabrinas Massage nahm Carola nicht mehr wahr. Sie sah nur noch die zwei Frauen im Spiegel. Die kannten sich doch, wieso also redeten sie nicht miteinander? Nachdem sie sich zur Begrüßung zugenickt hatten, starrte jede vor sich in den Spiegel und sprach kein Wort.

»Als Erstes mache ich die Farbe«, verkündete Sabrina hinter ihr und rührte mit einem dicken Pinsel in einem Gummitiegel herum.

»Mach du nur«, sagte Carola unbeteiligt und schaute lieber weiter Friseurfernsehen.

Joseffa Albrecht kam in den Genuss einer Chefinnenbehandlung. Nachdem Barbara ihr die Haare gewaschen hatte, rollte sie auf einem Hocker um ihre Stammkundin herum und machte sich an den Schnitt. Eine Haarsträhne nach der anderen der brünetten Pracht segelte zu Boden. Barbara selbst schien von ihrem Arbeitsauftrag begeistert zu sein, denn sie lachte ununterbrochen.

Als Carolas Kopfhaut zu kribbeln begann, sah sie zu Sabrina auf. Sie stand hinter ihr, hatte mit einem Stielkamm schon einen Scheitel gezogen und die Haare zur Seite gelegt und bestrich nun die zuoberst liegende Partie mit einer lilafarbenen Flüssigkeit. »Muss das so brennen?«, fragte sie.

»Ein bisschen ist okay«, verkündete Sabrina strahlend und scheitelte und pinselte weiter. »Wenn's zu schlimm wird, gib einfach Bescheid.«

Und was willst du dann noch machen?, dachte Carola und wandte sich wieder den beiden Damen auf der anderen Salonseite zu.

Joseffa Albrechts Platz war leer. Eine Azubine kehrte den Haarberg um ihren Stuhl zusammen. Barbara stand neben Bernadette Aigner und kontrollierte die Foliensträhnen. Eine junge Frau setzte sich auf den leeren Platz und legte die linke Hand der Politikergattin auf ihr eines Bein.

Oha, dachte Carola, die ganz große Schlachtplatte. Nicht nur Farbe, jetzt auch noch eine Maniküre.

Barbara berührte ihre Kundin mit der Hand an der Schulter, sagte etwas und war dann mit zwei Schritten bei Carola.

»Ist das da drüben nicht Frau Aigner?«, fragte Carola.

»Die Berna? Ja, das ist sie. Und ich bin so froh, dass sie endlich mal was aus sich macht. Jahrelang hatte sie die gleiche Farbe, furchtbar praktisch.« Sie verdrehte die Augen. »Ich kann sie ja verstehen, sie hat einen Job, Haus und Kinder, da bleiben nicht viel Zeit und Energie für einen selbst. Aber heute ...«, sie schnippte mit den Fingern, »heute will sie neue Strähnen.«

»Und rote Fingernägel.«

»Hammer, gell? Find ich total super, dass sie das macht. Wirst sehen, in einer Stunde ist sie nicht mehr wiederzuerkennen.«

»Und Frau Albrecht?«, erkundigte sich Carola maliziös lächelnd, während sie verwundert feststellte, dass es am Ammersee so etwas wie Datenschutz nicht zu geben schien.

»Du, der steht auch der Sinn nach Veränderung. Zwar wird die nicht ganz so krass wie die von Berna, aber immerhin. Der alte Zopf ist ab, und die neue Frisur wird die Frau gleich zwanzig Jahre jünger machen.« Fröhlich flatterte sie davon.

»So, jetzt können wir waschen«, beschied Sabrina.

Fast wäre Carola ein »Gott sei Dank« rausgerutscht, denn ihre Kopfhaut kribbelte inzwischen, als ob eine Ameisenkolonie sie zur Testrennstrecke auserkoren hätte.

Warmes Wasser rauschte über ihre Haare. Also massieren kann sie wirklich, dachte sie, als sie Sabrinas Fingerkuppen wieder auf ihrer Kopfhaut spürte. Fast bedauernd stand sie zwei Minuten später, mit einem Handtuch um den Kopf gewickelt, wieder auf und ging zurück an ihren Platz.

»Ich finde, die Farbe ist super geworden.« Stolz lächelnd zog Sabrina das Handtuch vom Kopf.

Die Frau, die Carola jetzt aus dem Spiegel entgegensah, hatte ein blasses, ernstes Gesicht, das von platinblonden Haaren umrahmt wurde, die am Ansatz knallorange leuchteten.

»Wie findest du es?«, fragte Sabrina und riss ihre grünen Katzenaugen auf.

Carola wandte sich zu ihr um. »Könntest du mir noch einen Cappuccino bringen? Und sagst du bitte Barbara Bescheid, dass sie mal kurz kommen soll?«

»Klar, mach ich«, erwiderte Sabrina und trabte davon.

»Und, was hat die Sabrina bei dir gezaubert?«, rief Barbara fröhlich, als sie kurz darauf hinter ihren Sessel trat.

Carola griff sich in die Haare. »Barbara, sorry, aber ich seh aus wie dieser vollbusige Realitystar. Ich mein, ich find die Frau ja wirklich cool, die ist megageschäftstüchtig, aber bei mir geht das überhaupt nicht. Ich bin doch in der Politik und mach keine Verkaufsveranstaltungen im Möbelhaus.«

Mit zwei Fingern hob Barbara eine Strähne empor. Und eine

zweite. »Ich sehe, was du meinst.« Sie zog sich einen Hocker heran.

»Okay, ab hier übernehme ich. Sabrina«, wies sie ihre Azubine an, die gerade einen Cappuccino vor Carola abstellte, »du mischst mir jetzt …«

Carola warf ein Blick auf ihre Uhr und erschrak. Wie lange war sie schon hier? Über zwei Stunden? Einen genüsslichen Bummel durch die Diessener Boutiquen konnte sie vergessen. Ich lass Barbara einfach machen, dachte sie ergeben und sah in den Spiegel. Beide Sessel hinter ihr waren inzwischen wieder besetzt. Eine weitere von Barbaras Mitarbeiterinnen hatte sich einen Hocker herangezogen und widmete sich der rechten Hand von Bernadette Aigner, während eine andere Friseuse die verbliebenen Haare von Joseffa Albrecht über eine dicke Rundbürste zog und föhnte.

»Das kriegen wir hin«, beschied Barbara. »Sabrina habe ich angewiesen, eine Tönung anzumischen. Die trägt sie jetzt auf, und ich kontrolliere alles gleich noch mal.«

Carola nickte. »Was ist schiefgelaufen?«

»Wahrscheinlich hat sie deine natürliche Haarfarbe falsch beurteilt und sich dann noch im Mischverhältnis vertan. Was hab ich gesagt? Sie ist noch nicht reif für die Prüfung.« Barbara verzog den Mund.

Aus dem Augenwinkel nahm Carola eine Bewegung wahr und sah erneut in den Spiegel. Beide Sessel hinter ihr waren wieder leer. »Wo sind die beiden denn hin?«, fragte sie.

»Wer? Die Berna und die Seffa? Was interessiert dich das?«, lachte Barbara. »Die Berna ist beim Waschen, und keine Ahnung, wo die Seffa hin ist. Vielleicht muss sie mal aufs Klo?«

Recht hat sie. Was bin ich bloß so neugierig?, dachte Carola. War sie vielleicht so pervers voyeuristisch, weil in ihrem eigenen Leben tote Hose war? Steckte sie ihre Nase in anderer Leute Angelegenheiten, weil sie keine Lust hatte, vor ihrer eigenen Haustür zu kehren? War es ihr eintöniges Leben, das sie quälte? Die Melodie eines Songs klimperte ihr durch den Kopf, sie begann zu summen, sah in den Spiegel und hätte bei dem, was sie sah, beinah laut aufgelacht.

War das Joseffa Albrecht? Die Frau, an die sie sich nach ihrer ersten Begegnung nicht mehr hatte erinnern können, weil sie zu ihr partout kein Bild im Kopf hatte? Eine schlanke dunkelhaarige Frau drehte sich vor dem Spiegel gegenüber. Sie trug die Haare kurz und zur Seite geföhnt wie dereinst Lady Diana, nur in Brünett. Ein eng anliegendes knallrotes Etuikleid betonte ihre mädchenhafte Figur. An ihren Füßen glänzten schwarze Lackpumps.

»Wow!«, entschlüpfte es Carola. Sie wandte sich zu Sabrina um. »Das ist mal wirklich eine Typveränderung.«

Die Azubine klimperte mit ihren falschen Wimpern. »Ich finde, sie sieht super aus.«

»Sehr schön, ich bin begeistert, Seffa.« Barbara trat neben ihre Kundin. »Wirst sehen, dein Mann wird Augen machen.«

»Ach der.« Joseffa Albrecht winkte ab und folgte Barbara an die Kasse. »Was bin ich dir schuldig?«

»Ich glaub, das wird jetzt wirklich sehr schön«, flüsterte Sabrina schüchtern und fingerte in Carolas mit einer bräunlichen Creme eingestrichenen Haaren herum.

Carola überkam spontan Mitleid mit der jungen Frau. »Das glaube ich auch«, sagte sie und sah auf die Uhr. War sie wirklich schon drei Stunden in dem Salon? Kein Wunder, dass ihr langsam vom Sitzen der Hintern wehtat.

Sie wandte ihre Aufmerksamkeit wieder dem Spiegel zu und dem, was darin geschah. Die Friseurin, die Bernadette Aigner frisiert hatte, zog gerade den Schutzumhang von den Schultern und trat beiseite. Eine Frau, ihre in vielen Blondtönen gesträhnten Haare schulterlang und glatt geföhnt, stand von ihrem Sessel auf. Sie trug einen schneeweißen Hosenanzug und goldene Sandaletten.

Carola starrte in den Spiegel. Das sollte Bernadette Aigner sein? Die schmale, unauffällige Frau, die schweigend ihrem Mann zuhörte und sich noch nicht mal zu nicken traute? Ein Effekt, als würde ein Schmetterling seine braune Puppenhülle abstreifen, schoss es Carola durch den Kopf, und sie sah dabei zu, wie Bernadette Aigner sich, sprühend vor Lebendigkeit und Lebensfreude, vor dem Spiegel drehte.

»Komm, wir müssen jetzt noch mal waschen«, flötete Sabrina hinter ihr.

Das ist jetzt das dritte Mal an diesem Tag, dass mir die Haare gewaschen werden, dachte Carola, während warmes Wasser ihren Kopf umfloss. Wo war sie bloß gelandet? Bei »Pimp a Landei«, einer Makeover-Show, bei der Landfrauen mittleren Alters auf Schönheitskönigin gestylt wurden?

Ihr schlechtes Gewissen wegen ihrer Neugier war längst vergessen. Sie überlegte: Wann legten sich Frauen einen neuen Haarschnitt oder eine andere Farbe zu? Eigentlich doch nur dann, wenn sie verlassen wurden oder es in der Ehe kriselte. Sie brauchte ja nur sich selbst anzugucken. Oder Lenz' Ex-Frau Bettina. Ganz am Anfang ihrer Beziehung hatte Lenz ihr gebeichtet, dass seine Ehefrau, als er sich dereinst keine Zeit mehr für sie genommen hatte, sich die Haare hatte schneiden lassen und Salsa tanzen gegangen war. Dabei hatte sie einen neuen Typen aufgegabelt.

»Komm, wir gehen zu deinem Platz.« Sabrina hatte ihr wieder ein Handtuch um den Kopf geschlungen.

Carola stand auf und ging zu ihrem Sessel zurück. Kriselte es bei den Albrechts und den Aigners? Hatte Barbara doch recht gehabt mit ihrer Vermutung, dass ihre Kundin Seffa eine Wohnung für sich suchte. War das der Grund, weshalb Friedhelm Albrecht kein politisches Amt übernehmen wollte? Weil dann rausgekommen wäre, dass seine Ehe nur noch auf dem Papier existierte? Schon als Berater konnte er sich eigentlich keinen Stress zu Hause leisten. Von einer Scheidung gar nicht zu reden. Die wäre bestimmt schlecht fürs Geschäft.

»Schau mal. Gefällt es dir jetzt?«, fragte Sabrina schüchtern in ihre Gedanken hinein.

Die Frau, die ihr aus dem Spiegel entgegensah, kam Carola deutlich vertrauter vor als die noch vor einer Stunde. Ihre Wangen waren gut durchblutet, der Blick klar und die Haare aschblond. Carola nickte, obwohl ihr ihr Look momentan so was von egal war. Sie musste nachdenken.

»Ich schneide dir jetzt die Stufen«, beschied Sabrina und klapperte mit ihrer Schere.

Carola nickte erneut. Was war mit den Aigners? Dass Leopold Aigner, den sie cool und selbstbewusst beim Weißwurstfrühstück erlebt hatte, nur noch ein Schatten seiner selbst war, hatte er mit seinem katastrophalen Auftritt bei der gestrigen Aufstellungsversammlung bewiesen. War seine desaströse Verfassung der Grund dafür, dass er ihrem Chef in Sachen BTI nicht den Rücken stärken wollte? War er zu sehr mit seinen persönlichen Angelegenheiten beschäftigt? Steckte auch er in einer handfesten Ehekrise? Die von ihm oder seiner Frau verursacht wurde? Der Frau, die sich bei der politischen Veranstaltung, bei der ihr Mann öffentlich an den Pranger gestellt worden war, mit dem Zweiten Bürgermeister und dem anerkannten Schürzenjäger in einer dunklen Ecke der Wirtschaft rumgedrückt hatte?

Carola nahm die warme Föhnluft und die Bürste, über die Sabrina jetzt ihre Haare zog, nicht mehr wahr. Stattdessen überlegte sie. Sie war lang genug in der Politik, um riechen zu können, wenn sich das Gleichgewicht der Kräfte veränderte. Wenn alte Koalitionen auseinanderbrachen und neue Bündnisse geschlossen wurden. Machtvolle Player sich ins Abseits manövrierten. War das hier am Ammersee der Fall? Stand eine Veränderung der politischen Landschaft bevor, wofür das Verhalten der Ehefrauen ein erster Indikator war?

»Bist du jetzt zufrieden?«, fragte Barbara, die plötzlich wieder neben Sabrina stand und ihre Finger durch die Haare ihrer Freundin gleiten ließ.

»Und wie«, sagte Carola und betrachtete ihr Spiegelbild. Aschblonde gestufte Haarsträhnen umrahmten sanft ihr Gesicht. Gut sah sie aus. Und fühlte sich auch so. Merkwürdig befreit, ihre Schwermut war wie weggeblasen. Was auch immer die Ursache war, eines spürte sie plötzlich ganz deutlich: Da ganz hinten, da war ein Licht am Ende des Tunnels.

Nichts bewegt sich

»Katastrophe. Eine einzige gigantische Katastrophe.« Den Filzstift in der Hand schrieb und malte Lenz auf dem Papier, das am Flipchart klemmte, herum.

»Denkst du nicht, du übertreibst ein wenig?«, fragte Beni und setzte sich auf einen der leeren Stühle.

»Nein.« Lenz warf ihm über die Schulter hinweg einen kurzen Blick zu. »Ganz im Gegenteil.«

»Ausnahmsweise muss ich Lenz zustimmen.« Franz stand auf, rollte seinen Stuhl hinter dem Schreibtisch hervor und parkte neben Beni. »Meiner Meinung nach stinkt die BTI-Sache ganz gewaltig. Wir haben Auffälligkeiten, aber keine belastbaren Beweise. Geschweige denn einen Verdächtigen. Oder ein Motiv. Aber seit heute Morgen zwei Tote. Megakatastrophe trifft das wohl eher.«

»Okay. Wenn ihr das so seht«, sagte Beni unsicher. »Und ihr seid sicher …?« Er hielt inne und sah auf den Fußboden.

»Beni.« Ungeduldig blickte Lenz ihn an. »Was ist? Spuck's aus.«

»Ich meine ja bloß …«

»Beni!«, blaffte Lenz.

Das Gesicht des jungen Kommissars glühte bis zu den Haarspitzen. »Ich denke, es könnte sich auch um eine Verkettung unglücklicher Umstände handeln.«

Lenz presste mit einem lauten Knacken die Hülle auf den Filzer. »So? Dann lass mal hören.«

Beni stand auf, trat neben den Flipchart und schlug ein paar Blätter zurück. »Am Freitag letzter Woche wird eine leblose Person im Erholungsgebiet Eching gemeldet. Lisa-Maria Gruber, dreiunddreißig Jahre alt. Notarzt – okay, Franz, Notärztin – vermutet plötzlichen Herztod, was der Obduktionsbericht bestätigt. Frau Gruber hatte eine unerkannte erblich bedingte Vorschädigung des Herzens und ist einen tragischen, weil frühen, aber nichtsdestotrotz erklärbaren Tod gestorben.« Benis Stimme gewann zusehends an Festigkeit. »Könnt ihr mir so weit folgen?«

»Durchaus«, antwortete Franz trocken. »Und?«

»Ich will damit sagen, dass wir meiner Meinung nach keine Hinweise auf eine Straftat haben.« Beni zählte an den Fingern ab: »Frau Gruber ist zu keinem Zeitpunkt polizeilich in Erscheinung getreten. Wir haben auch niemanden ermitteln können, der in der Zeit vor ihrem Tod Gelegenheit hatte, ihr gegenüber gewalttätig zu werden. Sie war unverletzt, hat an dem Morgen nicht telefoniert, und es war niemand in ihrer Nähe, als sie stürzte. Ihre Kleidung war nicht beschädigt. Nach Aussage der Zeugin Schmitz war Frau Gruber vollkommen allein am Ammersee unterwegs. Ach ja, und der toxikologische Befund war auch negativ. Alles in allem haben wir nichts.«

»Okay.« Lenz hob ebenfalls einen Finger nach dem anderen. »Und was machst du mit dem Eintrag P. A. plus BTI in ihrem Terminkalender? Wie passt es ins Bild, dass ihr Chef, der Landrat, uns dazu keine Auskunft geben will? Wieso zeigt jeder, den wir befragen, mit dem Finger auf einen anderen? Findest du so ein Verhalten nicht, sagen wir mal, fragwürdig?«

»Und selbst wenn, was würde das in Bezug auf das Ableben von Frau Gruber ändern?« Beni schlug die nächste Seite auf dem Flipchart auf. »Ich stelle nur fest, dass wir keinerlei Hinweis auf eine Straftat in diesem Zusammenhang finden konnten.«

»Und Melanie Brandner? Was machst du mit der zweiten Toten im Kausalzusammenhang mit BTI?«, fragte Franz ungehalten.

»Moment, Kollege, nicht zu voreilige Schlüsse ziehen.« Beni deutete auf den Flipchart. »Melanie Brandner wurde heute in aller Früh von ihrer Mutter leblos in ihrem Bett aufgefunden. Der Notarzt konnte nur noch den Tod feststellen. Seine ersten Untersuchungen erbrachten Hinweise auf Herz-Kreislauf-Versagen infolge einer Überdosis MDMA. Das Obduktionsergebnis, das vor einer halben Stunde eingetroffen ist, hat seine Vermutung bestätigt. Stimmt ihr mir so weit zu?«, fragte Beni strahlend.

»Herrgott, Beni, ja. Mach weiter.« Lenz sprang von seinem Stuhl auf, ging mit großen Schritten auf den Aktenschrank zu, drehte sich um und kam zurück.

Beni sah ihn an. »Magst du dich nicht wieder setzen, Lenz?«, fragte er freundlich.

»Nein, mag ich nicht. Ich mag mich jetzt bewegen. Was hast du noch?«

»Okay, wie du meinst.« Beni räusperte sich kurz. »Die Kollegen von der Spurensicherung haben heute Morgen gemeinsam mit Mitarbeitern von Aigner Chemie Melanies Arbeitsplatz gründlich untersucht und dabei festgestellt, dass sie die Einrichtungen des Labors dafür genutzt hat, MDMA herzustellen. Es konnten Spuren an verschiedenen Geräten nachgewiesen werden. Die Drogenfahndung versucht jetzt herauszufinden, ob sie die Substanz nur für den Eigenbedarf hergestellt oder mit ihr auch gehandelt hat. Übrigens ist sie genau wie unsere erste Tote bisher polizeilich nicht in Erscheinung getreten.«

»Jaja, wissen wir alles. Und?«, fragte Franz.

»Ich will damit nur sagen, dass wir in Melanies Fall, so tragisch er auch ist, ebenfalls keinen Hinweis auf die Beteiligung Dritter haben. Sie ist infolge ihres Drogenkonsums gestorben. Damit liegt zwar eine Straftat vor, aber kein Tötungsdelikt.«

»Und trotzdem stinkt hier etwas ganz gewaltig zum Himmel, oder?« Lenz baute sich vor dem Flipchart auf.

»Was denn?«, fragte Beni treuherzig.

»Na, zunächst mal stoßen wir unter jedem Stein, den wir umdrehen, auf BTI.« Lenz riss die beschriebenen Seiten vom Flipchart und pappte sie mit Tesafilm an die Wand. »Frau Gruber hatte laut ihrem Kalender einen Termin am Ammersee, bei dem es um BTI ging.« Er umkringelte einen Punkt rot. »Die Drohne, die du eben unter den Tisch hast fallen lassen, sollte BTI versprühen.« Ein weiterer roter Kringel. »Der Landrat will nicht mit der Sprache rausrücken, mit wem sich seine Mitarbeiterin in Sachen BTI treffen wollte. Und außerdem hat Melanie Brandner in genau dem Chemieunternehmen gearbeitet, das die Rohstoffe für BTI herstellt. BTI, BTI, BTI. Das ist doch kein Zufall.«

»Aber was, wenn doch?« Beni nahm Lenz den Filzer und die Kappe aus der Hand.

»Wie meinst du das?«

»Ich finde, man kann den BTI-Sachverhalt auch außer Acht lassen, ohne dass sich an meiner Eingangsthese etwas ändert.«

»Dann lass mal hören.«

»Ja, Lisa-Maria Gruber hatte einen angeborenen Herzfehler, von dem sie nichts wusste, und einen sehr stressigen Job. Am letzten Freitag hat ihr Herz einfach nicht mehr mitgemacht. Moment, lasst mich ausreden«, schnitt Beni Lenz und Franz, die ihn unterbrechen wollten, das Wort ab. »Melanie Brandner war ein intelligentes Mädchen ohne Unrechtsbewusstsein und hat die Ressourcen ihres Arbeitgebers genutzt, um illegal Drogen herzustellen. Unglücklicherweise war sie aber doch nicht so gut in ihrem Lieblingsfach Chemie, wie sie dachte, sodass sie die Wirkung ihrer Eigenkreation nicht korrekt eingeschätzt hat, in der Folge die Substanz überdosierte und sich damit selbst tötete. So viel zu den beiden Toten.« Der junge Kommissar hob die Hände, um einen erneuten Versuch, ihn zu unterbrechen, abzuwehren. »Moment, ich bin noch nicht fertig. Der Termin, den Frau Gruber hatte, stand in keinem Zusammenhang mit ihrer Herzschwäche, der Bub, der die Drohne gehackt hat, wollte nur angeben, und ja, der Landrat muss uns zwar Auskunft geben, aber im Grunde ist es wurscht, ob er es noch tut oder nicht. In die BTI-Sache ist inzwischen der halbe Landkreis involviert. Leute!« Er machte eine Kunstpause. »Wir haben zwei Todesfälle innerhalb kürzester Zeit, ja, richtig. Aber ich sehe kein Tötungsdelikt, geschweige denn einen Kausalzusammenhang zwischen den verschiedenen Vorkommnissen.«

Lenz betrachtete seinen jungen Kollegen und fragte sich, ob er im letzten Jahr eine Natter an seiner Brust genährt hatte. »So. Und was schlägst du vor, was wir jetzt tun sollen?«

»Nichts.« Beni steckte die Kappe zurück auf den Filzer.

»Nichts? Spinnst du? Wir sind auf etwas gestoßen, da bin ich mir sicher. Das merkt doch ein Blinder mit Krückstock! Oder sollte ich sagen: ein Kommissar im zweiten Lehrjahr?«

»Das, Kollege«, Beni schaute streng, »habe ich jetzt nicht gehört. Was wollt ihr denn machen? Natürlich können wir verschiedene Datenbanken einsehen, aber was würde das bringen? Im Fall Lisa-Maria Gruber ist doch dabei auch nichts rausgekommen. Sie hat vor ihrem Tod nicht mal telefoniert, ihr Handy war ausgeschaltet. Ihr wisst doch genauso gut wie ich, dass wir bei bloßen Vermutungen keinen richterlichen Beschluss kriegen, um Durchsuchungen durchzuführen oder jemanden zu überwachen. Und selbst wenn, wen und warum? Das könntet ihr auch nicht sagen, hab ich recht?«

Lenz und Franz antworteten nicht.

»Andererseits stimme ich euch zu, dass der BTI-Sachverhalt Fragen aufwirft. Denen sollten wir nachgehen.« Beni schlug eine leere Seite auf dem Flipchart auf, zog die Kappe wieder vom Filzer und schrieb in dicken Lettern »BTI« in die Mitte. »Dann lasst uns mal alles dazu sammeln.«

Franz kippelte mit seinem Stuhl. »Wir haben einen Landrat, der für den Einsatz von BTI ist. Ich würde gern wissen, ob es dafür noch andere Gründe gibt als die Daseinsfürsorge gegenüber seinen Bürgerinnen und Bürgern.«

Beni schrieb »Landrat – BTI« und malte ein großes Fragezeichen. »Der Landrat kriegt für seine Haltung viel Gegenwind.«

»Seine Pressesprecherin hatte einen BTI-Termin.« Franz kratzte sich gedankenverloren am Ohr. »Aber wir können nicht ermitteln, mit wem, weil uns ihr Chef keine Auskunft gibt.«

»Seid ihr eigentlich mal auf die Idee gekommen, dass sie sich mit Albrecht, Aufkammer oder Aigner treffen wollte?«, fragte Beni mit Eifer in der Stimme.

»Nein«, antwortete Franz, »weil es keinen Sinn macht. Deren Vornamen beginnen nämlich alle nicht mit P.«

Beni sah ihn an und schwieg.

Lenz war mittlerweile stehen geblieben. »Aigner Chemie stellt die Grundstoffe für BTI her.«

»Richtig.« Beni schrieb auch das auf. »Und der Aigner ist erst relativ kurze Zeit selbstständig. Ich frage mich, ob ihn das empfänglich für Einflüsse macht.«

Franz ließ seinen Stuhl nach vorn kippen. »Von Aufkammer und seinem Landmaschinenunternehmen kommt die Drohne, mit der das Zeug versprüht werden soll.«

»Der meiner Meinung nach jede Form von Aufmerksamkeit vermeiden will. Warum?, frage ich.« Lenz setzte sich wieder hin. »Beide Unternehmer, sowohl Aigner als auch Aufkammer, werden von Herrn Albrecht beraten, wie sie ihr Unternehmen am besten ausbauen.«

Franz strich sich seine Locken hinter die Ohren. »Und die öffentliche Meinung ist eher kontra als pro BTI.«

»Prima«, lobte Beni. »Wusstet ihr übrigens, dass sowohl Aufkammer als auch Aigner Gemeinderäte sind, Albrecht auch schon politische Ambitionen gezeigt hat und der Bundestagsabgeordnete Johannes Ludwig in der BTI-Sache in eine Art Moderatorenrolle geschlüpft ist?«

Lenz konnte ein Stöhnen nicht verhindern. Wo hatte Carolas Chef eigentlich nicht seine Finger drin? Er musste an den Geothermiefall im letzten Jahr und das Bürgerbeteiligungsverfahren um eine neue Gastwirtschaft im Jahr davor denken. Beide Male war Johannes Ludwig involviert gewesen. »Nein, das wusste ich nicht.«

Franz verschränkte die Arme vor der Brust und grinste. »Dann hängt ja deine Carola auch mit drin.«

Kein Kommentar, dachte Lenz. »Okay, Leute, folgender Vorschlag. Wir bleiben an der Sache dran. Die Kollegen von der Schutzpolizei sollen melden, sobald ihnen etwas zum Landrat, zu Albrecht, Aufkammer oder Aigner vorliegt. Vollkommen gleich, was es ist. Okay?« Er sah in die Runde. Franz und Beni nickten. »Ich bin mir sicher, dass die Angelegenheit noch nicht zu Ende ist.«

Voodoo am Ammersee

Die schmale Straße in der Diessener Fischerei war leer und still. Spät blühende Fliedersträucher verströmten ihren üppigen Duft. Von fern klang leise eine Melodie zu ihnen herüber. Unwillkürlich blieb Carola stehen und summte mit. »›Ein Prosit, ein Prosit der Gemütlichkeit, ein Prosit, ein Pro-o-sit der Ge-müt-lich-keit!‹«

Barbara drehte sich zu ihr um: »Ach Caro, jetzt schick dich endlich, sonst ist das Brunnenfest vorbei, bevor wir überhaupt da gewesen sind.«

Carola atmete einmal tief durch und beschleunigte wieder ihren Schritt. Klarer Fall von mitgegangen, mitgefangen, mitgehangen. Was hätte sie darum gegeben, den Samstagabend zu Hause verbringen zu können. Ohne Leute, Lärm und gegrilltes Schwein. Verflogen war ihr Anfall von Einsamkeit. Sie wäre in ihrem Zimmer geblieben und hätte nachgedacht. Über Frauen, die sich umstylen ließen und sich mit fremden Männern in dunklen Gängen rumdrückten. Aber bei Barbara durfte sie ja noch nicht mal stehen bleiben, singen oder am Flieder schnuppern, denn ihre Freundin duldete keinen Widerspruch.

Mit jedem Schritt wurde die Musik lauter. Inzwischen konnte sie die Stimmen vieler Menschen hören. Es mussten Hunderte sein. Und Blechbläser. Und da, das war doch das helle Scheppern von Glaskrügen in einer Waschstraße.

Sie bogen um eine Ecke und fanden sich am Rand eines taghell erleuchteten Platzes wieder. Linker Hand hatte sich eine zwanzigköpfige Blasmusik aufgebaut, dessen Sänger gerade sehr laut die Frage stellte, wer denn Alice sei. Am rechten Rand standen Buden, mit Essen überladene Tische und qualmende Grills. Es roch intensiv nach Bratwurst.

»Ist das nicht großartig?« Barbara strahlte. »Grüß dich!«, rief sie und winkte jemandem zu. »Komm, wir suchen uns einen Platz.« Ohne ihre Zustimmung abzuwarten, zog sie Carola mit sich.

Und die fügte sich. Was könnte sie nur tun, damit dieser Abend möglichst schnell an ihr vorüberging? Eine Tarnkappe käme jetzt gerade recht, dachte sie. Irgendetwas, womit sie sich in Luft auflösen und verschwinden könnte.

»Caro!« Eine Hand landete auf ihrer Schulter. »Du! Hier? Schicke Frisur!« Seppi strahlte sie an.

Sie blieb stehen. »Findest du? War aber auch eine echt schwere Geburt.« Sie wedelte mit den Fingern. »Ziemlich krasse Veranstaltung.«

»Ist voll gut hier.« Seppi nahm einen tiefen Schluck aus seinem Maßkrug. »Hast du nichts zu trinken?«

»Wir sind grad erst gekommen.« Carola sah sich nach Barbara um und entdeckte sie inmitten einer Gruppe, wild gestikulierend und übers ganze Gesicht strahlend. »Am liebsten würd ich gleich wieder gehen.«

Seppi umfasste ihre Schulter und drehte Carola um fünfundvierzig Grad nach links. »Kollegin, Kollegin. Irgendwann musst du mal einsehen, dass du nicht zum Spaß hier bist. Schau mal, wer da drüben sitzt.« Er schwenkte seinen Krug nach vorn.

Carolas Augen folgten seiner Bewegung. Sie sah eine Menge von essenden und trinkenden Menschen jeden Alters, dicht an dicht zusammenhockend, lachend und sich unterhaltend. Genervt schüttelte sie den Kopf. Wen sollte sie erkennen?

»Da, dritter Tisch von links, zur Mitte hin.« Seppi beugte sich zu ihr.

Carola zählte ab. Am dritten Tisch von links saß ein älteres Ehepaar, das sich über einen halb gefüllten Maßkrug hinweg mit heruntergezogenen Mundwinkeln anzuschweigen schien. Daneben hockten – Carola zog überrascht die Augenbrauen zusammen – der Albrecht und der Aigner! Die schon wieder? Adrenalin jagte durch ihre Adern. Und die Typen ihnen gegenüber? Sie sah Seppi an. »Der eine da, der mit dem Rücken zu uns sitzt, ist das etwa der Aufkammer?«

»Richtig, das ist der Landmaschinenhändler. Die beiden anderen kennst du ja schon. Aber der Interessanteste an dem Tisch ist der Typ neben Aufkammer.«

Carola starrte den Mann an, der auf die drei anderen einzureden schien und von dem sie nur den Hinterkopf erkennen konnte. Sie zuckte die Schultern. »Sagt mir nichts.«

»Das, meine Liebe, ist unser Landrat Dr. Schuster. Wurde vorhin mit großem Hallo begrüßt.«

»Spannend.« Carola warf ihrem Kollegen einen prüfenden Blick zu. »Und wieso, meinst du, hocken die da zusammen?«

»Mei, alte Männerfreundschaft oder so?« Seppi nahm einen tiefen Schluck aus seinem Glas.

»Das glaubst du doch selber nicht.« Carola verzog kritisch den Mund. »Also, parteipolitisch verbindet die nichts. Der Albrecht ist, wie du weißt, Genosse, der Aigner bei den Unabhängigen Bürgern, der Aufkammer bei den Freien Wählern und der Landrat bei den Schwarzen.«

»Sag ich doch, Männerfreundschaft. Vielleicht sind s' zusammen zur Schul gegangen und gehen heute zusammen in den Puff. So was verbindet. Grüß euch!« Seppi wandte sich ab und verteilte Bussis an eine Gruppe Mädels.

Carola beobachtete die vier Männer am Biertisch. Viel Spaß schienen die ja nicht zu haben. Gerade führte der Landrat das Wort und ließ dabei seinen Zeigefinger durch die Luft kreisen. Die drei anderen saßen ihm mit ernsten Mienen gegenüber. In den Biergläsern vor ihnen war der Schaum zusammengefallen.

»Wie gern würde ich jetzt Mäuschen spielen.« Sie stieß Seppi mit dem Ellbogen an. »Ey, Seppi, hörst du mir überhaupt zu?«

»Klar doch. Was hast du gesagt?« Er gab dem Mädel, das sich gerade in seinen Arm kuscheln wollte, einen Klaps auf den Po. »Komm, geh weiter.«

»Mir war gar nicht klar, was für ein Sexist du bist, Seppi.« Carola schüttelte den Kopf und wandte ihre Aufmerksamkeit wieder den Politikern zu. »Schau, jetzt redet der Albrecht. Aber der Aigner scheint überhaupt nicht einverstanden mit dem zu sein, was er sagt. Du, die streiten sich!« Carola rüttelte am Unterarm ihres Kollegen.

Seppi winkte ab. »Ach, du übertreibst mal wieder. Das sieht nur so aus. Bei dem Lärm versteht man doch sein eigenes Wort nicht. ›Ein Prosit, ein Prosit ...‹« Seppi schwenkte seinen Maßkrug und fiel in den Gesang aus vielen hundert Kehlen ein.

Carola hörte nicht mehr zu. Ihr Blick war starr auf die vier Männer geheftet. Und ob die sich stritten! Die geiferten sich regelrecht an. Keiner ließ den anderen ausreden. Keiner lachte. Keiner stieß an. Geschweige denn, dass einer trank.

»Da steckst du!« Barbara baute sich plötzlich vor ihr auf. »Seppi, grüß dich.« Sie zog Carola am Arm. »Jetzt komm schon, ich hab Durst.«

Widerstrebend ließ Carola sich abführen. Viel lieber hätte sie die Männer weiterbeobachtet. Irgendwie war da dicke Luft beim Aigner, Albrecht, Aufkammer und dem Landrat.

Kurz darauf wartete Carola schweigend neben der sich fröhlich mit den Umstehenden unterhaltenden Barbara in der Schlange am Bierwagen. Wenigstens verlangte niemand, dass sie sich am Gespräch beteiligte. Auf Small Talk hatte sie nun wirklich keine Lust. Quälend langsam rückte sie vor, zahlte, bekam einen Bon und stellte sich wieder bei der Ausgabe an. In ihrem Kopf arbeitete es. Was, wenn sie etwas verpasste? Wenn die Männer schon gegangen wären, bevor sie auf ihren Beobachtungsposten zurückkehren konnte? Und worüber stritten sich die vier bloß so?

»Was kriegst du?«, fragte der dicke Mann am Zapfhahn.

»Zwei Maß Hell«, rief Barbara fröhlich, nahm die Krüge im Tausch gegen die Bons entgegen und drückte Carola einen in die Hand.

»Prost!« Ihre Gläser knallten so heftig gegeneinander, dass das Bier schwappte.

»Können wir wieder zurückgehen?«, fragte Carola. Wenn sie Glück hätte, wären die Männer noch da.

»Endlich ein vernünftiges Wort von dir.« Barbara drehte erneut ab und lief einer Bekannten entgegen. »Grüß dich!«

Carola folgte ihr langsam. Beachtete sie jemand? Ob sie an dem Tisch der vier vorbeigehen sollte? Oder lieber nicht? Sie musterte die Menge und blieb an einer dunklen Hochsteckfrisur hängen. Resi. Super. Aber dass ihre Vermieterin – oder war sie das nicht mehr? – heute Abend auch kommen würde, hätte sie sich denken können. Und neben ihr saß Lenz.

Ihr Pulsschlag beschleunigte sich, ob aus Stress oder Freude, konnte sie nicht entscheiden. Was es auch war, sie verspürte wenig Lust, ihm zu begegnen. Carola drehte um, umrundete die Bierbänke und strebte den Häusern am Rand des kleinen Platzes zu.

Mit ihrer Maß in der Hand lehnte sie sich gegen eine Hausmauer. Das Gelände vor ihr fiel etwas ab, von ihrem Standpunkt aus hatte sie das Geschehen im Blick. Schaute sie nach links, konnte sie Lenz und Resi im Gespräch beobachten, blickte sie geradeaus, sah sie die vier Männer, die immer noch ihre Köpfe zusammensteckten. Niemand schien sie zu bemerken.

Sie musste Barbara recht geben. Die Atmosphäre war großartig. Die Wessobrunner Blaskapelle spielte einen Hit nach dem anderen, von Songs, die sie vom Oktoberfest kannte, bis hin zu Siebziger-Jahre-Krachern, die jeder mitsingen konnte. Der Platz war vollgesteckt mit Leuten, fast jede Bierbank bis auf den letzten Zentimeter besetzt. Nur ganz am Rand waren ein paar Plätze frei. Krüge wurden in die Höhe gereckt, Menschen fielen sich scheinbar grundlos um den Hals, ein paar tanzten vor der Band. Doch, ein schönes Bild, dachte sie und trank einen Schluck.

Plötzlich gellte ein Schrei über den Platz. Sie schreckte zusammen. Hatte sie sich verhört? Nein, da brüllte jemand. Und wie! Aber wo stand der Schreihals? Carolas Augen glitten suchend über die Menge – und entdeckten sie.

Vor dem Tisch der vier Männer hatte sich eine Frau mittleren Alters aufgebaut. Carola wusste sofort, wer sie war. Ohne es von ihrem Standpunkt aus genau erkennen zu können, tippte sie darauf, dass die Frau ein verwaschenes T-Shirt, einen weiten Tellerrock und ausgelatschte Birkenstocksandalen trug. Es war Johanna Leitner, streitbare Vorsitzende des Bundes Diessener Imker, die vor dem Landrat stand und brüllte. Was genau, konnte Carola nicht verstehen. Aber sie schimpfte. Laut und ausdauernd. Um den Tisch herum hatte sich eine Traube von grinsenden Zuschauern gebildet. Niemand machte Anstalten einzugreifen.

Der Landrat – ob perplex oder ruhig, war auf die Entfernung

nicht auszumachen – stand auf und streckte seine Hand der Imkerin entgegen. Johanna Leitner starrte auf die Hand, schüttelte den Kopf, feuerte noch eine Salve in Richtung Politiker ab, drehte sich um und drängte sich durch die feixende Menge.

Carola zuckte zusammen, als sich Seppi wieder gegen die Wand fallen ließ. »Was für 'ne Show. Endlich ist hier mal was los!«

»Das war doch die Johanna Leitner, oder?«

»Richtig. Zusammen mit dem Landrat. Die hat vielleicht gezetert, mei, so was hast du noch nicht gehört. Aber die schert sich nix. Hat geschrien, dass er dafür verantwortlich ist, wenn die Insekten am Ammersee sterben. Sich aufgeregt, was für eine Umweltsau er ist. Du fasst es nicht.« Seppi lachte. »Und dann hat sie ihm noch gedroht, dass sie ihn verklagt, wenn er sich nicht öffentlich gegen BTI ausspricht.«

Anerkennend schob Carola die Unterlippe vor. »Wow. Die Frau hat Rückgrat. Hätte ich ihr nicht zugetraut.« Sie dachte an die Auseinandersetzungen zurück, die sie mit der Imkerin wegen des Geothermieprojekts geführt hatte. »Aus ihrer Sicht ist es ja nur konsequent. Sie setzt sich laut und kämpferisch für den Naturschutz ein. Find ich eigentlich gut.« Ihr Blick wanderte hinüber zu den vier Männern. »Schau nur, Seppi, wie sie dasitzen, die Herren, jeder wie ein Häufchen Elend.«

Der Landrat und die drei Unternehmer hatten wieder Platz genommen. Die Lust zu streiten schien ihnen vergangen zu sein, alle starrten in ihre Biergläser. Plötzlich flog etwas durch die Luft und landete zwischen ihren Maßkrügen.

»Jesses!« Seppi boxte Carola in den Oberarm. »Hast du das gesehen?«

»Aua!« Carola rieb sich die Stelle, die Seppis Faust getroffen hatte. Wie von der Tarantel gestochen waren die Männer von ihren Bierbänken aufgesprungen. Carola sah, dass etwas vor ihnen auf dem Tisch lag. Aber was daran war so schlimm, dass sie so davor zurückschreckten?

»Komm«, sie zog ihren Kollegen am Hemd, »lass uns zu dem Tisch gehen. Das müssen wir uns ansehen.« Sie stellte ihr noch halb volles Glas mit dem inzwischen lacken Bier auf einer leeren Bank ab und ging in Richtung Vierergruppe. Keiner der Männer hatte sich gesetzt, sie standen im Gang zwischen den beiden leeren Bierbänken und steckten die Köpfe zusammen. Plötzlich löste sich Aigner von der Gruppe und ging mit großen Schritten davon. Ernst sahen die anderen drei ihm nach.

Carola trennten nur noch wenige Meter vom Biertisch. Sie reckte den Hals, um besser sehen zu können. Was lag da bloß? Eine Puppe? »Siehst du das auch, Seppi?«, fragte sie ihren Kollegen. »Das ist doch so ein Schlenkerding für Kleinkinder, oder? Was soll denn das jetzt?«

Seppi legte ihr die Hand auf die Schulter. »Stimmt. Das ist so ein pädagogisch wertvolles Stoffteil. Aber irgendwie sieht es ganz schön *strange* aus.«

»Hey, Mama, schau mal!« Ein kleines Mädchen im Dirndl war auf eine der freien Bierbänke geklettert, hatte nach der Puppe gegriffen und reckte sie jetzt in die Höhe. »Die blutet ja!«

»Mein Gott, Seppi.« Carola spürte das Bedürfnis nach Halt und tastete nach dem Unterarm ihres Kollegen. »Die Kleine hat recht.«

Aus dem Bauch der Puppe ragte ein täuschend echtes Messer, dessen Griff in ihrem Rücken steckte. Triumphierend schwenkte das Kind seinen Fang durch die Luft. Rote Flüssigkeit tropfte von der Klinge und verteilte sich auf die Umstehenden.

Wie ein Raubvogel schoss die Hand des Landrats zwischen den Gaffern hervor, entriss dem Mädchen die Puppe und warf sie unter den Tisch.

Die Kleine brach in Tränen aus.

»Musik!«, rief Schuster.

Der Dirigent gehorchte, und eine Sekunde später klang die Blechversion von »Anita« über den Platz. Erste Schaulustige wandten sich ab und gingen zurück an ihre Tische. Einer nach dem anderen setzten sich die Leute wieder auf ihre Plätze.

»Spitzenmäßig die Kurve gekriegt«, befand Seppi. »Das hätte auch ins Auge gehen können. Hätte nicht gedacht, dass der Landrat so eine coole Socke ist.«

»Du findest ihn auch noch gut?«, fragte Carola und ließ seinen Arm los.

Seppi knuffte sie freundschaftlich in die Seite. Gelächter und Gläserklirren hallten über den Platz, als ob nichts geschehen wäre. »Meine liebe Kollegin. Das hab ich so nicht gesagt. Aber wir in Bayern zollen jemandem Respekt, wenn der einen coolen Auftritt hinlegt. So wie gerade der Schuster.«

»A Hund isser scho«, radebrechte Carola.

»Sauber. Hast endlich was gelernt.« Seppi grinste. »Aber der Landrat ein Hund? Den täten wir dann doch lieber erschlagen.«

Auf der Birkenallee

»Was genau hat die Leitstelle gemeldet?« Lenz saß auf dem Beifahrersitz. Ihm war übel, und er hatte keine Ahnung, ob das am Stress lag oder an Franz' Fahrweise.

»Schwerer Unfall mit Personenschaden auf der Birkenallee. Einsatzkräfte sind bereits vor Ort«, antwortete Franz.

»Und weiter?« Lenz hielt sich am Türgriff fest, als der Dienstwagen über die Olympiastraße nach Norden Richtung Ammersee jagte.

»Auf dem Fahrzeug ist ein Aufkleber von Albrechts Beratungsfirma.«

Er reagierte nicht. Was hätte er darauf auch sagen sollen? Dass er damit nie gerechnet hätte, als er die Kollegen angewiesen hatte, alles zu melden, was mit Albrecht, Anklam oder Aigner im Zusammenhang stehen könnte? Dass schon wieder ein Mensch zu Schaden gekommen war? Das Martinshorn über ihm plärrte in jeden Winkel der Stille.

Ohne ein Wort miteinander zu wechseln, reihten sie ihren Dienstwagen am Unfallort hinter den Einsatzfahrzeugen von Feuerwehr und Notarzt ein und stiegen aus. Bin ich jemals auf der Birkenallee zu Fuß gegangen?, überlegte Lenz. Ohne den rauschenden Verkehr wirkte die enge Straße wie das, was sie war. Wie die schmale Verbindung zwischen dem östlichen und westlichen Ammersee-Ufer, die mitten durch ein Naturschutzgebiet führte. Die aktuelle Vollsperrung der südlichen Umfahrung des Ammersees muss wie eine Thrombose funktionieren, die einen Verkehrsinfarkt hervorruft, dachte er. In Raisting werden sie sich heut bedanken, wenn sich den ganzen Tag eine Blechlawine durchs Dorf wälzt.

Aber mit diesen Gedanken lenkte er sich nur ab. Weil er wusste, was ihn gleich erwartete. Zerborstene Scheiben, zusammengedrücktes Blech, kreischende Metallsägen. Schlimmer noch: knackende Blechzangen, abgehackte Befehle, zerrissene Körper.

Wie aufs Stichwort jaulte eine Maschine auf. Lenz tippte auf eine Motorsäge. Allzu weit von der Unfallstelle konnten sie nicht mehr entfernt sein. Ein Rettungswagen parkte mit geöffneten Hecktüren am Straßenrand, Fahrer und Sanitäter waren ausgestiegen und warteten regungslos daneben. Zwei Schutzpolizisten, die mit dem Rücken zu Franz und ihm auf der Straße standen, zogen ihre Mützen vom Kopf.

Lenz hörte, wie Franz neben ihm leise »Scheiße« flüsterte. Auch er verstand die Geste. Ein Mensch war gestorben. In dieser Sekunde. Kalter Schock griff nach ihm, er legte seine Hand auf Franz' Unterarm, und gemeinsam blieben sie stehen.

In seinem Schädel schrien sich die Gedanken gegenseitig an. Der oder die dritte Tote innerhalb kürzester Zeit. Ein Verkehrsunfallopfer. Noch war unklar, ob weitere Personen zu Schaden gekommen waren. Was die Unfallursache war. Es ist noch so viel zu tun, bevor du etwas über Ursachen und Folgen sagen kannst, versuchte er, sich zu beruhigen. Aber da ist der Aufkleber von Albrechts Firma!, brüllte es in seinem Hirn. Merkst du denn gar nichts mehr? Der dritte BTI-Todesfall!

»Scheiße«, sagte nun auch er zu sich selbst und sah sich nach dem Einsatzleiter der Feuerwehr um.

Ein Mann überragte alle anderen. Groß, schlank, mit Schnurrbart und souveräner Körperhaltung. Clipboard in der Hand, kritischer Blick über die Halbbrille hinweg.

»Servus. Burger, Anton. So sieht man sich wieder.« Der Einsatzleiter blickte von dem Clipboard auf.

Stimmt, den kenn ich doch, dachte Lenz und erinnerte sich an ein Großfeuer vor ein paar Jahren, als das Schilf an der gesamten Ammermündung lichterloh gebrannt hatte. Und an den verkohlten Mann auf seinem Segelboot, dessen wahre Todesursache der Brand hatte verdecken sollen. Schon damals war ihm die Art des Einsatzleiters der Feuerwehr quer im Magen gelegen.

»Meisinger, Pollinger. Ist jetzt nicht persönlich gemeint, aber von meiner Seite aus hätte es das nicht gebraucht«, versuchte Lenz es mit Ironie. In der Sekunde, in der die Worte seinen Mund verlassen hatten, wusste er, dass er danebengegriffen hatte.

Burger verzog pikiert den Mund. »Tatsächlich? Dann möchte ich sehen, ob Sie noch genauso denken, wenn wir Sie irgendwann aus Ihrem Fahrzeug schneiden müssen.«

So empfindlich? Lenz hob die Augenbrauen. Okay, mit so einer Antwort gewann man keinen Kabarettpreis, aber beleidigt musste Burger deswegen auch nicht sein. Wieso waren neuerdings alle so schnell gekränkt?

»Wir sind Ihnen für Ihre Arbeit sehr dankbar«, versuchte Franz sich in Wiedergutmachung. »Können Sie schon etwas zum Unfallhergang sagen?«

Lenz spürte Franz' warnenden Blick. Okay, dachte er, dann nutze ich mal die Gelegenheit und halte meine Klappe.

Der Einsatzleiter sah über Lenz hinweg. »Das Unfallopfer, eine Frau«, berichtete er, »ist aus ungeklärter Ursache von der Fahrbahn abgekommen und seitlich gegen eine der Birken geprallt. Nach bisherigen Erkenntnissen war kein weiteres Fahrzeug in den Unfall involviert. Obwohl der Notarzt, der zeitgleich mit uns eingetroffen ist, Erste Hilfe geleistet hat, ist sie vor Kurzem ihren Verletzungen erlegen.«

»Drittverschulden?« Lenz bereute seine Einmischung schon, bevor er das Wort zu Ende ausgesprochen hatte.

»Das herauszufinden ist ja wohl Ihre Aufgabe«, gab Burger spitz zurück.

»Danke schön. Wir überlassen Sie wieder Ihren Pflichten.« Franz nickte einen Abschiedsgruß, ging ein paar Schritte und zog Lenz mit sich.

»Was. Ist. Mit. Dir. Los?«, fragte er, als sie etwas Distanz zwischen sich und Burger gebracht hatten.

Wenn er das nur selbst wüsste. Aber für jedwede Form der seelischen Nabelschau hatte er jetzt keine Zeit. »Reg dich ab. Wir müssen zur Unfallstelle«, wich er einer Antwort aus. »Sind dir bisher irgendwelche Bremsspuren aufgefallen?«

Franz schüttelte den Kopf. »Nein. Die Kollegen sollen prüfen, ob sie etwas finden, aus dem sich ableiten lässt, dass ein entgegenkommendes Fahrzeug auf ihre Spur geraten ist und sie ausweichen musste.«

»Sehr gut.« Lenz nickte. »Sag den Kollegen, die den Unfall aufnehmen, bitte auch, dass wir lieber ein Foto zu viel als eins zu wenig haben.«

Franz grunzte Zustimmung und wandte sich ab.

Lenz sah ihm hinterher, wie er auf ein Einsatzfahrzeug zuging. Ein Klotz lag in seinem Magen, aber es half ja alles nichts. Er drehte sich zum Unfallort. Gerade vergrub sich eine Metallsäge funkenstiebend in einem Haufen aus verbogenem Metall, der entfernt an einen dunklen Kleinwagen erinnerte. Auf Anhieb konnte Lenz das Fabrikat nicht erkennen, aber der Größe nach zu urteilen, musste es sich um irgendetwas zwischen Astra, Golf und Japankugel handeln. Und irgendwo dadrin klemmte immer noch ein Mensch.

Ein Mann in Notarztuniform kam, in ein Gespräch mit einem Feuerwehrler vertieft, auf ihn zu. Lenz trat ihm entgegen. »Haben Sie einen Moment? Meisinger, Kripo Weilheim.«

Der Feuerwehrmann hob die Hände. »Meinetwegen können wir kurz unterbrechen.«

Der Notarzt nickte knapp, sagte: »Komme gleich wieder«, und wandte sich Lenz zu.

So viele Notärzte wie in den letzten Tagen habe ich in den vergangenen zwanzig Jahren nicht gesehen, dachte Lenz.

Der Mediziner sah ihm in die Augen und machte eine kleine Handbewegung. »Keine Chance.«

Noch so ein maulfauler Norddeutscher? »Bitte genauer«, hakte er nach.

Der Arzt stellte seinen Koffer ab. »Sie ist ins Schleudern geraten. Warum, kann ich nicht sagen. Dabei hat sie sich um fast hundertachtzig Grad gedreht und ist von der Fahrbahn abgekommen. Ihr Fahrzeug ist dann ungebremst mit der Fahrerseite gegen den Baum geprallt.«

Während der Notarzt sprach, lief in Lenz' Kopf ein Film ab: Ein dunkles Fahrzeug bog in Pähl in die Birkenallee ein, hielt sich exakt an die Höchstgeschwindigkeit von siebzig Stundenkilometern. Fuhr auf der schnurgeraden Straße. Schleuderte, aus welchem Grund auch immer, drehte sich und krachte dann, bevor der Kreis einmal vollendet war, gegen die Birke. So musste es gewesen sein. Er nickte.

Der Arzt hielt inne und holte Luft. »Ich konnte nur noch den Tod feststellen. Viele unterschätzen, wie gefährlich Alleen sind. Siebzig Stundenkilometer reichen da schon aus.«

Wofür? Lenz runzelte die Stirn. »Wie meinen Sie das?«

»Na ja, so ein Alleebaum muss gar nicht dick sein, um bei einem Unfall mit siebzig Stundenkilometern wie eine Axt zu wirken. An den Seiten ist ein Auto kaum geschützt. Bei einem Aufprall in Höhe der B-Säule wird es regelrecht durchtrennt. Die Insassen haben keine Chance. So wie in diesem Fall.«

Lenz hatte das Bedürfnis, dem Notarzt tröstend auf die Schulter zu klopfen, hielt sich aber zurück. Das käme bestimmt nicht gut an. »Sie war allein im Wagen?«

»Ja. Gott sei Dank, muss man fast schon sagen.« Der Mediziner sah grau im Gesicht aus. Wahrscheinlich vor Erschöpfung.

»Sie ordnen eine Obduktion an?«, sagte Lenz mehr, als dass er fragte.

Der Arzt nickte, bückte sich und griff nach seinem Koffer. »Selbstverständlich. Brauchen Sie mich noch?«

Lenz schüttelte den Kopf. »Nein. Danke schön.« Von Weitem sah er Franz auf der Fahrbahn auf sich zukommen. Ihm war schlecht. Saurer Mageninhalt kroch in seiner Speiseröhre nach oben, er rülpste leise. Wenn das noch lang so weitergeht, krieg ich bestimmt ein Geschwür, dachte er. Was am Ende des Tages keinen Menschen interessieren würde.

»Okay«, empfing er seinen Kollegen. »Wir müssen einen Blick auf das Fahrzeug werfen.«

Franz nickte und fiel in Gleichschritt neben ihm. Schweigend gingen sie die wenigen Schritte zum Unfallort. Das Gelände, das zu den Feuchtwiesen hin stark abfiel, war wie von Wildschweinen umgepflügt. Die zerschrammte Birke schien mittig in der bis zur Unkenntlichkeit zerdückten Fahrerkabine zu stehen. Das hatte der Notarzt wahrscheinlich gemeint, als er von der Wirkung einer Axt gesprochen hatte. Auf einem verdreckten Blechstück, das vielleicht einmal zu der Kofferraumklappe gehört hatte, war ein Aufkleber zu erkennen: »Albrecht Beratung«.

Lenz starrte den Aufkleber an und fühlte Franz neben sich. Beide standen sie regungslos da. Vor den Trümmern. Sekunden vergingen, Minuten. Als es in ihrem Rücken leise quietschte, hatte Lenz das Gefühl, aus einer Trance zu erwachen. Er drehte sich um. Ein Leichenwagen war hinter ihnen zum Halten gekommen.

»Wissen wir schon, um wen es sich handelt?« Lenz winkte einen Feuerwehrler heran. »Habt ihr etwas sicherstellen können, aus dem die Identität des Opfers hervorgeht?«

Der Feuerwehrmann sah ihm in die Augen. »Ich schau mal.« Er ging zu seinen Kollegen.

»Wir brauchen die Spurensicherung«, sagte Lenz.

»Hab ich schon angefordert«, antwortete Franz. »Danke«, wandte er sich dann an den Feuerwehrler, der wiedergekommen war und ihm eine zerkratzte Aktentasche entgegenhielt.

»Ja, danke schön.« Lenz zog Handschuhe aus der Hosentasche und streifte sie über. Mit einem Griff holte er eine Mappe aus der Aktentasche. »›Albrecht Beratung. Der Partner für den Mittelstand‹«, las er und schlug die Mappe auf. »Soso, hier steht's: ›Ihre Ansprechpartnerin: Dr. Gabriele Boetius‹.« Er sah auf. »Ich glaube, ich erinnere mich an sie. Stand die nicht in dem einen Konferenzraum, als wir bei Albrecht waren?« Er blätterte. »DIN-ISO-Zertifizierung.« Lenz ließ die Mappe sinken. »Willst du es aussprechen?«

Franz fuhr sich durch die Haare. »Okay. Es ist nur noch eine Frage der Zeit, bis uns das hier gewaltig um die Ohren fliegt.«

Lenz' Blick wanderte über Franz' Schulter hinweg zu den Moorwiesen. Dahinten war der Ammersee. »Genauer.«

Franz sah ihn ungläubig an. »Na ja, wenn irgendjemand außer uns darauf kommt, dass alle drei Toten etwas mit BTI zu tun hatten.«

Lenz nickte. »Du hältst das also weiterhin für relevant?«, fragte er und forschte in Franz' Gesicht. Sein Kollege schien kurz davor zu sein, sich an die Stirn zu tippen.

»Lenz. Ich gehe jetzt mal davon aus, dass du Advocatus Diaboli spielst?«

Der hob leicht die Hände. »Okay, okay. Ich wollte es nur wissen. Wie machen wir jetzt weiter?«

Franz zog sein Telefon hervor. »Die Unfallstelle muss kriminaltechnisch untersucht werden. Das hab ich schon veranlasst. Wir können es uns nicht leisten, etwas zu übersehen.«

»Gut«, antwortete Lenz. »Da sind wir uns einig. Und sonst?«

Franz hob die Schultern. »Lass uns zurückfahren. Unsere bisherigen Ermittlungsergebnisse noch einmal durchgehen.«

Lenz starrte ihn an. Das hatte er befürchtet. »Was hoffst du zu finden?«

Langsam ließ Franz seine Schultern wieder sinken. »Keine Ahnung, ehrlich gesagt. Aber wir müssen endlich etwas finden, was über ein bloßes Bauchgefühl hinausgeht. Das ist noch nicht vorbei.«

Nein, dachte Lenz, das ist noch nicht vorbei.

Berlin Calling

Das Telefonlämpchen leuchtete auf. Carola verdrehte die Augen Richtung Decke. Es war Montagmorgen, sie war wieder im Weilheimer Wahlkreisbüro, und wenn es nach ihr ginge, sollte diese Woche bitte besser beginnen als die vorangegangene. Zwar hatte sie das Telefon leise gestellt, aber die Anzeige blinkte trotzdem bei jedem Anruf. Nervend.

Es war immer das Gleiche. Jedes Mal, wenn sie gerade eine flotte Antwort auf eine pampige E-Mail formulieren wollte, wurde sie unterbrochen. Und dann meistens auch noch während der Unterbrechung unterbrochen. Wie sollte sie unter den Umständen jemals fertig werden?

»Büro Ludwig, Carola Witt, grüß Gott«, meldete sie sich, ohne vorher einen Blick auf das Display geworfen zu haben.

»Jetzt ist es offiziell: Dein Einbürgerungsantrag in Bayern wurde genehmigt. Du kennst meine Nummer nicht mehr, und du sagst ›Grüß Gott‹.«

»Matthias! Welche Freude! Sorry, dass ich nicht gecheckt hab, dass du das bist. Ich war mit den Gedanken gerade auf einem vollkommen anderen Dampfer unterwegs.« Carola lehnte sich zurück. Von ihrem Berliner Kollegen Matthias ließ sie sich gern unterbrechen. »Was führt dich in die Leitung? Kann ich etwas für dich tun? Was brauchst du?« Sie nahm ihren Blick vom Bildschirm und griff nach einem Stift. Ein Anruf von Matthias war eine wunderbare Gelegenheit, um ein wenig zu entspannen und gleichzeitig Kringel und Blumen auf ihre Schreibtischunterlage zu malen.

»Alles gut.«

Matthias Schibowski, der im Reichstag in Berlin im Nachbarbüro von Johannes Ludwig arbeitete, war trocken und kurz angebunden. So wie Carola ihn kannte und schätzte. Als sie vor Jahr und Tag ihren Job im Abgeordnetenbüro von Johannes Ludwig angetreten hatte, war Matthias so etwas wie ein Anker im unüberschaubaren Meer der Politik für sie gewesen. Ihn konnte sie alles fragen, ohne sich dabei dämlich fühlen zu müssen. Matthias wusste immer Rat, kannte jeden und konnte die Geschäftsordnung des Deutschen Bundestages auswendig. Und sollte er tatsächlich einmal nicht Bescheid wissen, wusste er, wen er fragen konnte.

»Meine Liebe, wie geht es dir?«

Matthias' Ton strafte seine scheinbar freundliche Frage Lügen. Carola ließ ihren Stift sinken, den blätterreichen Blumenstängel nur halb ausgemalt. Das war kein Anruf aus sozialen Gründen. Um in Kontakt zu bleiben. Oder um den neuesten Tratsch zwischen zwei Terminen auszutauschen. Irgendwo brannte es lichterloh. »Komm schon, Matthias, du rufst mich doch nicht an, um dich nach meinem Wohlbefinden zu erkundigen. Sosehr ich das auch zu schätzen wüsste. Was ist los?«

»Wir müssen reden.«

Carola legte den Stift endgültig beiseite und drückte den Hörer noch fester an ihr Ohr. So schlimm? Was war passiert? »Dann schieß mal los.«

»Hast bestimmt mitgekriegt, dass es eine kleine Ausschussrochade gegeben hat. Mein Chef ist jetzt nur noch stellvertretendes Mitglied im Umwelt-, dafür aber ordentliches Mitglied im Haushaltsausschuss. Und im Zuge dessen haben sie ihm den Rechnungsprüfungsausschuss auch noch aufs Auge gedrückt.«

»Respekt«, antwortete Carola höflich. Von der Personalie hatte sie in einem Newsletter bereits gelesen. Solche Umbesetzungen von Ausschüssen blieben außerhalb des Deutschen Bundestages meist unbemerkt. Carola wusste, dass eine Mitgliedschaft im Haushaltsausschuss des Deutschen Bundestages einem Ritterschlag gleichkam und immer äußerst hart erarbeitet war. In diesem Ausschuss wurde wirklich Politik gemacht, denn er entschied darüber, wohin Milliarden flossen. Und wohin nicht. »Da kann man deinem Chef nur gratulieren. Was aber immer noch nicht erklärt, warum du mich anrufst.«

»Richtig.« Matthias schwieg.

Mit leerem Blick starrte Carola auf die Kritzeleien vor sich.

Wieso redete er nicht weiter? Sie spürte, wie sich ein Loch in ihrem Magen auftat und langsam immer größer wurde. Dann hielt sie es nicht mehr aus. »Matthias, hör auf damit. Sag mir endlich, wo dich der Schuh drückt.«

»Okay. Was hab ich dir über den Rechnungsprüfungsausschuss beigebracht?«

What?, dachte Carola. »Da wird geprüft, ob der Bund korrekt wirtschaftet. Platt ausgedrückt hat der Ausschuss die Aufgabe zu gucken, ob das kostbare Geld der Steuerzahler auch da ankommt, wo es ankommen soll. Wenn nicht, gibt es eine Rüge. Und wenn es ganz schlecht läuft, werden die Ermittlungsbehörden eingeschaltet.« Sie unterbrach sich für einen Augenblick. »Weder du noch ich brauchen eine Nachhilfestunde in Parlamentarismus oder korrekter Haushaltsführung. Jetzt rück endlich raus mit der Sprache!«

»The shit has hit the fan«, sagte Matthias.

Carola wartete auf das scheppernde Gackern, das Matthias solchen Sprüchen gemeinhin folgen ließ. Doch heute blieb es aus. Sie hielt den Atem an. Was für eine Bombe würde ihr Kollege gleich platzen lassen?

»Mein Chef hat geprüft, ob Fördermittel des Bundes für den ländlichen Raum korrekt verwendet wurden. Und um es kurz zu machen: Nein, wurden sie nicht.«

Fördermittel? Was ging sie das an? »Und wieso rufst du mich deswegen an?«, fragte Carola irritiert. »Damit haben wir nichts zu tun.«

»Caro, inzwischen ermittelt in der Sache die Bundesstaatsanwaltschaft. Das ist *fucking* ernst«, antwortete Matthias.

Carola setzte sich auf. »Ich verstehe immer noch nur Bahnhof. Wieso betrifft uns das? Wir haben doch überhaupt keine Fördermittel beantragt.«

»Ihr vielleicht nicht. Aber ihr könntet da in etwas drinstecken, was ihr womöglich noch gar nicht überreißt«, gab Matthias ungeduldig zurück. »Vielleicht sollte ich ein bisschen weiter ausholen.«

»Ich bitte darum.« Langsam begann dieser Anruf, sie zu nerven. Seitdem sich ihr Chef für die finanzielle Unterstützung eines Gastroneubaus eingesetzt hatte, hatten sie keinerlei Berührungspunkte mehr zu Mitteln der öffentlichen Hand. Und das war Jahre her. Was sollten ihr Chef oder sie falsch gemacht haben? Sie war sich keiner Schuld bewusst. Was wollte Matthias dann von ihr?

Ihr Kollege machte eine Kunstpause. »Die Prüfer vom Bundesrechnungshof und mein Chef sind auf einen breit angelegten Fördermittelbetrug gestoßen.«

»Okay.« Carola zog verständnislos die Schultern hoch. Wos geht mi des o?, schoss es ihr durch den Kopf, und sie grinste leise in sich hinein.

»Eine der Spuren führt dabei nach Bayern.«

So what? Am liebsten hätte sie erwidert, dass Bayern groß war, sehr, sehr groß. Ein Flächenstaat. Mit sieben – jawohl, sieben! – Regierungsbezirken. Das lernten hier schon die Kinder in der Schule: Du sollst deinem Gott für alles danken, auch für Ober-, Mittel-, Unterfranken! »Aha«, antwortete sie neutral.

»Anscheinend gibt es bei euch jemanden, der Unternehmen bei der Antragsstellung berät. Das allein ist noch kein Verbrechen, aber in diesem Fall werden in den Anträgen offensichtlich gezielt Falschangaben gemacht. Wobei sich die Antragssteller gegenseitig decken. Bist du noch bei mir?«

»Ich höre dir zu.« Gleich würde ihr der Kragen platzen. Klar, das Verbrechen war überall, aber doch nicht in ihrem kleinen Wahlkreisbüro in Weilheims Oberer Stadt. Sie wusste, dass sie niemanden beraten hatte. Wozu erzählte ihr Matthias das alles?

»Ein Antragsschwerpunkt ist die Herstellung und Ausbringung eines Mückenbekämpfungsmittels namens BTI.«

»Shit.« Adrenalin flutete ihren Körper. BTI? Carola räusperte sich. Vor lauter Schreck hätte sie sich fast verschluckt.

»Deswegen ruf ich an, Caro. Ich hab mal einen Routinecheck mit dem Stichwort BTI gemacht, und dabei ist der Name deines Chefs aufgeploppt. Ich kenne Johannes nun ja auch schon einige Jahre und gehe mal davon aus, dass er in dieser Fördermittelsache keine Aktien hat.«

Carolas Herz schlug ihr bis zum Hals. »Richtig. Das versichere ich dir. Mit irgendwelchen Anträgen haben wir nichts zu tun. Was kannst du mir noch dazu sagen?«

Wieder dauerte es, bis Matthias' Stimme erklang.

»Ich brauche dir hoffentlich nicht zu erklären, was Verschwiegenheitspflicht bedeutet. Als die ersten Spuren nach Bayern führten, habe ich gegoogelt, ob und wie Johannes in irgendeiner Form involviert ist. Und prompt bin ich auf die Mückenplage am Ammersee und eure BTI-Stellungnahme gestoßen. Da dachte ich, ich frage besser einmal nach.«

Carola musste tief Luft holen, bevor sie antworten konnte. »BTI ist in der Tat ein heißes Thema bei uns. Der Einsatz des Insektizids wird rund um den Ammersee heftig diskutiert. Aber nicht vor einem wirtschaftlichen Hintergrund, sondern unter dem Naturschutzaspekt. Johannes hat die Rolle eines Moderators übernommen. Mehr nicht.«

»So etwas Ähnliches hab ich mir gedacht«, antwortete Matthias nachdenklich.

»Der Bundesstaatsanwalt ermittelt, sagtest du? Dann seid ihr über Beanstandungen des Rechnungsprüfungsausschusses schon hinaus? Und strafrechtliche Ermittlungen sind eingeleitet? Wie lauten denn eigentlich die Vorwürfe in der Sache?«, fragte Carola vorsichtig.

Matthias schnaubte leise in die Leitung. »Korrekt, es sind Ermittlungen eingeleitet worden. Fördermittel zu beantragen ist ziemlich tricky. Du musst dich durch unendlich lange Formulare kämpfen. Die Projektbeschreibung muss erstklassig sein. Unabdingbar ist, dass alle deine Angaben inhaltlich hieb- und stichfest sind. Und vor allem korrekt. Und korrekt heißt in diesem Fall fehlerfrei. Wenn der Antrag das nicht ist – und da reichen schon kleinste Unachtsamkeiten –, setzt du dich zumindest dem Vorwurf der Leichtfertigkeit aus. Oder, wenn es richtig blöde läuft, dem des vorsätzlichen Subventionsbetrugs.« Er unterbrach sich.

Carola hob die Augenbrauen. »Soviel ich weiß, suchen die Prüfer des Bundesrechnungshofes nicht nach Tippfehlern. Du rufst mich auch nicht an, um mir zu erzählen, dass jemand beim Ausfüllen eines Formulars in der Zeile verrutscht ist, oder?«

Ihr Kollege lachte leise. »Das mag ich so an dir, Caro. Hellwach und immer für einen dummen Spruch zu haben. Natürlich hast du recht, hier geht es nicht um Flüchtigkeitsfehler, sondern um systematischen Betrug. Anscheinend gibt es ein bundesweites Beraternetzwerk, dessen Mitglieder sich für ihre Kunden nicht nur durch mehrere hundert Seiten Antragsformulare wühlen. Offensichtlich haben sie noch dazu Klienten, die sich in ihrem Unternehmenszweck hervorragend ergänzen. Alle beschäftigen sich mit der Herstellung und der Ausbringung von BTI. Alle miteinander haben falsche Angaben gemacht, die sich gegenseitig ergänzen. Die Berater koordinieren die Anträge und kassieren dafür eine Art Provision. Schon einzeln genommen sind diese Fälle ein Problem. Da diese Unternehmen aber gemeinsam aufgetreten sind und sich mit ihren falschen Angaben gegenseitig gedeckt haben, entstand in Gänze ein hervorragender Eindruck, sodass sie ordentlich Fördermittel abgesahnt haben.«

»Über was für einen Betrag reden wir?«, hakte Carola nach.

»Genau kann ich dir das nicht sagen. Nur so viel: Die Bundespolizei ermittelt wegen bandenmäßigem Betrug. Bei jedem Berater geht es um einen mittleren sechsstelligen Betrag, in der Summe um mehrere Millionen.«

Carola malte Nullen auf ihre Schreibtischunterlage. Das mussten also um die fünfhunderttausend Euro sein. Pro Nase. »Wow.«

»Du sagst es. Wow. Da schauen die Rechnungsprüfer dann auch mal genauer hin.«

»Und wie ist das aufgeflogen? Wenn du mir meine Neugier verzeihst.« Die Frage hatte sie sich nicht verkneifen können.

Das erste Mal während ihres Telefonats lachte Matthias lauthals. »Wie würdest du antworten, wo du doch für einen Bayern arbeitest?«

»*The devil is a* Oachkatzl.« Auch sie musste lachen. Das erste Mal seit langer Zeit fühlte Carola sich wieder richtig froh.

»Korrekt«, erwiderte Matthias trocken. »Die Jungs haben

einen Übertragungsfehler gemacht. Einfach an einer Stelle etwas falsch zusammengezählt. Aber dieser Fehler ist einem Prüfer aufgefallen. Das allein wäre noch kein großes Problem gewesen, wie gesagt, Flüchtigkeitsfehler sind auch nicht ohne, aber im Zweifelsfall erklärbar.«

»Aber?«, fragte Carola.

»Blöd nur, wenn der gleiche Fehler in allen Anträgen der von den Beratern betreuten Unternehmen vorkommt. Da war dem Prüfer klar, dass sie sich vorher abgesprochen haben mussten, und er hat einfach weitergegraben.«

Carola rieb sich die Stirn. »Und was passiert jetzt?«

»Das ist ein Riesending. Wir gehen davon aus, dass die Bundespolizei Mitte dieser Woche Büroräume durchsuchen wird. Veruntreuung von Fördermitteln ist kein Kavaliersdelikt. Das wird in jedem Fall strafrechtlich verfolgt. Geldstrafen, aber auch hohe Haftstrafen sind drin«, antwortete Matthias ernst.

»Gefängnis? Du meine Güte. Das war mir nicht klar.« Carola setzte sich aufrecht hin.

»Hab ich doch gesagt. Das ist kein Streichelzoo, Caro. Mach dich darauf gefasst, dass bald die Bundespolizei bei euch auf der Matte steht und ein paar Leute hopsnimmt.«

So hatte sie Matthias noch nie erlebt. »Und was sollen wir deiner Meinung nach jetzt tun?«, fragte sie kleinlaut.

»Wenn ihr da in irgendeiner Form mit drinhängt – und damit meine ich nicht, dass Johannes seine Finger in der Fördermittelsache hat, denn davon geh ich mal aus –, macht sofort reinen Tisch. Stellt euch die Frage, ob eure politische Arbeit oder womöglich auch Johannes als Person in die Sache reingezogen werden könnte. Und wenn dem so ist, zieht lieber gestern als heute die Notbremse.«

»Okay.« In Carolas Kopf ploppte Gedanke nach Gedanke auf. Wen sollte sie als Erstes anrufen? Natürlich Johannes, dann –

»Caro, ich muss«, unterbrach Matthias ihren Gedankenfluss. »War schön, mit dir gesprochen zu haben. Ciao.«

Carola hörte dem Freizeichen zu, das ihr aus dem Hörer entgegenschallte. Matthias hatte nicht mal gewartet, bis sie sich von ihm verabschiedet hatte. Bestimmt wählte er schon die nächste Nummer.

So wie ich, dachte Carola. Dann tippte sie eine Reihe von Zahlen ins Telefon, die sie in- und auswendig kannte.

Alles gleicht sich aus

Was, wenn das hier der Schlüssel ist?, dachte Carola. Dieses Gebilde aus Getreide am südlichen Ammersee. Von wem auch immer gemacht. Unübersehbar und mit großer Sorgfalt. Und nach akribischer Planung. Nur aus der Entfernung in seinen Dimensionen zu ermessen. Und trotzdem beeindruckend, wenn man mittendrin stand. Die Muster im Korn änderten sich je nach Standpunkt. Vielleicht ein Zeichen dafür, dass auch sie ihre Perspektive ändern sollte. Zumindest dann, wenn sie weiterhin eine Beziehung mit Lenz führen wollte.

Auch wenn sie ihn nicht ansah, konnte sie seine Präsenz deutlich neben sich spüren. Sie wartete einige Sekunden, dann warf sie ihm einen verstohlenen Blick zu. Was für ein markantes und irritierend schönes Profil er doch hatte. Hohe Stirn, gerade Nase, volle Lippen und ein kräftiges Kinn. Eine Welle aus Zuneigung rauschte über sie hinweg. Sie spürte den dringenden Wunsch, nach seiner Hand zu greifen. Und hielt inne. So weit waren sie noch nicht.

»Schön, dass du Zeit hast, dich mit mir zu treffen«, sagte sie leise. Und fragte sich im nächsten Moment, wieso sie so defensiv war.

»Na ja, du hast gesagt, du hast Hinweise, die uns im Zusammenhang mit einer Straftat weiterhelfen können. Da hatte ich keine andere Wahl«, entgegnete Lenz. »Ich muss jedem Hinweis nachgehen.«

Auch wenn er nur von mir kommt, wollte es aus ihr rausplatzen. Alles klar. Die kleine Blase aus Sanftmut, die sich in ihr gebildet hatte, zerplatzte im Sommerwind. Deshalb treffe ich dich auch nicht im Büro, dachte sie, sondern im Kornkreis, du Hornochse.

Der Jähzorn, ihr alter Bekannter, trat wieder von innen gegen eine Tür. Was dachte dieser aufgeblasene Typ eigentlich, wer er war? Noch nicht mal eine klitzekleine versöhnliche Geste war also drin? Am liebsten hätte sie auf der Hinterhand kehrtgemacht und wäre nach Weilheim zurückgefahren. Geräuschvoll atmete sie aus.

»Okay. Wie du willst«, sagte sie schnippisch. »Dann mach ich es kurz. Ich habe gestern aus sicherer Quelle erfahren, dass es hier in der Gegend ein Netzwerk gibt, das sich auf Fördermittelbetrug konzentriert hat. Unterbrich mich nicht!«, fauchte sie, als Lenz den Mund öffnete. »Schon gar nicht mit irgendeiner abgeschmackten bayerischen Plattitüde wie ›Wos geht mi des o!‹«, äffte sie seinen Bruder nach.

Lenz klappte sein Mundwerk zu, um es sofort wieder zu öffnen. »Was schimpfst denn so? Ich hab doch überhaupt nichts gesagt.« Er sah Carola an.

Die stand vor ihm, ihre Augen funkelten. Sie wusste genau, dass sie ihn richtig eingeschätzt hatte. Um ihr keine Anerkennung zollen zu müssen, hätte er ihre Erkenntnis mit einer dummen Bemerkung abgetan. Mit einer Handbewegung vom Tisch gewischt. Dem musste sie sich prophylaktisch entgegenstellen.

»Mein norddeutscher Stahlschädel.« Lenz hatte seinen Hundeblick aufgesetzt und lächelte sie an.

War das ein Versöhnungsangebot? Lenkte er tatsächlich ein? »Soll ich dir jetzt sagen, was ich weiß, oder willst du mich weiterhin wie ein lästiges Wimmerl behandeln?«

»Natürlich will ich hören, was du herausgefunden hast. Schicke Frisur übrigens«, entgegnete er drei Nuancen freundlicher.

Na also. Warum nicht gleich so? Wieso musste sie immer erst böse werden? »Danke«, sagte Carola. »Dann komm, lass uns weitergehen.« Sie hakte sich bei ihm unter und setzte sich in Bewegung. Die Berührung fühlte sich wie ein halbwegs guter Kompromiss an.

»Was willst du mir denn nun erzählen?«, fragte Lenz sanft.

»Ich hab wie gesagt aus sicherer Quelle von einem Subventionsbetrug erfahren. Dabei geht es um Fördermittel aus dem Bundeshaushalt, jeweils im mittleren sechsstelligen Bereich. Und zwar für Unternehmen, die sich mit der Herstellung und Ausbringung von BTI befassen.«

Lenz stockte in der Bewegung. »BTI? Wirklich? Bist du dir da ganz sicher?«

»Na klar bin ich mir sicher«, entgegnete Carola unwirsch. Wieso stellte er immer wieder in Abrede, dass ihre Erkenntnisse hieb- und stichfest waren?

»Und was hast du damit zu tun?«, fragte Lenz.

Carola zuckte mit den Schultern. »Ich persönlich nichts. Aber mein Chef.«

»Johannes Ludwig? Wieso der? Erzähl mir mehr.« Er drückte auffordernd ihren Arm.

Carola warf ihm einen prüfenden Blick zu. War er ihr wieder gut? Und war sie es auch? Konnte sie sein Interesse als erste Annäherung werten? Hatte die Eiszeit zwischen ihnen ein Ende?

»Wie du weißt, unterstützt mein Chef die Kommunalpolitiker seines Wahlkreises. In unregelmäßigen Abständen veranstaltet er informelle Treffen, bietet seine Unterstützung an, moderiert politische Prozesse. So wie letztes Jahr bei dem Geothermieprojekt. Am westlichen Ammersee nehmen normalerweise eine ganze Reihe Politiker an diesen Treffen teil. Interessanterweise machen einige von denen mehr oder weniger direkte Geschäfte mit BTI.«

Lenz nickte. »Verstehe. Das ist also die Schnittmenge zwischen deiner Arbeit für Johannes Ludwig und BTI.«

Carola atmete auf. Zumindest sprachen sie wieder normal miteinander. Wenn auch nicht über ihre Auseinandersetzung. »Genau. Mein Chef hängt da insofern mit drin, als dass er einen dieser Unternehmer, der langjähriges Parteimitglied, aber noch kein Gemeinderat ist, dazu bewegen will, politische Verantwortung zu übernehmen. Der Typ führt eine Beratungsfirma und unterstützt Unternehmen, die mit BTI zu tun haben. Dafür wird er wiederum von anderen Kunden, die gegen BTI sind, offen angefeindet. Und jetzt lehnt er den Gemeinderatsposten ab, weil er dann in Sachen BTI Position beziehen müsste.«

»Friedhelm Albrecht«, entgegnete Lenz.

»Woher weißt du das jetzt schon wieder?«, fragte Carola erstaunt.

»Ich will es mal so sagen: Langsam ergibt das alles einen Sinn. Red nur weiter, Spatzerl.« Lenz schritt kräftig aus.

Carola warf ihm einen Blick zu. Wie meinen? Spatzerl? Erst sich über eine Woche lang nicht rühren und dann gleich wieder Kosenamen? Versteh einer die Männer.

»Wie auch immer«, fuhr sie fort, »es gibt also diesen Berater, den du anscheinend bereits kennst. Dann stecken noch Unternehmer mit drin, die, und hier zitiere ich meinen Informanten, BTI ›herstellen und ausbringen‹. Mein Kontakt hat keine Namen genannt, aber so viele, die das machen, gibt es ja nicht bei uns am westlichen Ammersee.«

»Leopold Aigner und Franz Aufkammer.« Er blieb stehen.

»Und woher weißt du das?« Carola sah Lenz an, der einen ausgesprochen zufriedenen Eindruck machte. Sie zog die Augenbrauen zusammen. Wenn ihm alles schon klar war, was tat sie dann überhaupt noch hier?

»Auch auf die Gefahr hin, dass ich mich wiederhole: Langsam ergibt das alles einen Sinn.« Lenz wirkte plötzlich sehr aufgeräumt. »Du machst dir überhaupt keinen Begriff davon, wie sehr du mir damit hilfst.« Er drückte ihr einen dicken Kuss auf die Wange.

»Da bin ich aber froh.« Sie betrachtete ihn von der Seite. Wer war das, und was hatte der mit Lenz gemacht? So beschwingt hatte sie ihn noch selten erlebt. »Für uns und unsere Arbeit ist das ehrlich gesagt ein Super-GAU. Dass wir den Albrecht nicht länger unterstützen werden, ist sonnenklar. Aber mit ihm verlieren wir einen vielversprechenden Nachrücker für den Gemeinderat und können mit der Kandidatensuche wieder von vorne anfangen.« Manchmal nervte sie diese Kommunalpolitik in einem Maße, das konnte sich keiner vorstellen. »Darüber hinaus muss sich Johannes jetzt überlegen, ob und welche Stellung er bezieht. Bisher war er komplett neutral, hat nur moderiert und versucht, die Wogen zu glätten. Dafür hat er beziehungsweise haben wir ganz schön Dresche bezogen. Das war alles sehr, sehr unangenehm. Um nicht zu sagen, ziemlich belastend.« Sie versank in Schweigen. Hing ihren Gedanken nach.

Auch Lenz war verstummt.

Arm in Arm gingen sie über das gekämmte Getreidefeld. An diesem frühen Dienstagabend waren außer ihnen nur wenige Besucher unterwegs. Der blaue Junihimmel wölbte sich über den flachen Wiesen des Ammerauslaufs. In der Ferne konnte sie den See erahnen. Es war Frühsommer, warm, aber noch nicht heiß, und der Tag neigte sich seinem Ende zu. Langsam näherte sich die Sonne im Westen dem Horizont. Quatsch, korrigierte sie sich, die Erde dreht sich nach Osten, so schaut's nämlich aus. Aber auch das änderte nichts daran, dass es ein schöner Abend war, den außer ihnen nur wenige Leute hier genossen. Sanft lächelnd ging ein anderes Paar an ihnen vorbei. Eine schmale brünette Frau im bunten Sommerkleid lag mit ausgebreiteten Armen wie hingegossen auf dem abgeknickten Getreide.

Plötzlich drückte Carola Lenz ihren Ellbogen in die Seite. »Wenn man vom Teufel spricht. Das da ist die Joseffa Albrecht, die Ehefrau vom Friedhelm Albrecht. Meiner Meinung nach eine Frau mit vielen Geheimnissen.«

»Wie kommst du darauf?«, fragte Lenz erstaunt.

Carola lachte leise. »Das erste Mal habe ich sie bei einem dieser Treffen gesehen, die mein Chef regelmäßig veranstaltet. Typisch graue Maus. Dann haben Barbara und ich sie neulich bei einer Wohnungsbesichtigung erwischt. Und zu guter Letzt ist sie mir am letzten Freitag beim Friseur begegnet. Da hat sie sich innerhalb von zwei Stunden vom hässlichen Entlein zum schönen Schwan verwandelt. Also ich sage dir, im Hause Albrecht ist was im Busch.«

Lenz drückte erneut ihren Arm. »Du bist wirklich immer wieder für Überraschungen gut, Spatzerl.«

»Und schau.« Wieder fuhr Carola den Ellbogen aus. »Die da, die in ihrem schicken Outfit über den Weizen wandelt.« Ihr Kinn wies in Richtung einer Frau, die im weißen Kleid, mit Sonnenbrille und Glitzersandaletten zwanzig Meter von ihnen entfernt entlangspazierte. »Das ist Bernadette Aigner, die Ehefrau von Leopold Aigner.«

Lenz lachte auf. »Die du woher kennst?«

»Na, woher wohl?«, antwortete Carola defensiv.

»Vom Friseur«, grinste Lenz.

Sie nickte. »Nicht nur, aber auch. Wo immer ihr Mann ist, taucht sie an seiner Seite auf. Ohne ihm je zu widersprechen.« Was so nicht stimmt, dachte sie sofort. Ich hab die Frau auch in einem dunklen Flur mit dem Schwerenöter Anklam erlebt. Aber das behielt sie für sich.

»Das gefällt dem Herrn Aigner ganz bestimmt sehr gut. In meinen Augen ist er ein Selbstdarsteller vor dem Herrn.« Lenz sah dessen Frau hinterher.

»Stimmt, bei unseren ersten Treffen konnte der vor Kraft und Selbstsicherheit kaum gehen. Aber ich habe ihn auch anders erlebt. Neulich wurde er bei einer politischen Veranstaltung derartig auseinandergenommen, dass der gute Poldi hinterher nur noch ein Häufchen Elend war.«

Abrupt blieb Lenz stehen und drehte sich zu ihr um. »Wie hast du den Aigner eben genannt?«

Was wollte er denn jetzt schon wieder von ihr? »Leopold?«, antwortete Carola verdattert.

Lenz winkte ab. »Nein, nein, du hast ihn –«

»Poldi genannt«, ergänzte sie.

»Mein Gott, sie hat es!« Begeistert klatschte Lenz in die Hände. »Poldi Aigner. P. A.! Das ist es!« Er beugte sich zu ihr und küsste sie schmatzend.

Sie runzelte die Stirn. Wem oder was hatte sie denn jetzt diesen Gefühlsausbruch zu verdanken? »Sorry, aber ich versteh jetzt nur noch Bahnhof.«

»Macht nichts, macht nichts.« Lenz rieb sich die Hände. »Das ist das fehlende Puzzleteil. Damit kann ich nachweisen, dass der Landrat auch mit drin hängt. Obwohl –« Er unterbrach sich. »Wurscht, das tut jetzt nichts mehr zur Sache.«

»Okay. Wenn du meinst.« Was nachweisen? Was sollte das alles? »Ich kann nur noch sagen, dass die Büroräume der Herren Albrecht, Aigner und Aufkammer diese Woche noch durchsucht werden. Danach soll Anklage erhoben werden. Max Anklam wird leider davonkommen.«

»Wieso leider? Was hat der damit zu tun?«, fragte Lenz erstaunt.

Carola konnte die Hand des Zimmerers auf ihrer Schulter spüren. »Wie gesagt. Leider nichts.« Sie persönlich hätte es durchaus gefreut, wenn seine Büroräume auch auseinandergenommen worden wären. Manchmal bedauerte sie es sehr, dass der Rechtsstaat so neutral war.

Lenz schien mit seinen Gedanken schon wieder ganz woanders zu sein. Er sah sie versonnen an. »Unglaublich, wie sich plötzlich alles fügt.«

»Keine Ahnung, was du meinst. Aber ich hab dir helfen können, bei was auch immer?«, fragte Carola reserviert und ließ seinen Unterarm los. Natürlich war es ganz, ganz toll, wenn sie zur Aufklärung eines ihr unbekannten Falles beigetragen hatte. Aber was hatte sie davon? Und was wurde aus ihrer verkorksten Beziehung?

»Und wie!« Lenz strahlte ihr ins Gesicht. »So kenn ich meine Caro.« Er schlang seine Arme um sie. »Es tut mir leid.«

Was sollte das denn jetzt? Carola machte sich so steif, als hätte sie einen Stock verschluckt. »Was tut dir leid?«

Lenz grinste und drückte sie noch etwas fester an sich. »Dass ich dich neulich so überrumpelt habe.«

Wie hatte er das gerade genannt? Carola machte sich frei. »Das ist ja wohl gelinde untertrieben. Du hast mich nicht überrumpelt, du und deine Familie, ihr habt mich als Geisel genommen. Mich geht das nämlich überhaupt nichts an, wer, wie und warum einmal den Secklerhof übernehmen wird. Und wer die Familienlinie fortführt. Um es mal klar zu sagen, ist mir das so was von egal, du glaubst es nicht. Aber anstatt mit mir darüber zu reden, tust du deiner Mutter gegenüber so, als ob das eine ausgemachte Sache zwischen uns ist. Das ist nicht in Ordnung, und das weißt du auch. Es fällt dir reichlich spät ein, dich dafür zu entschuldigen.«

Riesengroße braune Augen schauten sie an. »Komm schon, Spatzerl.«

Glaubte er ernsthaft, damit käme er bei ihr durch? »Lenz!«

»Ja, Hasilein?« Sein Hundewelpenblick wurde noch ein bisschen schmelzender.

»Schau mich nicht so an.« Carola konnte sich nicht dagegen wehren, sie brach in Lachen aus. »Du bist einfach vollkommen unmöglich.«

Lenz nahm sie wieder in die Arme. »Ich weiß. Genau das magst du ja so an mir. Hey, hey, hey!« Er hielt die sich windende Carola fest. »Jetzt lass mich halt auch mal was sagen. Meine Mutter hat mich mindestens so kalt erwischt wie dich. Und ja, wie ich reagiert habe, ist nicht in Ordnung, und das tut mir wirklich leid.«

»Ach, Lenz.« Entwaffnet ließ Carola ihren Kopf auf seine Schulter sinken.

Er drückte ihr einen Kuss aufs Haar. »Allerdings muss ich zugeben, dass ich nichts dagegen hätte, mit dir eine Familie zu gründen.«

»Aber für mich ist das überhaupt kein Thema.« Carola sah auf. »Wenn mir etwas in den letzten Tagen klar geworden ist, dann, dass ich mich selber ernst nehmen muss. Es zumindest probieren muss.« Sie reagierte nicht, als eine Träne über ihr Gesicht rollte. »Seit Jahren renne ich davon, erst vor meiner Familie, jetzt vor dir. Das, was ich für Fernweh gehalten habe, war der Druckschmerz von ganz alten Wunden, die immer noch nicht verheilt sind. Ich kann so nicht ewig weitermachen.«

Lenz zog sie wieder an sich. »Und was willst du jetzt tun?«

»Das weiß ich noch nicht so genau.« Sie legte ihren Kopf zurück an seine Schulter. »Ich mach mir auch nicht allzu viele Illusionen. Von heute auf morgen werde ich meine Vergangenheit nicht bewältigen. Aber ich will daran arbeiten.«

Er streichelte ihren Rücken. »Mit wem?«

»Zunächst mal mit mir.« Sie sah über den Kornkreis hinaus auf das weite Land. Dachte daran, dass sie ihren Chef anrufen musste. »Aber erst einmal haben Johannes und ich noch einen Job zu erledigen.«

Neulich beim Wirt

»Meinst du wirklich, die kommen?« Carola rutschte auf der Bank hin und her. Der Kaffee in der Tasse vor ihr war inzwischen kalt. Sie hatte ihn nicht angerührt. Seit einer Viertelstunde saßen sie jetzt schon in der Ecke des großen Gastraumes. An diesem Mittwochmittag drängelten sich die Gäste an den Tischen vor dem Haus in der Junisonne. Hier drinnen war es leer, kühl und still. Für das, was sie vorhatten, geradezu ideal.

»Was bist denn so nervös, Caro?« Johannes Ludwig rührte gelassen in dem Rest von seinem Cappuccino. »Kannst Gift drauf nehmen, dass die kommen.«

»Aha.« Carola warf ihrem Chef über den Tisch hinweg einen Blick zu. Er sah heute wieder aus wie einem Männermagazin entstiegen – sommerliche Leinenhose, hellblaues Hemd, Wildlederloafer. Jeder andere hätte affig in dem Outfit gewirkt, aber ihm, durchtrainiert und braun gebrannt, verlieh es einen schicken italienischen Touch. »Und was bewegt dich zu dieser Annahme?«

»Die Größe des Köders, die ich ausgelegt habe.« Ludwig kicherte über seinen eigenen Scharfsinn. »Ich hab jeden angerufen, Small Talk gemacht und dabei fallen lassen, dass ich in Berlin von neuen Fördermöglichkeiten gehört hätte. Speziell zu BTI. Alle drei wollten sofort mehr darüber wissen. Und zwar am heutigen Mittwoch.«

Anerkennend schürzte Carola die Lippen. »Respekt.« Sie sah zur Tür. »Wenn man vom Teufel spricht.«

»Friedel, grüß dich!«, rief Ludwig dem Berater entgegen, der durch die Tür trat und auf sie zueilte. »Hock dich her. Auch einen Cappuccino?«

Friedhelm Albrecht zog einen Stuhl unter dem Tisch hervor und ließ sich darauffallen. »Danke, nein, lieber ein Wasser.« Mit dem Handrücken wischte er sich über die Stirn. »Ist das heiß.«

Bilde ich mir das ein, oder sieht der Mann ganz schön fertig aus?, überlegte Carola. Schon beim Weißwurstfrühstück war er drahtig gewesen, aber jetzt erschien er ihr fast mager. Die sommerliche Bräune war verblasst, und das eh schon schüttere Haar wirkte zerrauft.

Ludwig winkte eine Bedienung heran. »Wasser bitte. Und für mich noch einen Cappuccino. Sonst noch etwas?«, fragte er in die Runde und lehnte sich, als keiner antwortete, wieder zurück. »Aigner und Aufkammer müssen auch gleich da sein.«

Albrecht zuckte zusammen, als hätte ihn ein elektrischer Schlag getroffen. »Was sagst du, wer kommt noch? Aigner und Aufkammer?«

»Sicher«, entgegnete Ludwig fröhlich. »Für die ist das doch genauso interessant wie für dich. Schau, da sind sie schon.« Er stand auf und hob die Hand Richtung Tür.

Die beiden Männer, die kurz nacheinander den Gastraum betreten hatten, stockten, als sie erkannten, in welcher Gesellschaft sich Ludwig befand. Aigner legte dem Landmaschinenhändler die Hand auf die Schulter. Aufkammer nickte knapp.

Die fragen sich jetzt bestimmt, ob sie noch so tun können, als hätten sie uns nicht gesehen. Geht eigentlich nicht mehr. Siehste, dachte Carola befriedigt, als sich die beiden wieder in Bewegung setzten. Sag ich doch. Aber ein bisschen freundlichere Gesichter könnten die schon machen!

»Grüß Gott«, empfing Ludwig den Chemiker und den Landmaschinenhändler. »Nehmt Platz.«

Aufkammer griff nach einem Stuhl, setzte sich auf dessen Kante und zog seinen Leinenjanker glatt. »Besten Dank.« Sein quadratisches Gesicht zeigte keine Regung. Ohne einen der anderen Anwesenden anzusehen, fragte er Ludwig: »Zunächst einmal möchte ich wissen, wieso wir hier zusammenkommen.«

»Warum so ungehalten, Herr Aufkammer? Ich wollte mit Ihnen über Fördermöglichkeiten aus Bundesmitteln sprechen«, antwortete Ludwig heiter. »Wasser für alle?«

Niemand antwortete ihm.

Ludwig nickte der Bedienung zu, rührte in seinem Cappuccino, den sie ihm gebracht hatte, und sah freundlich von einem zum anderen.

»Johannes, ich hab keine Ahnung, was das hier werden soll. Sei mir nicht bös, aber komm bitte zum Punkt. Mir pressiert's, ich muss dringend in die Firma.« Aigner schob das Glas Wasser, das ihm die Kellnerin direkt vor die Nase gestellt hatte, unwirsch beiseite.

»Okay.«

Carola sah ihrem Chef dabei zu, wie er die Hände vor sich faltete und sein Lächeln ein paar Lux dunkler drehte. Wenn ihr Johannes so gut kennen würdet wie ich, dachte sie und grinste in sich hinein, dann wüsstet ihr spätestens jetzt, dass ihr euch Sorgen machen müsst.

Ludwigs stahlblaue Augen nahmen erneut einen nach dem anderen ins Visier. »Wie Sie wollen.«

Carola hielt die Luft an. Ob die drei realisiert hatten, dass ihr Chef durch diese Anrede seinem Parteifreund Albrecht soeben das Du entzogen hatte?

Ludwig strich über die Tischplatte vor sich. »Ich danke Ihnen, dass Sie meiner informellen Einladung gefolgt sind. Das ist keine Selbstverständlichkeit, zeigt aber auch – wie soll ich sagen? –, wo Ihre Interessen liegen.«

»Was soll das denn heißen?«, schnappte Albrecht.

Ludwig sah ihm direkt in die Augen. »Das soll heißen, dass ich von Ihrer kreativen Art und Weise der Fördermittelbeschaffung Kenntnis habe.«

Stille senkte sich wie ein Tuch aus Musselin über den Tisch. Von draußen drangen Biergartengeräusche herein: Gelächter, Gläserklirren, das Scharren von Stühlen auf dem Pflaster. Drinnen, im kühlen Halbdunkel an ihrem Ecktisch, rührte sich niemand. Die drei Unternehmer saßen schweigend auf ihren Stühlen und starrten blicklos vor sich hin. Die Sekunden verstrichen, ohne dass sich einer der drei bewegte.

»Was hast du damit zu schaffen?«, durchbrach Albrecht als Erster die Stille.

Ludwig lächelte Carola an und zwinkerte ihr zu. »Gute Frage, Herr Albrecht.«

Der Berater schrak zusammen.

Okay, dachte Carola, jetzt hat er es kapiert. Und weiß, wie schlecht es wirklich um ihn steht.

Ludwig legte den Löffel auf den Teller, trank einen Schluck und setzte die Tasse wieder ab. »Obwohl, wenn ich so darüber nachdenke«, sagte er, »finde ich die Frage doch nicht gut. Ich bin gewählter Vertreter der Bürgerinnen und Bürger dieses Wahlkreises. Auf Bundesebene. Deshalb interessiert mich, wie Bundesmittel verausgabt werden, die sich aus Steuergeldern ebendieser Bürgerinnen und Bürger finanzieren.«

Friedhelm Albrecht sah seinen ehemaligen Parteifreund an, schwieg und senkte wieder den Kopf.

»Das geht Sie einen Schmarrn an, Herr Ludwig«, schaltete sich Aufkammer ein. »Ich wiederhole meine Eingangsfrage: Aus welchem Grund kommen wir in dieser Konstellation zusammen?«

Ludwig nickte. »Das will ich Ihnen gern sagen, Herr Aufkammer. Weil Sie und Herr Aigner heute aus allen Gremien zurücktreten. Sie werden Ihre Mandate als Gemeinderäte niederlegen und Ihre Arbeit als Lokalpolitiker beenden. Wenn jemand Sie nach den Gründen fragt, werden Sie das Übliche antworten. Zu viel Arbeit, die Gesundheit, die Familie et cetera.«

»Oder was?« Aufkammers Augen waren nur noch Schlitze.

»Lieber Herr Aufkammer, Sie verstehen mich vollkommen falsch.« Ludwig schaltete routiniert sein Lächeln an. »Ich komme hier praktisch meinen Fürsorgepflichten gegenüber den Bürgerinnen und Bürgern meines Wahlkreises nach. Also auch Ihnen gegenüber.« Ohne eine Antwort abzuwarten, wandte er sich seinem ehemaligen Parteifreund zu. »Von Ihnen, Herr Albrecht, erwarte ich, dass Sie sämtliche Ambitionen auf ein Amt aufgeben und ohne viel Aufhebens aus der Partei austreten.«

Aigner lachte einmal kurz und trocken auf. »Und warum sollten wir das tun? Sie lassen uns hier antanzen, stellen Behauptungen auf und erwarten, dass wir unsere Mandate niederlegen? Sie sind doch von allen guten Geistern verlassen. Was, wenn ich fragen darf, haben Sie denn gegen uns in der Hand?«

»Sie haben recht, ich habe nichts, aber andere schon.« Ludwig drehte sein Handgelenk und sah auf seine Armbanduhr. »Um Beweise sicherzustellen, werden in diesen Minuten Ihre Büroräume von der Polizei durchsucht.«

Aigner warf Ludwig einen Blick zu, der das Potenzial zu töten hatte, und zog sein Telefon aus der Jackentasche. Nach einer kurzen Kontrolle des Displays zischte er: »Woher wissen Sie das?«

»Ich will es mal so formulieren: Ich habe meine Kontakte«, antwortete Ludwig fröhlich. Er nickte Aufkammer zu. »Nicht, dass ich Ihnen eine Antwort schuldig wäre, Herr Aufkammer, aber ich will Ihre Frage, warum ich Sie drei hergebeten habe, gern beantworten.« Seine blauen Augen blitzten vor Vergnügen. »Nach reiflicher Überlegung war es mir ein inneres Bedürfnis, Ihnen mitzuteilen, dass Sie erledigt sind. Nicht nur politisch. Subventionsbetrug ist eine Straftat und kann mit Freiheitsentzug geahndet werden. Es ist also im Bereich des Möglichen, dass Sie ins Gefängnis gehen. In jedem Fall sind Sie vorbestraft, womit Sie automatisch unwählbar sind und Ihr Mandat in jedem Fall verlieren werden. Ich greife den Dingen also nur vor.«

Aufkammer verzog keine Miene. Regungslos wie ein Leguan hockte er auf seinem Stuhl.

Ludwigs guter Laune schien das keinen Abbruch zu tun. Er strahlte in die Runde. »Aber viel wichtiger ist mir, dass nicht nur Ihre politischen und womöglich auch Ihre unternehmerischen Karrieren beendet sind, sondern Sie auch privat demnächst niemand mehr kennen will. Dabei ist es noch nicht mal relevant, dass gerade ich es bin, der es äußerst schäbig findet, dass Sie sich an Steuergeldern bereichert haben.« Er lehnte sich zurück. »Derzeit steht die Polizei auf Ihren Firmengeländen. Was meinen Sie, wie das aussieht, wenn drei oder sogar vier Einsatzwagen vorfahren? Wahrscheinlich tragen Beamte gerade Ihre Aktenordner und Rechner aus dem Haus. Die ersten Neugierigen drängeln sich schon an den Toren. Was wohl die Nachbarn dazu sagen werden?«

Die drei Männer hatten ihm schweigend zugehört. Nur an ihren Gesichtern war abzulesen, was sie sich gerade ausmalten.

Ludwig griff wieder nach seiner Tasse. »Überall, wo Sie in

nächster Zeit auftauchen, werden die Leute die Köpfe zusammenstecken und tuscheln. Mit Ihnen reden wird niemand mehr. Warum ich sie hergebeten habe? Nun, ich gebe zu, ich wollte Ihre Gesichter sehen, wenn Sie diese Nachricht erreicht.« Ludwig strahlte von einem Ohr zum anderen, als die Bedienung wieder an ihren Tisch trat.

»Darf's noch was sein?«, fragte sie geschäftig und räumte Ludwigs leere Cappuccinotasse ab.

Keiner der Männer tat einen Mucks.

»Dann halt nicht«, sagte die Bedienung und rauschte davon.

Aus Aufkammers Jackentasche erklang ein Zirpen. Mit ausdrucksloser Miene stand er auf und deutete eine Verbeugung an. »Unter diesen Umständen empfehle ich mich.«

Carola sah ihm nach, wie er Richtung Ausgang strebte, das Telefon am Ohr. Eine gewisse Haltung konnte sie ihm nicht absprechen.

»Ich habe eigentlich alles gesagt, was ich sagen wollte«, bekannte Ludwig und lehnte sich zurück.

»Du bist mir so ein Parteifreund«, spuckte Friedhelm Albrecht über den Tisch, sprang auf und hastete zur Schwingtür.

Und du bist offensichtlich noch nicht lang genug in der Partei, dachte Carola, sonst würdest du die alte Steigerung kennen: Freund, Feind, Parteifreund. Ihr Blick wanderte zu Leopold Aigner, der noch immer still auf seinem Stuhl hockte und seinen Gedanken nachzuhängen schien. Er sah erschöpft aus.

»Leopold«, sagte Ludwig, »ist noch was?«

»Was?« Der Angesprochene schien aus einem Traum zu erwachen. »Siezen oder duzen wir uns? Ach, ist ja inzwischen auch wurscht.« Er fuhr sich durch die lichten Haare. »Nein, nein, es ist nichts, ich hab nur nachgedacht. Weißt du, manchmal begibt man sich auf einen Weg und merkt nicht, wenn man ein paarmal falsch abbiegt. Wie, hast du gesagt, findest du unser Verhalten?«

»Schäbig.«

Aigner sah Ludwig an. »Das ist ganz schön oldschool, findest du nicht?«

Ludwig hob die Augenbrauen. »Ich hatte in letzter Zeit öfter

Gelegenheit, darüber nachzudenken, warum ich, um das Bild zu gebrauchen, in eine bestimmte Richtung abgebogen und der Politiker geworden bin, der ich bin. Ein einfaches Mitglied des Deutschen Bundestages. Kein Staatssekretär. Und auch kein Minister. Was ich mit Sicherheit meiner bisweilen halsstarrigen Ader zu verdanken habe. Und ja, ich bin davon überzeugt, dass ich ohne persönliche Integrität keine gute Politik für meine Wähler machen könnte.«

»Autsch«, entgegnete Aigner. Der Versuch eines Grinsens hing ihm schief im Gesicht. »Danke für deine Offenheit. Ich werde die Sache mit Anstand zu Ende bringen, darauf kannst du dich verlassen.« Er nickte einen Gruß, stand auf und ging mit schweren Schritten Richtung Ausgang.

Carola beobachtete, wie er durch die Schwingtür verschwand. »Unabhängig davon, dass der gewaltig Dreck am Stecken hat, ist der Aigner, na, wie würdest du sagen, ein Hundling?«

»Der Aigner? Ein Hundling?« Ludwig verzog skeptisch den Mund. »Na, ich weiß nicht recht. Bei dem wüsst ich nicht, ob ich ihn einen Hundling nennen oder ihn nicht doch lieber erschlagen würde.«

Jetzt hat der fast die gleichen Worte wie Seppi gebraucht, dachte Carola. »Ist das nicht ein bisschen brutal?«

Ludwig schüttelte den Kopf. »Nein, Caro, so sind wir in Bayern. Und jetzt tu nicht so schockiert. Schau lieber, wer da kommt.« Er nickte der Wirtin zu, die an ihren Tisch trat. »Andi, grüß dich.«

»Caro, Johannes, grüß euch.« Andi Prestele, die junge Inhaberin des »Sailerwirts«, stützte sich am Tisch ab. »Ihr esst ja gar nichts. Passt alles bei euch?« Ohne eine Antwort abzuwarten, raffte sie ihr Dirndl und setzte sich auf einen der freien Stühle. »Die da grad gegangen sind, das waren doch der Aigner Poldi und der Albrecht Friedel, gell?«

»Sicher«, bestätigte Ludwig. »Warum?«

»Die sind doch dick im BTI-Geschäft, gell?«, fragte sie.

»Und woher weißt du das schon wieder?«, erwiderte Ludwig erstaunt.

»Es ist meine Aufgabe als Wirtin, so etwas zu wissen.« Sie sah prüfend über ihre Schulter. »Über die sind jede Menge Gerüchte im Umlauf.«

Geht schon los, dachte Carola. »Ach, wirklich? Das kann ich mir bei uns im Dorf ja überhaupt nicht vorstellen«, grinste sie. »Erzähl.«

»Die sollen ihre Frauen betrogen haben«, sagte Andi Prestele leise. »Das hab ich heut schon von mehreren gehört.«

Carola und ihr Chef sahen sich an, zuckten mit den Schultern und brachen in Lachen aus. »Ich glaube, das ist aktuell deren geringstes Problem«, sagte Ludwig und angelte nach einem Taschentuch.

Die Wirtin lehnte sich zurück und verschränkte die Arme vor der Brust. »Aber nicht, wenn du hörst, mit wem einer von denen ein Verhältnis gehabt haben soll.«

Ludwig lächelte sie an. »Na, da bin ich jetzt aber mal gespannt.«

»Mit der Pressesprecherin vom Landrat, der Gruberin«, verkündete Andi Prestele triumphierend.

Carola hob erstaunt die Augenbrauen. »Das ist doch die, die neulich tot am See aufgefunden wurde, oder?«

Die Wirtin nickte. »Richtig, genau die. Und jetzt überleg dir mal, wie das aussieht, wenn einer von denen, die mit BTI Geschäfte machen, im wahrsten Sinne des Wortes mit einer der Mitarbeiterinnen der Behörde unter einer Decke steckt, die den Gifteinsatz genehmigt.« Sie schaute beifallheischend in die kleine Runde.

»Okay«, sagte Carola, »ich gebe zu, das macht einen verdammt schlechten Eindruck. Obwohl das Gerücht immer noch nicht das aktuell Wichtigste in deren Leben ist. Da gibt es noch ganz andere.«

Andi Prestele sah ungläubig an. »Da kennst du uns Bayern schlecht. Es gibt nichts Schlimmeres bei uns. Wenn dein Ruf so ruiniert ist wie bei dene zwei, dann kannst dich gleich einsargen lassen, da bei uns am Land.«

Kleine Schritte

»Lenz, sei mir nicht bös, aber manchmal komm ich mir hier vor wie in einer mittelmäßigen Vorabendserie.« Franz hockte auf der Ecke seines Schreibtischs und trommelte mit einem Stift auf seinem Oberschenkel ein Schlagzeugsolo.

»Ich bin dir nicht bös. Aber lass mich wenigstens in Ruhe meine Notizen ergänzen.« Lenz stand mit dem Rücken zu ihren Schreibtischen und schrieb etwas auf das Papier im Flipchart. Es ging ihm gut an diesem Mittwoch. Um nicht zu sagen, es ging ihm sogar hervorragend. Er fühlte sich erleichtert. Befreit. Endlich war sie vorbei, die Zeit ohne Carola. Nie, nie wieder wollte er sich so fühlen wie in den letzten zehn Tagen, so ohne sie.

»Ich finde, ich muss hier reichlich viel aushalten. Mein Schreibtisch biegt sich unter der Arbeit. Keiner hilft mir. Und du, du kommst hier reingeschneit, und anstatt, dass du einfach berichtest, was du an neuen Erkenntnissen hast, machst du es extraspannend und berufst ein Meeting ein. Ein Meeting! Ich kann's echt nimmer hören. Da krieg ich so das –«

»Franz.« Lenz drehte sich um und hob den Zeigefinger. »Gib a Ruh. Ah, Beni, servus«, grüßte er den jungen Kommissar, der zur Tür hereineilte und sich einen Stuhl heranzog. »Dann lasst uns anfangen.« Er drückte die Kappe auf den Stift. »Ich habe heute mit der Bundesstaatsanwaltschaft telefoniert. Gegen Friedhelm Albrecht, Leopold Aigner und Franz Aufkammer wird Anklage erhoben werden.«

Franz unterbrach seinen Trommelwirbel. »Bundesstaatsanwaltschaft? Und in welcher Sache?«

»Betrug.«

Franz warf seinen Stift auf den Schreibtisch. »Jetzt sind wir endgültig im Vorabendprogramm angekommen. Muss ich wirklich fragen, wieso wir davon nichts gewusst haben?«

Lenz hob ein wenig die Achseln. »Weil es um Tatbestände geht, die wir überhaupt nicht auf dem Schirm hatten.«

Franz verschränkte die Arme vor der Brust. »Da bin ich aber wirklich gespannt.«

Lenz baute sich neben dem Flipchart auf. »Ich habe Informationen erhalten, dass Friedhelm Albrecht sowohl Leopold Aigner als auch Franz Aufkammer dahin gehend beraten hat, dass ihnen mit Hilfe falscher Angaben Subventionen aus dem Bundeshaushalt in je mittlerer sechsstelliger Höhe zugewiesen wurden.«

Beni verzog den Mund. »Und wie genau haben die das angestellt?«

Lenz schlug eine Seite an dem Flipchart um. »Albrecht, Aigner und Aufkammer haben die Arbeit untereinander aufgeteilt.« Er zählte an den Fingern ab: »So ein Fördermittelantrag ist sehr komplex. Erstens hat Albrecht die Anträge, die mehrere hundert Seiten haben können, bearbeitet und koordiniert. Zweitens hat Aigner falsche Angaben über die Menge des von ihm produzierten Insektizids gemacht. Die hat es so nämlich nie gegeben. Und Aufkammer hat unterschrieben, dass er das Mittel in dieser Menge ausbringen wird. Auch das stimmte nicht. Die eine kleine Drohne hätte das nämlich nie geschafft. Die drei haben sich gegenseitig gedeckt, haben zusammen Kasse gemacht und das Geld untereinander aufgeteilt.«

Franz nickte. »Verstehe. Der eine hat dem anderen bescheinigt, dass es genau so und nicht anders war.«

Lenz nickte. »Das Ganze wurde bundesweit und bandenmäßig organisiert. Eine Clique von Beratern, die sich noch von der Uni her kannten, haben diese Betrugsmasche entwickelt und zusammen mit Klienten entlang des Rheins und an den bayerischen Seen betrieben.«

Beni rutschte auf die Stuhlkante vor. »Sauber. Und wie ist es aufgeflogen?«

Lenz deutete ein Schulterzucken an. »Dummer Anfängerfehler. An einer Stelle wurde falsch gerechnet, was sich durch alle Anträge der Klienten zog. Das ist dann jemandem aufgefallen.«

Franz schüttelte den Kopf. »Lenz, uns kannst du nicht für blöd verkaufen. Wem ist das aufgefallen?«

»Den Prüfern vom Bundesrechnungshof«, antwortete Lenz genervt. »Die haben die Bundestaatsanwaltschaft eingeschaltet, und die Kollegen der Bundespolizei haben ermittelt. Albrecht ist quasi die oberbayerische Niederlassung der Bande.«

»Bundesrechnungshof. Bundesstaatsanwalt. Bundespolizei. Soso.« Franz' Stimme troff vor Sarkasmus. »Dann haben wir es also deinen einzigartigen Kontakten in die Bundespolitik zu verdanken, dass wir überhaupt davon erfahren und nicht weiter wie die Dorfpolizisten in alle Himmelsrichtungen ermitteln.« Er sah sich um. »Ich weiß ja nicht, wie du das findest, aber ich fühle mich, gelinde ausgedrückt, veräppelt.«

Lenz' Kopf glühte. Was seine Kollegen bestimmt sehen konnten. »Ihr dürft Carola wirklich keinen Vorwurf machen. Sie hat mich sofort informiert, als sie von den Ermittlungen erfahren hat.«

»Sofort. Okay. Dann hab ich nichts gesagt.« Franz verfiel in beleidigtes Schweigen.

»Lenz, entschuldige«, schaltete Beni sich ein, »aber ich muss das erst mal Punkt für Punkt verstehen.«

»Kein Problem«, antwortete Lenz, froh über den Themenwechsel.

Beni stand auf und trat auf die andere Seite neben den Flipchart. »Was ist denn jetzt der genaue Stand der Ermittlungen?«

»In zwanzig Unternehmen im Bundesgebiet, vor allem am Rhein und an den oberbayerischen Seen, werden Büroräume der Berater und deren Klienten durchsucht. Von der Bundespolizei«, wiederholte Lenz.

»Und wann?«

»Ich gehe mal von heute aus.«

»Du gehst davon aus, aber du weißt es nicht«, ließ Franz sich vernehmen.

Lenz hob entschuldigend die Hände. »Leute, was soll ich sagen? Das ist Sache der Bundespolizei, die werden uns jetzt nicht um Erlaubnis bitten oder uns über jeden ihrer Schritte informieren.«

Versunken betrachtete Beni die Notizen. »Okay, langsam bin ich bei dir. Dann hatten wir also mit unserem Verdacht, dass eine

Straftat vorliegt, den richtigen Riecher. Auch unser Eindruck, dass die drei gemeinsame Sache gemacht haben, war nicht falsch. Nur haben wir nicht gecheckt, um was es wirklich ging.«

Lenz nickte. »Exakt.«

»Blöd. Es befriedigt mich zwar, dass wir nicht komplett auf dem Holzweg waren, aber trotzdem blöd, dass wir nicht recht hatten.« Beni unterbrach sich. »Und was ist mit den drei Toten?«

Lenz hob die Augenbrauen. »Was soll mit denen sein?«

»Sorry, Lenz, es kann den Kollegen der Bundespolizei doch nicht entgangen sein, dass drei Menschen im Kontext der Straftaten gestorben sind«, antwortete Beni.

Lenz zog sich einen Stuhl heran und setzte sich. »Das mit dem Kontext ist deine persönliche Meinung.«

»Eure nicht?« Beni sah sich um.

»Mei«, ließ Franz sich vernehmen, »ich hab von Anfang an gesagt, dass ich bei den Todesfällen keine Hinweise auf eine Straftat erkennen kann. Und wenn ich mich nicht irre, hast auch du Ende letzter Woche noch eine flammende Rede gehalten, dass alles nur ein Zufall ist.«

»Stimmt. Gebe ich zu. Aber nur Betrug?« Beni schlug drei Seiten zurück und tippte auf den Flipchart. »P. A. Wir wissen immer noch nicht, mit wem sich Lisa-Maria Gruber am Tag ihres Ablebens getroffen hat oder treffen wollte.«

»Doch, wissen wir. Mit Poldi Aigner, Kurzform von Leopold«, gab Lenz zurück. Schließlich war er nicht nur durch den Kornkreis spaziert, um sich mit Carola zu versöhnen. Wobei das zugegebenermaßen ein herrlicher Nebeneffekt gewesen war.

»Ha«, machte Beni. »Was hatten die Pressesprecherin des Landrats und Leopold Aigner miteinander zu tun?«

»Offensichtlich nichts«, sagte Lenz trocken, »denn es ist zu keinem Treffen gekommen. Nach Aussage seiner Sekretärin war Aigner an dem Tag in der Firma. Hat um halb neun seine Zugangskarte benutzt und sich um acht Uhr zweiunddreißig in das Zeiterfassungssystem eingeloggt. – Was denn?«, sagte er, als ihn seine Kollegen überrascht anschauten. »Ich hab das überprüft. Werd ich ja wohl noch dürfen.«

»Ich kommentiere das jetzt mal nicht«, erwiderte Franz.

»Vielleicht hat er sie versetzt. Vielleicht hatte er keine Zeit. Wer weiß ... Aber selbst wenn sie sich getroffen hätten, wäre das in meinen Augen unerheblich. Frau Gruber hatte die Aufgabe, zu BTI zu recherchieren, um möglichst positiv darüber zu berichten, und Aigner hat das Zeug nun mal produziert. Wenn auch vielleicht nicht in den Mengen, die er angegeben hat. Ich kann nichts daran finden.«

»Was ist überhaupt mit dem Landrat?«, sagte Beni. »Der hat doch alles gewusst und alle gedeckt.« Er unterbrach sich kurz. »Der hat nicht nur alles gewusst. Der hat sein Wissen auch dafür genutzt, seinen Schulkameraden Albrecht hinzuhängen. Weil er ganz genau gewusst hat, dass der sich nicht wehren konnte, ohne sich selbst zu belasten. Meint ihr nicht auch?«

Lenz zuckte bedauernd mit den Schultern. »Kann sein, muss nicht. Keine der Annahmen, die wir getroffen haben, ist belastbar. Ich gehe davon aus, dass ihm klar war, wer P. A. wirklich war, doch was beweist das schon? Klar, wir können ihn wegen Zeugnisverweigerung drankriegen. Aber ist das den Aufwand wert?«

Mit hängenden Armen stand Beni vor dem Flipchart. »Lenz, sei mir nicht bös, aber ich finde das Ergebnis total unbefriedigend.«

Lenz trat neben ihn und klopfte ihm freundschaftlich auf die Schulter. »Wieso denn? Die drei werden doch ihrer gerechten Strafe zugeführt.«

»Wirst du auf deine alten Tage jetzt auch noch zynisch?«, ging Franz dazwischen. »Was soll daran denn gerecht sein?«

»Du übertreibst«, antwortete Lenz und ließ den Filzer in die Ablagemulde fallen.

»Das finde ich ehrlich gesagt nicht«, sagte Beni. »Wir wissen, dass Lisa-Maria Gruber allein am See war. Womöglich hatte der Landrat von irgendeinem seiner politischen Kanäle Wind von der Sache gekriegt, und sie sollte sich mit Aigner treffen, um ihn zu warnen.«

»Wie ich schon sagte: Kann sein, muss nicht.« Lenz setzte sich wieder.

Beni stand allein neben dem Flipchart und wedelte mit den Händen durch die Luft. »Und die Kleine, die Schülerin Melanie Brandner? Vielleicht konnte sie nur deshalb unbehelligt ihre Drogen im Labor vom Aigner herstellen, weil der Chef damit beschäftigt war, Subventionsanträge zu fälschen.«

Lenz verschränkte die Arme vor der Brust. »Kann sein, muss nicht«, wiederholte er.

»Und die dritte Tote«, Benis Zeigefinger richtete sich auf ihn, »war vielleicht in die Machenschaften ihres Chefs eingeweiht und deshalb dermaßen gestresst, dass sie einen Aussetzer hatte und gegen einen Baum gefahren ist.«

»Beni, du bist doch Ermittler genug, als dass du wissen solltest, dass uns das nirgendwo hinführt.« Lenz schlug die Beine übereinander.

»Das ist doch jetzt nicht wahr.« Frustriert ließ Beni sich auf seinen Stuhl zurückfallen.

»Doch, genau so ist es«, meldete sich Franz zu Wort. »Wenn es dich beruhigt: Al Capone ist auch nicht wegen vielfachen Mordes ins Gefängnis gegangen –«

»Sondern wegen Steuerhinterziehung.« Der junge Kommissar fuhr sich mit beiden Händen durch die Haare. »Ich weiß, ich weiß ... Wie hoch ist denn das Strafmaß für Subventionsbetrug?«

»Mindestens fünf Jahre«, antwortete Lenz, »vielleicht auch zehn. Ich denke nicht, dass die Herren mit einem blauen Auge davonkommen werden. Die können nicht auf eine milde Strafe hoffen. Was sie getan haben, war nicht leichtfertig, sondern vorsätzlich. Kommt aber wie immer auf den Anwalt an.«

Beni beugte sich nach vorn, stemmte beide Ellbogen auf seine Knie und warf einen Blick in die Runde. »Ich gebe zu, glücklich macht mich das nicht gerade. Aber«, ein kleines Lächeln umspielte seine Lippen, »eins ist auch klar. Als Unternehmer sind die erst mal ruiniert. Bandenmäßiger Betrug, Prozess, Gefängnis. Die können einpacken. Und zwar für länger.«

»Was Albrecht betrifft, stimme ich dir zu. Von dem lässt sich so schnell keiner mehr beraten.« Franz bearbeitete seinen Oberschenkel wieder mit einem Stift.

»Für Aigner Chemie wird das ebenfalls gelten«, sagte Beni. »Der Aigner kann froh sein, wenn seine Firma nicht den Bach runtergeht. Genauso wie Aufkammer mit seinen Landmaschinen. Lange Abwesenheit ihrer Inhaber vertragen diese Unternehmen nicht. Aber vielleicht übernimmt ja Aufkammers Frau. Wie auch immer, ich denke, das Thema BTI ist mit dieser Sache in jedem Fall vom Tisch.«

Lenz sah seine Kollegen versonnen an. »Wenn das nicht eh die gerechtere Strafe für die drei ist.« Er dachte kurz nach. »Überlegt doch mal, wie wichtig denen ihre öffentliche Bedeutung war. Nicht nur Unternehmer zu sein, sondern auch noch im Gemeinderat zu sitzen. Wenn ihr mich fragt, hatten die für ihr öffentliches Ansehen doch schon längst ihre Seele an den Teufel verkauft. Und der fordert jetzt seinen Tribut.«

»Was soll das denn werden?« Resi, die eben ausgestiegen war und ihr Auto abgeschlossen hatte, blieb stehen, den Schlüssel in der Hand.

»Ich freue mich auch, dich zu sehen.« Mit zwei Schritten war Barbara bei ihr und drückte sie an ihren gewaltigen Busen.

»Grüß dich«, murmelte Carola und schloss ihr Fahrrad ab. Es war unübersehbar, dass Resi auf Krawall gebürstet war. Das konnte ja heiter werden. Es war Donnerstagabend, zwei lange Tage waren seit dem Treffen mit Lenz vergangen. Zwei Tage und zwei Abende, an denen Barbara sie bearbeitet hatte, wieder mit Resi zu reden. Wieso hatte sie sich bloß breitschlagen lassen, sich mit ihr zu treffen? Und das auch noch am Kornkreis? Barbara hatte manchmal wirklich abstruse Ideen.

»Also an mir liegt es nicht, wenn wir uns nicht sehen.« Resi befreite sich aus Barbaras Umarmung. Ohne Carola anzusehen, sagte sie: »Ich höre, du hast eine neue Mitbewohnerin.«

Neue Mitbe– *What?* Carola schnappte nach Luft. Dieser Satz enthielt sackweise Vorwürfe, Kränkungen und Beleidigungen. Und auf keinen Fall ein Versöhnungsangebot. »Nichts für ungut, Barbara, aber ich brauch das alles nicht.« Sie drehte sich zu ihrem Rad und griff nach dem Zahlenschloss.

Barbara trat zu ihr und nahm es ihr wieder aus der Hand. »Papperlapapp, nix da, du bleibst da. Und du, Resi, du reißt dich gefälligst mal zusammen. Was soll denn der Schmarrn?« Sie hob die Hände auf Schulterhöhe. »Bevor ihr euch zofft, ihr zwei Giftspritzen, gehen wir jetzt zusammen in den Kornkreis. Keine Widerrede, die Energie wird euch guttun.« Sie zog ein Fläschchen hervor. »Einmal einsprühen gegen die Mücken und dann, hopp, hopp, auf geht's!« Gebieterisch scheuchte sie Resi und Carola vor sich her in Richtung des Trampelpfades.

Carola rammte die Fäuste in die Taschen ihrer abgeschnittenen Jeans. Am liebsten würde sie … Aber … Wenn sie nur … Sie roch das Mückenspray auf ihrer Haut und gab auf. Barbara ließ ja eh keinen Widerspruch gelten. Geschlagen trottete sie über den schmalen Pfad auf das gekämmte Getreide zu.

»So. Und was sollen wir jetzt hier?«, fragte sie, als sie mitten im Kornkreis standen, und drehte sich mit einem Ruck zu den beiden Frauen um.

»Als Erstes nimmst du mal den genervten Ausdruck aus deinem Gesicht, Caro. Der steht dir nicht. Und dann lasst uns ein halbwegs ruhiges Plätzchen suchen. Los, los, los!« Mit wallenden Röcken schritt Barbara über das Korn voran.

»Da drüben, auf der anderen Seite, da sind keine Leut«, beschied Resi, den Riemen ihrer Handtasche umklammernd.

»Sehr gut, Resi.« Zielstrebig schritt Barbara dem Teil des Kornkreises entgegen, der dem Ende des Trampelpfades gegenüberlag. »Kommt, ihr zwei, es ist ein schöner Abend, jetzt verhaltet euch auch mal so.«

»So, da sind wir.« Carola hob fragend die Hände, als sie die Stelle erreicht hatten. »Und nun? Was hast du mit uns vor?«

»Hervorragend.« Barbara schenkte ihr keine Beachtung, sondern ließ eine Beuteltasche von ihrer Schulter gleiten. »Caro, du legst dich da auf den Rücken«, sie deutete auf eine Stelle auf ihrer linken Seite, »und du dich, Resi, dorthin«, sie wies nach rechts, »Köpfe zu mir. Ich werde mich in die Mitte setzen.« Wie ein Buddha sank Barbara zwischen den beiden Frauen nieder.

»Boah, Barbara, wirklich? Muss das echt jetzt sein? Du mit deinem esoterischen Bullshit«, maulte Carola. »Muss ich mich wirklich hinlegen? Können wir uns nicht wie ganz normale Menschen unter–«

Mit einer Handbewegung schnitt Barbara ihr das Wort ab. »Caro! Gib a Ruh. Ganz normale Menschen, wenn ich das schon höre. Hinlegen«, befahl sie.

Carola klappte ihren Mund zu. Schon wieder nahm Barbara sie in die Zange. Ach, Caro, zwitscherte eine süße Stimme in einer Ecke ihres Gehirns, gib's doch zu. Im Grunde genommen freust du dich, wenn du dich ins Kornfeld legen darfst. Schließlich hast du diejenigen, die mit seligem Gesichtsausdruck dort lagen, bei deinen letzten Besuchen vom Kornkreis heimlich beneidet. Sie streckte sich auf dem Getreide aus und reckte neugierig ihren Hals. Hatte Resi sich auch hingelegt?

»Und nicht rumzappeln, sondern entspannen«, sagte Barbara sofort. »Jetzt möchte ich, dass ihr zwei tief durch die Nase ein- und ausatmet.«

Carola tat wie geheißen. Atmete tief durch die Nase ein und wieder aus. Über ihr wölbte sich der Abendhimmel. Der Geruch von warmer Erde und Stroh hing in der Luft. Mei, dachte sie, das ist tatsächlich gar nicht so schlecht. Schließlich könnte ich jetzt auch in meinem Zimmer hocken und mich vom dunklen Fleck an der Decke hypnotisieren lassen.

»Fertig?«, fragte Barbara. »Dann schaut bitte nach oben und sagt mir, was ihr seht.«

»Blau«, antwortete Resi wie aus der Pistole geschossen.

»Kondensstreifen und Vögel.« Carola verdrehte den Kopf, um sich umzublicken. Wie schön hier alles war! Mücken steuerten sie an, bremsten ab und flogen einen Bogen um sie … Laut schreiend zog eine Gruppe Graugänse in Richtung Ammersee über sie hinweg. Barbaras Stimme holte sie aus ihren Gedanken zurück.

»Und was fühlt ihr, wenn ihr die Hände ausstreckt?«

»Das harte Getreide unter mir«, kam es von Resi.

»Stimmt, es ist glatt und starr. Ich kann aber auch den Acker darunter spüren. Und gerade krabbelt mir eine Ameise über den Fuß.« Carola schubste das Tier mit ihrem anderen Fuß von sich weg.

»Und was riecht ihr?«, wollte Barbara wissen.

»Mückenspray«, antwortete Resi.

»Ich rieche eher meinen Schweiß. Und den Acker und das Stroh«, gab Carola zurück.

»Sehr gut«, befand Barbara. »Und jetzt, Resi, erzählst du mir aus deiner Sicht, was vorletzten Samstag bei euch am Hof gewesen ist.«

»Mei, nix Besonderes halt. Ich hab einen Gugelhupf gebacken, dann sind der Lenz und der Tom und die Caro zum Kaffee gekommen. Und dann haben wir uns unterhalten.«

Carola wartete. War das alles? Ernsthaft? Resi tat ja gerade so, als hätten sie sich zu einem entspannten Kaffeeklatsch getroffen. Ihre Entspannung verdampfte schneller als Morgennebel in der Frühsommersonne. Das reicht, dachte sie, ich gehe. Sie stützte sich auf den Ellbogen, versuchte, sich aufzurappeln, spürte, wie Barbara sie wieder auf das Getreide drückte, und gab nach.

»Und was war dann?«, fragte Barbara, mit der Hand immer noch auf Carolas Schulter.

»Mei«, antwortete Resi, »dann ist die Caro aufgestanden, weil sie hat pieseln müssen, ist raus und nimmer wiedergekommen.« Sie unterbrach sich. »Und jetzt sind alle bös mit mir, weil ich die Caro angeblich vom Hof gejagt hätt. Was überhaupt nicht stimmt!«

Carola schnappte erneut nach Luft wie ein Fisch auf dem Trockenen. Wie lange sollte sie sich diesen Schwachsinn eigentlich noch anhören? Barbaras Hand lag schwer auf ihrer Seite. Mit Nachdruck presste ihre Freundin sie auf das Korn.

»Was stimmt denn dann?«, fragte Barbara.

»Darf ich in meinem eigenen Haus nimmer sagen, was ich denk?«, ereiferte sich Resi.

»Was denkst du denn?«, säuselte Barbara.

Resi schnaubte. »Dass ich mit jedem Tag älter werd und die Mistkrüppel, die wo meine Söhne sind, sich einen Dreck darum scheren, wie's weitergehen soll am Hof. Ich kann jeden Tag schauen, dass alles passt.«

»Jetzt kommen wir der Sache schon näher. Was meinst du damit genau?«, hakte Barbara nach.

»Glaubst du, einer von dene Sauhund tät irgendwann einmal fragen, wie ich das alles schaff?«, platzte es aus Resi heraus. »Die kommen zur Tür rein, setzen sich an den Tisch, lassen sich bedienen, und wenn s' fertig sind, stehen s' auf und gehen.«

»Und was sagst du denen?«, fragte Barbara.

»Ja, nix«, entgegnete Resi. »Seit wann nutzt es was, wenns du als Frau einem Mann etwas sagst? Noch dazu, wenn's deine Söhne sind?«

»Gut, Resi, das lassen wir jetzt einfach mal so stehen. Und

nun zu dir«, wandte sich Barbara an Carola. »Erzähl mir mal aus deiner Sicht, was an diesem Samstag passiert ist.«

»Ich finde, Resi hat vergessen zu erwähnen, dass sie unbedingt einen Hofnachfolger will«, sagte Carola zum Firmament über ihr.

»Mein Gott, jetzt leg doch nicht jedes Wort auf die Goldwaage«, kam es von Barbaras anderer Seite. »Ich will halt wissen, wie's weitergeht am Hof. Das ist doch nicht zu viel verlangt.«

»So kam das aber nicht rüber«, antwortete Carola. »Du hast deinen Söhnen die Pistole auf die Brust gesetzt. Einen legitimen Erben sollen sie dir bringen. Und als sich Lenz nicht entblödet hat, aufzustehen und so zu tun, als wären wir schon in die Babyproduktion eingestiegen, wurde es mir echt zu dumm. Und ja, da bin ich gegangen. Okay! Das war jetzt nicht souverän.«

»Sondern?«, fragte Barbara freundlich.

»Kindisch«, schnappte Carola. »Und ja, ich geb es zu: Meine Reaktion hatte nicht wirklich etwas mit dir, Resi, Lenz oder dem Secklerhof zu tun. Du hast mich an meine Mutter erinnert«, erzählte Carola dem blauen Himmel. Was sich als viel einfacher herausstellte, als Resi dabei anzugucken. »Über lange Zeit in meinem Leben hatte ich nicht das Gefühl, dass ich mein Leben lebe, sondern eins, das meine Eltern sich für mich ausgedacht hatten. Es ging mir schlecht dabei. Irgendwie habe ich es geschafft, mich aus diesem Sumpf wieder rauszuziehen.«

»Red weiter«, sagte Barbara sanft.

»Ich hab lange gebraucht, um zu verstehen, dass ich das machen muss, was in mir ist. In mir allein. Und dazu gehört nicht, deine Vorstellungen zu verwirklichen, Therese Meisinger.« Carola zog die Nase hoch.

»Weiter.«

Carola holte Luft. »Ich pack das nicht, dieses ›Tu dies, tu das, lass dies, lass das‹. Ich krieg keine Luft mehr. Deshalb bin ich gegangen.«

»Wenn du das so sagst, versteh ich das«, kam es von Barbaras anderer Seite.

»Dürfen wir uns aufsetzen, Barbara?«, fragte Carola. »Ich

glaub, ich hab kapiert, was du von uns wolltest. Und ich verspreche dir auch, Resi nicht an die Gurgel zu gehen.« Sie schlug die Beine unter und sah, dass hinter ihrer Freundin Resi auftauchte und ihr zunickte.

»Was Barbara uns auf ihre unnachahmliche Art und Weise klarmachen will, ist, dass wir komplett aneinander vorbeigeredet haben, Resi. Gut, sehe ich ein, gebe ich gern zu. Aber«, sie hob einen Finger, »ich bin nicht von Schleswig-Holstein erst nach Berlin und dann nach Bayern gegangen, damit nicht mehr meine Mutter, sondern du über mein Leben bestimmst. Das funktioniert nicht mit mir. Da bin ich raus.«

»Resi? Was sagst du dazu?«, fragte Barbara.

Die Angesprochene schlug die Augen nieder und bearbeitete einen Stängel Weizen. »Mei, was soll ich sagen? Wenn die Caro das so erklärt, kann ich das nachvollziehen.« Sie sah auf und warf den Halm weg. »Das ändert aber nichts daran, dass es so, wie's ist, nicht weitergehen kann.«

Caro hob die Schultern. »Aber Resi, ehrlich, wenn dir der ganze Kladderadatsch zu viel wird, dann gib doch etwas ab. Du hast schon recht: Deine Söhne leben zwar auf dem Hof, kümmern sich aber nicht um ihn. Und da sie von allein nicht auf die Idee kommen mitzuarbeiten, musst du es eben anordnen.«

»Anschaffen nennt man das in Bayern«, grinste Barbara.

»Meinetwegen, dann schaff es ihnen an«, erwiderte Carola. »Tom soll sich meinetwegen um den Obstgarten, das Grünland und die Stadel kümmern, Lenz ums Haus. Am besten, du setzt dich mit ihnen zusammen und stellst einen Plan auf. Dann und dann soll das und das erledigt sein. Und einmal im Monat geht ihr schick zusammen essen und haltet dabei ein Managementmeeting ab. Kannst du sogar von der Steuer absetzen.«

Resi sah ihr in die Augen. »Meinst du wirklich, das funktioniert?«

»Mei. Probier es halt aus. Meine Unterstützung hast du. Das klappt auf jeden Fall eher, als deine Söhne dazu zu verdonnern, Nachfolger in die Welt zu setzen.« Sie holte Luft. Eine Sache musste sie noch loswerden. »Wenn Lenz und ich uns entscheiden, ein Kind zu kriegen, dann, weil *wir* es wollen.« Und nicht du. Aber den Zusatz verkniff sie sich. »Aktuell steht das aber nicht zur Debatte. So, Leute, was machen wir jetzt?«

»Anstoßen.« Barbara zog aus ihrer Tasche eine Flasche Prosecco und drei Gläser hervor, die sie aus einem Geschirrtuch auswickelte. »Auf den schönen Abend.«

»Woher wusstest du, dass wir uns vertragen?«, lachte Carola.

Barbara ließ den Korken knallen. »Ich wusste es nicht, aber ich habe es gehofft. Schließlich kenne ich euch zwei ein bisserl.« Sie goss ihnen ein. »Prost. Auf unsere Freundschaft.«

Carola hob ihr Glas. Goldenes Abendlicht fiel durch die Bäume und brachte das gekämmte Getreide zum Leuchten. Eine himmlische Hand hatte zarte Schleierwolken auf den Himmel getupft. Es roch noch immer nach Erde und Stroh und irgendwie nach Sommer. Vielleicht kannte sie die Bayern wirklich schlecht, wie Andi Prestele gesagt hatte. Weil sie Schleswig-Holsteinerin war. Und zwar bis in die Molekularstruktur. Aber ihr Herz ging auf, wenn sie sich der Landschaft hingab. Gerade hier, am südlichen Ammersee.

»Ist es nicht schön hier?«, fragte Barbara strahlend.

»Geradezu überirdisch«, antwortete Carola, als ihr Blick auf eine schmale Gestalt im Sommerkleid fiel. »Schau mal, wer da schon wieder ist. Joseffa Albrecht. Fehlt eigentlich nur noch Bernadette Aigner, dann ist der Club der einsamen Unternehmergattinnen heut Abend wieder vollzählig.«

»Ich möchte wirklich wissen, was mit dene zwei Weiber los ist«, sagte Barbara. »Erst kommen s' zu mir und lassen sich komplett umstylen, dass du die beinah nicht mehr kennst, und dann rennen s' dauernd allein im Kornkreis herum.«

»Ich finde die beiden auch superschräg. Wisst ihr, dass die immer vollkommen ergeben neben ihren Männern hocken, wenn die was sagen? Das ist richtig bizarr.« Wieder einmal dachte Carola an das Weißwurstfrühstück bei ihrem Chef zurück.

»Also so gut kann es um diese Ehen nicht stehen, wenn das stimmt, was ich gehört hab«, erwiderte Resi trocken.

»Was hast du denn gehört?«, fragte Carola.

»Dass deren Männer, sowohl der Aigner als auch der Albrecht, andere haben sollen. Und das hab ich von mehreren gehört.« Resi nippte an ihrem Glas. »Hast du noch ein bisserl, Barbara?«

»Wie, andere?«, fragte Carola. Sollte es doch stimmen, was Andi Prestele behauptet hatte?

»Andere Frauen«, sprang Barbara ein und schenkte nach.

»Der Chemiker und der Unternehmensberater? Nicht der Zimmerer, der Anklam?« Das ist ja mal ein Ding, dachte Carola.

»Der schon auch, aber bei dem ist das nix Neues.« Resi grinste.

»Und das ist wirklich ein Aufreger im Dorf?« Barbara stieß ihr Glas an Carolas.

»Na ja«, antwortete Resi gedehnt, »du hast schon recht, im Grunde ist es wurscht, aber das Maul zerreißen sie sich doch. Weil das eigentliche Ding ist, wer die andere angeblich sein soll.«

»Wieso? Wer denn?« Carola war gespannt, ob sich Resis Geschichte mit der der Wirtin deckte.

Resi nahm noch einen Schluck. Sie genoss sichtlich ihren Auftritt. »Weil sie tot ist.«

»Wer ist gestorben?«, fragte Barbara.

»Die Pressesprecherin vom Landrat, Lisa-Maria Gruber«, antwortete Carola und sah in die erstaunten Gesichter ihrer Freundinnen. Sie hatte nicht gewusst, dass Tratschen so viel Spaß machen konnte.

»Woher weißt du das denn jetzt schon wieder?« Resi betrachtete sie verwundert.

»Das stand doch in der Zeitung. Hatte was am Herzen. Ist vor zwei Wochen einfach umgekippt, oben in Eching am See. Und dass sie ein Verhältnis entweder mit dem Aigner oder dem Albrecht gehabt haben soll, hat mir die Andi Prestele erzählt. Ist das neueste Gerücht im Dorf.« Carola machte eine Pause. »Normalerweise gebe ich nicht allzu viel auf Gerüchte. Aber in diesem Fall muss ich sagen, dass es schon merkwürdig aussieht, wenn die Pressesprecherin des Politikers, der BTI befürwortet, mit einem der Unternehmer ins Bett geht, die direkt von dem BTI-Einsatz profitieren. Wobei der ungute Eindruck nach ihrem Tod komplett auf Aigner und Albrecht zurückfällt.«

»Richtig«, nickte Resi. »Das macht einen sehr schlechten Eindruck. Zumal die zwei auch noch im Gemeinderat hocken. Oder hocken wollen.«

Carola winkte ab. »Das ist Geschichte. Die sind oder werden in Kürze von allen Ämtern zurücktreten beziehungsweise gar nicht mehr antreten.«

Resi blieb der Mund offen stehen. »Rücktritt? Woher weißt du das?«

»Sagen wir mal so«, wiegelte Carola ab, »ich war dabei, als das entschieden wurde. Der Landmaschinenhändler, der Aufkammer, tritt übrigens auch zurück.«

Resi hatte ihren Sekt komplett vergessen. »Und warum? Doch nicht wegen ihrer Liebschaften?«

Carola hob abwehrend die Hand. »Es tut mir leid, das kann ich euch nicht sagen. Aber ich denke mal, ihr werdet es demnächst in der Zeitung lesen.«

Resi schüttelte den Kopf. »Unglaublich. Das alles ist einfach nur der Wahnsinn.«

»Warum?«, fragte Carola.

Resi beugte sich vor. »Weil die Gerüchteküche momentan nicht nur köchelt, sondern regelrecht brodelt. Normal ist das nicht.«

Carola verzog den Mund. »Was soll denn daran ungewöhnlich sein? Wird im Dorf nicht immer getratscht?«

»Schon«, nickte Resi, »aber nicht so. Sonst hörst du immer nur das Übliche. Der hat eine neue Freundin, der lässt sich scheiden, der muss Konkurs anmelden. Die Geschichte mit der Toten am See und dem BTI-Zeug, die ist ganz was anderes. Die Gerüchte kommen von vielen Seiten und verbreiten sich blitzschnell, das ist … wie soll ich sagen? … schon brutal.«

»Ich verstehe immer noch nicht«, sagte Carola. Gerücht war doch Gerücht, oder etwa nicht?

Resi sah ihr in die Augen. »Weil es jemand so aussehen lässt, als ob die Gruber für die wirtschaftlichen Interessen dieser Männer hat sterben müssen. Verstehst du nicht?«

Carola sah sie an. »Aber die Gruber hatte doch was am Herzen?«

Resi zuckte die Schultern. »Ja, aber weiß man, was dahintersteckt? Vielleicht hat sie zu viel gewusst, hatte deswegen Stress und ist darüber gestorben. Könnte doch sein. Und ich hab das nicht nur einmal, sondern von mehreren gehört. Die zerreißen sich das Maul, du glaubst es nicht.«

»Aber es ist doch weder sicher, ob die Gruber wirklich eine Affäre hatte, noch, mit wem, geschweige denn, ob diese nicht bewiesene Liebschaft in einem Zusammenhang zu einem der Unternehmen steht, oder?«

»Caro, hat dir eigentlich schon mal jemand gesagt, dass du manchmal wahnsinnig schwer von Begriff bist? Genau das ist doch der Punkt. Deshalb wird's weitererzählt. Weil man's nicht weiß und es irre viel Raum für Spekulationen gibt. Also wenn du mich fragst – die sind erledigt. Können sich gleich einsargen lassen.« Resi nickte bedeutsam und nippte an ihrem Glas. »Übrigens ein richtig guter Prosecco, Barbara.«

»Einsargen? Wow. Genau so hat sich die Andi Prestele gestern auch schon ausgedrückt.« Carola dachte nach. »Siehst du einen Grund für diese Art von Gerüchten?«

Resi legte den Kopf schief und schob die Unterlippe vor. »Das ist kein Larifari mehr. Richtig hinterfotzig ist das. Da will jemand die beiden fertigmachen. Ihnen schaden. Das soll wehtun. Das sieht danach aus, als ob jemand sehr lange auf die Gelegenheit gewartet hat, alte Rechnungen zu begleichen.«

»Und wer?« Carola riss die Augen auf. So hatte sie die Sache überhaupt noch nicht gesehen.

»Am naheliegendsten wäre es, wenn das von einer der beiden Ehefrauen kommen würde. Wobei das schon etwas platt wäre. Und eigentlich haben die Weiber es auch nicht nötig, die stehen eh gut da und müssen nicht noch nachtreten.« Resi schlug mit der flachen Hand eine Mücke auf ihrer Wange tot. »Ich nehme mal an, dass Aigner und Albrecht irgendjemandem richtig, und ich meine so richtig, auf die Füße gestiegen sind. Und der schlägt jetzt zurück. Nach allen Regeln der Kunst.«

Fackeln in der Nacht

»Hey, du.« Carola beugte sich zu Lenz hinüber und pikte den Zeigefinger in seine nackte Seite. »Wach auf.« Statt einer Antwort spürte sie seine Hand auf ihrem Oberschenkel.

»Bist du schon wieder scharf auf mich?«, kam es aus dem Kopfkissen. Lenz hob seinen verwuschelten Haarschopf keinen Millimeter.

Carola schob seine Finger, die ein Stück weiter nach oben gewandert waren, von sich weg. »Netter Versuch, aber leider am Thema vorbei.« Sie hielt ihr Smartphone in seine Richtung. »Beni will dich dringend sprechen. Du hast deins ja auf lautlos gestellt.«

Lenz zog die Decke ein Stückchen höher. »Was soll der Schmarrn mitten in der Nacht? Ich hab keine Bereitschaft, und selbst wenn«, er drehte sich um und rutschte an Carola heran, »würd ich jetzt lieber dich –«

Carola legte den Finger an die Lippen, deutete ein Nein an und streckte ihm das Gerät entgegen. »Lenz! Beni ist am Telefon!«

»Sag einmal, was ist denn bloß los?« Lenz rappelte sich in eine sitzende Position auf. »Wenn das nicht wichtig ist«, knurrte er und nahm Carola das Telefon aus der Hand.

»Meisinger«, bellte er und hörte zu. »Wie? – Okay, ich stell auf laut.« Er legte das Telefon auf die Bettdecke. »So, Beni, dann schieß mal los. Was ist so wichtig, dass du uns mitten in der Nacht aus dem Bett schmeißt?«

»Caro, servus noch mal«, kam es aus dem Lautsprecher. »Entschuldigt bitte die Störung. Also, ich hab gerade in der Facebook-Gruppe ›Du kommst aus Diessen‹ was gelesen, was ihr wissen solltet.«

»Moment, Beni.« Carola griff sich ihr Telefon wieder, rief die Facebook-Seite auf und begann zu scrollen. »Was meinst du? Ach herrje, den Post ›Schluss is‹?«

»Genau. Der Autor nennt sich ›Des wird man ja wohl noch

sagen dürfen‹. Ein selten bescheuerter Alias. Wie auch immer, er schreibt, dass ihr da oben auf dem Secklerhof linke Querulanten seid, denen das Maul gestopft gehört. Ein bisschen weiter unten geht's dann weiter mit Netzbeschmutzern, denen man mal so richtig einschenken muss. Den Rest von der Beschimpfung spar ich mir, könnt ihr selber nachlesen. Ach ja, und du, Caro, bist übrigens ›eine g'schlamperte preußische Schixn‹.«

»Aha.« Lenz rieb sich die Augen und gähnte. »Kannst du dir ungefähr vorstellen, wie wurscht mir das ist? Das ist jetzt aber nicht der Grund, weshalb du uns«, er sah auf die Anzeige des Weckers, »deutlich nach elfe aus den Betten wirfst?«

»Lenz, sorry. Wenn's nur um das Geplärre ginge, würd ich dich nicht stören. Aber der Schwachkopf ruft dazu auf, zu euch rauszugehen. Und das finde ich nicht mehr witzig.«

Lenz schnaubte. »Und wenn schon? Spontan fällt mir dazu Hausfriedensbruch, nächtliche Ruhestörung und Nötigung ein. Die wissen schon, dass ich bei der Kripo bin, oder?« Er tippte sich an die Schläfe.

Beni lachte. »Mei, seit wann schert man sich in Bayern um Gesetze? Die wollen ein Haberfeldtreiben bei euch draußen machen, so richtig mit allem Pipapo. Auf einmal wird aus Ruhestörung ganz einfach Brauchtum. Es kann natürlich auch sein, dass die sich nur ein bisserl aufmandeln, aber sich dann doch nicht aufraffen können. Ich weiß es nicht. Ich wollte euch nur Bescheid geben, dann könnt ihr selber entscheiden, wie ihr darauf reagieren wollt. Soll ich die Kollegen auf der Wache alarmieren?«

Lenz warf Carola einen Blick zu. Sie schüttelte den Kopf.

»Nein, Beni, lass mal. Das krieg ich selber hin. Ich mach jetzt Schluss, ich muss mich wieder anziehen. Und danke dir, gell? Moment. Carola will noch was von dir.« Er nickte ihr zu.

»Beni, kannst du herausfinden, wer hinter diesem Alias steckt?«

»Gute Idee, Caro, versuche ich mal!«, rief der junge Kommissar, der ganz in seinem Element zu sein schien. »Wenn ich etwas finde, gebe ich dir Bescheid.«

Lenz lehnte sich in sein Kissen zurück und kratzte sich am

Kopf. »Hat man so was schon gehört? Ein Haberfeldtreiben da bei uns. Na, denen helf ich weiter.« Er schlug die Decke zurück und schwang die Beine aus dem Bett.

Carola sah ihm dabei zu, wie er in seine Hosen fuhr. »Was für ein Ding? Was soll das denn sein?«

Lenz machte eine abfällige Handbewegung. »Ich hab gedacht, heutzutage gibt's das nur noch für Touristen.« Er knöpfte sein Hemd zu. »Früher haben sich die, die meinten, im Dorf was zu sagen zu haben, zusammengerottet, sich die Gesichter schwarz angemalt, falsche Bärte umgehängt und Mützen aufgesetzt, dass keiner sie mehr kennt. Dann sind s' vor das Haus von dem gezogen, von dem sie gemeint haben, dass er ihren Moralvorstellungen widerspricht. Da haben s' dann rumgeplärrt, mitten in der Nacht, und die Sünden von demjenigen aufgezählt, die vermeintlichen. Ein öffentliches Schandgericht sozusagen. Im Grunde Selbstjustiz.« Er streifte sich ein Sweatshirt über und zog den Gürtel enger. »Denen helf ich rein in die Schuh, das sag ich dir.«

Carola hatte ihn noch nie so aufgebracht gesehen. »Mein Bauchgefühl sagt mir, dass du sie nicht provozieren solltest. Lächele sie lieber in Grund und Boden.«

»Du schon wieder.« Lenz drückte ihr einen flüchtigen Kuss aufs Haar und polterte die Treppe hinunter. Sie hörte ihn Türen aufreißen und wieder zuschlagen. Bildete sie sich das ein, oder fluchte er wie ein Kesselflicker? Sie griff nach ihrem Telefon, stand auf, zog sich eine Jacke über, schlich die Treppe nach unten und huschte in die Küche. Im Halbdunkel der LED-Leuchten der Küchengeräte fand sie den Weg auf die Eckbank, setzte sich und starrte in die Nacht hinaus.

Wo waren eigentlich Tom und Resi? Von Lenz' Bruder war anzunehmen, dass er gerade eins seiner Gspusis glücklich machte. Aber Resi? Hatte die sich nicht mit einer Freundin treffen wollen?

Carola starrte in die Nacht und sah … nichts, sosehr sie sich auch anstrengte. Draußen war es dunkel und still. In der ersten Zeit auf dem Secklerhof hatten sie die nächtliche Ruhe und Lichtlosigkeit irritiert. Sie war den Lärm und die Helligkeit der

Großstadt gewohnt, vierundzwanzig Stunden am Tag. Auf dem Secklerhof war davon nichts zu sehen und zu hören. Von ganz in der Ferne leuchtete München herüber, ab und an der Mond oder die Milchstraße herunter, aber meistens war es nachts stockfinster. Wenn sie vor dem Haus stand und sich nicht bewegte, konnte sie die Tiere im nahen Wald rascheln hören. Mehr nicht. Auf der Eckbank kauernd konnte sie nur das gleichmäßige Brummen des Kühlschranks hören.

Carola gähnte. Falscher Alarm? Alles nur ein Satz mit x? Vorsichtig öffnete sie eines der Fenster und lauschte angestrengt in die Nacht hinein. Immer noch nichts. Wieder zerrte ein Gähnen an ihrem Kiefer, und sie wollte schon das Fenster schließen, als sie das Scheppern von Kuhglocken vernahm.

Unglaublich, da kamen sie. Tatsächlich. Adrenalin kribbelte durch ihre Adern, plötzlich war sie hellwach. Wenn ihre Sinne ihr keinen Streich spielten, hörte sie zwischen den Glockengeräuschen Stimmen und Getöse, das entstand, wenn Kochlöffel auf Töpfe geschlagen und Ratschen durch die Luft geschwenkt wurden. Sekündlich kam der Klangbrei näher, schon meinte sie, erste Worte ausmachen zu können. Was brüllten die? »Warris«? Und plötzlich sah sie den Schein der ersten Fackel.

Nicht lustig, dachte sie ein paar Minuten später. So muss es sich anfühlen, wenn der Ku-Klux-Klan bei dir vor der Tür steht. Total bedrohlich. Der einzige Unterschied ist, dass die Typen, auf den ersten Blick alles Männer, keine weißen Zipfelmützen, sondern verfilzte Perücken, Seppelmützen und lange Weihnachtsmannbärte tragen. Beleuchtet von den Fackeln, sie schätzte sie auf zwanzig, womöglich auch mehr, standen die seltsamen Gestalten vor dem Haus, ihre Gesichter mit Ruß beschmiert. Auf Anhieb erkannte sie niemanden.

Laut schreien können sie schon, dachte Carola. Einer hatte sich aus der Menge gelöst und trug im Licht seiner Fackel in tiefstem Bayerisch etwas vor, das er von einem zerknüllten Zettel ablas. Alle naselang riss er die Hand mit dem Papier in die Höhe und schrie: »Is des wahr?«

»Wahr is's!«, brüllte dann seine Gefolgschaft zurück und bearbeitete die Glocken, Ratschen und Töpfe. Der Lärm war ohrenbetäubend.

Jetzt ist auch noch das letzte Rehlein wach, dachte Carola und gähnte herzhaft. Wie lange sollte das so weitergehen? Trotz ihrer Angst überkam sie die Müdigkeit. Wie gern wäre sie zurück ins Bett gegangen und hätte sich die Decke über den Kopf gezogen. Warum tat Lenz denn nichts? Warum rief er nicht einfach seine Kollegen an? Die könnten kommen, die ganze Bande in ein paar Mannschaftsbusse stecken, und gut wär's. Sie rieb sich die Augen. Manchmal gingen ihr diese Bayern so was von auf den Geist. Sie ließ die Hände sinken. Vor dem Haus wurde es plötzlich ruhig. Vorsichtig drückte sie das Fenster etwas weiter auf.

Lenz' Bariton tönte durch die Nacht.

»... bei Gelegenheit herausfinden, was mir die Ehre verschafft, dass ihr zu so später Stunde zu uns rauskommt.«

Angestrengt lauschte Carola. Sie konnte Lenz nicht sehen, er musste im Eingang stehen, verdeckt von der Tür. Eine einzelne Kuhglocke klimperte leise. Über den Köpfen der Männer flackerten die Fackeln und beleuchteten unbewegliche schwarze Gesichter. Ein undefinierbares dumpfes Brummen hing in der Luft.

»Wie schon gesagt, ich find's griabig, wie ihr unser Brauchtum pflegt. Respekt, das verdient Anerkennung.«

Aus einer Kuhglocke wurden zwei, ein paar von den Männern klatschten. Gleich hast du sie, dachte Carola. Musst ihnen nur noch ein bisserl mehr Honig um die Bärte schmieren, im wahrsten Sinne des Wortes.

»Und weil ich dafür bin, dass unsere bayerischen Traditionen gelebt werden, werde ich auch keinen von euch wegen Ruhestörung und Landfriedensbruch anzeigen.«

Ohrenbetäubendes Glockenläuten und Gebrüll war die Antwort. Das war jetzt nix, Lenz, dachte Carola, du sollst sie doch beruhigen, nicht noch mehr gegen dich aufbringen. Als ihr Telefon vibrierte, nahm sie den Anruf reflexartig entgegen.

»Hab rausgefunden, auf wen dieser schwachsinniger Alias ›Des wird man ja –‹«, klang Benis Stimme aus dem Lautsprecher.

»Jaja, jetzt mach's halt nicht so spannend«, flüsterte Carola, das Telefon zwischen Ohr und Schulter geklemmt. Wie blöd, dass sie Lenz nicht sehen, sondern nur hören konnte. Was machte er noch da draußen?

»War eigentlich ganz leicht. Du wirst es nicht glauben, aber der Account ›Des wird man ja wohl noch sagen dürfen‹ läuft auf Lisa-Maria Gruber.«

»Was?« Carola fuhr herum. »Die Pressesprecherin? Das kann nicht sein. Die Frau ist tot.«

»Dass sie Pressesprecherin war, weiß ich, Caro«, antwortete Beni sachlich. »Auch dass sie tot ist, ist mir bekannt. Ich gehe davon aus, dass jemand Zugang zu ihren E-Mail-Accounts hat, ihre Passwörter kennt und sie genutzt hat, um einen neuen Account mit diesem idiotischen Alias anzulegen.«

»Da kommen bestimmt viele in Frage. Freunde, Familie.«

»Wenn sie so blöd war, in ihrem nahen Umfeld ihre Passwörter zu verteilen, dann auf jeden Fall«, antwortete Beni. »Aber vielleicht ist es auch jemand aus ihrem beruflichen Kontext. Es muss sich schon um jemanden handeln, der vom Ammersee kommt, sonst wäre er ja nicht Mitglied dieser Gruppe.«

Carola starrte wieder aus dem Fenster, um zu sehen, was sich dort tat. »Danke für die Info, Beni, ich werd gleich mit Lenz darüber sprechen.«

»Wie läuft's denn so?«, fragte Beni neugierig.

Auf dem Hof geriet die Menge ein bisschen in Bewegung.

»Gut, würde ich sagen. Ein paar sind tatsächlich gekommen, aber es ist schon deutlich ruhiger geworden. Beni, servus.« Sie drückte das Gespräch weg und setzte sich unter das geöffnete Fenster.

»So, und weil's heut so schön ist und ich wieder ins Bett will, weil ich morgen früh zum Dienst muss, hab ich euch ein Tragerl Bier hergestellt«, hörte sie Lenz sagen. »Bedient euch einfach und dann gehts heim. Servus, habe die Ehre.«

Die Glocken, Ratschen und Töpfe schwiegen, dafür konnte Carola hören, wie die Tür ins Schloss gezogen wurde.

»Caro? Bist du da?«, rief Lenz leise.

»Hier«, antwortete sie und rutschte aus der Bank.

Er öffnete die Küchentür und steckte den Kopf in den Raum. »Was tust du denn in der stockfinsteren Küche?«

Sie lächelte ihn an. Wenn er wüsste, wie süß er aussah, barfuß in Jeans, Hemd und Sweatshirt. Glatt zehn Jahre jünger als in seinem sonst oftmals so formellen Outfit.

»Auf dich aufpassen. Wenn das aus dem Ruder gelaufen wäre, hätte ich die Wache alarmiert.«

Lenz machte eine wegwerfende Handbewegung. »Ach, Hunde, die bellen, beißen nicht.«

Carola zog die Augenbrauen in die Höhe. *»Better safe than sorry«*, konterte sie. »Übrigens, Beni hat rausgefunden, dass Lisa-Maria Gruber den Beitrag veröffentlicht hat.«

»Die tote Pressesprecherin? Was soll denn der Schmarrn?« Er unterbrach sich. »Lass uns wieder nach oben gehen.« Er legte den Arm um Carola. »Das war fei anstrengend, das sag ich dir. Ich bin hundsmüd.«

Sie umfasste seine etwas füllige Taille und ging mit ihm Richtung Treppe. »Mich brauchst du nicht zu fragen. Ich verstehe das alles sowieso nicht. Was sollte die Aktion? Auf jeden Fall wollte derjenige, der sie initiiert hat, unerkannt bleiben. Und er oder sie muss der armen Frau nahegestanden haben, sonst wüsste er nichts von ihren Konten und Passwörtern. Beni meinte, dass auch jemand aus dem beruflichen Umfeld der Gruber in Betracht dafür kommen könnte.« Sie stoppte in der Bewegung. »Mei, ich bin so blöd. Vielleicht weiß ich sogar, wer es ist. Obwohl, vielleicht sind's sogar zwei.«

Lenz verstärkte seinen Griff um ihre Körpermitte. »Komm, Spatzerl, das kannst du mir auch im Bett erzählen.«

»Werd nicht albern, Lenz.« Carola schüttelte seinen Arm ab. »Die Tratschtanten im Dorf erzählen, dass Albrecht und Aigner fremdgehen. Einer von beiden oder auch beide, wer weiß, soll ein Verhältnis mit der Gruber gehabt haben. Und dann diese Aktion eben, die nur dazu diente, uns anzuschwärzen. Unter dem Deckmantel der Gruberin. Was sagst du dazu?«

Lenz umfasste sie wieder. »Ich sage dazu, dass Albrecht und

Aigner richtige echte Probleme haben. Aber bestimmt keine, die ihr Liebesleben betreffen.« Er ließ Carola los. »Außerdem weiß ich dank deines Hinweises bezüglich P. A. schon länger, dass die Gruber und der Aigner sich zumindest kannten.«

Carola legte ihm ihre Hände auf die Brust. »Das ist alles?«

Lenz dachte nach. »Okay, ich gebe deinen Hinweis, dass einer oder zwei der Verdächtigen in dem Betrugsfall ein Verhältnis mit der verstorbenen Pressesprecherin des Landrats hatten, an die Kollegen von der Bundespolizei weiter. Die leiten nämlich die Ermittlungen. Bist du jetzt zufrieden? Können wir jetzt wieder ins Bett gehen?«

Carola starrte sein Sweatshirt an und antwortete nicht.

»Spatzerl, jetzt sei nicht so. Die Kollegen werden den Hinweis überprüfen, und vielleicht ergeben sich daraus neue Erkenntnisse. Du hast doch selber gesagt, es sind Gerüchte. Was meinst du, wem schon alles ein Kind angedichtet wurde und von wem. Und wer wen angeblich verlassen hat und wer mit wem ein Verhältnis gehabt haben soll. Uferlose Geschicht'.«

Carola blieb stehen. »Es geht mir doch nicht darum, ob der Aigner oder der Albrecht ein Verhältnis mit der Gruber hatten. Einer von beiden hat die Identität der Toten genutzt, um dieses Affentheater eben anzuzetteln. Und du kannst mir nicht erzählen, dass es dabei um dich als Privatmann ging. Du hast die doch nicht herbestellt, weil uns so langweilig ist und wir Unterhaltung brauchen. Du als Ermittler warst gemeint.«

Lenz lachte. »Vielleicht.« Er öffnete die Tür zu seiner Wohnung. »Aber es lohnt sich auch nicht, aus einer Mücke einen Elefanten zu machen. Der Staat mischt sich nicht in das Privatleben seiner Bürger ein, so ist das nun mal. Was mich mehr interessiert als die Frage, wer mit wem was hatte, ist, wofür der ganze Aufwand heute Abend gut sein sollte.«

Carola kniff in seinen Rettungsring. »Na, das ist doch logisch. In meiner Welt nennt man so was Reputationsmanagement. Wenn ich es richtig verstanden habe, ist ein Haberfeldtreiben ein analoger Shitstorm auf Altbayerisch.«

»Shitstorm.« Lenz stöhnte. »Ich kann's echt nicht mehr hören.

Beni erzählt die ganze Zeit schon von dem Zeugel. Jetzt fängst du auch noch mit dem Schmarrn an.«

Carola schüttelte den Kopf. »Das ist kein Schmarrn. Heute Abend ging es darum, deine Reputation zu beschädigen und damit deine Position zu schwächen. Du solltest öffentlich in den Dreck gezogen werden. Dein Wort sollte hinterher weniger wert sein als vorher. Wenn ich's mir recht überlege, eigentlich eine sehr bösartige Intrige.«

»Die dann aber gründlich in die Hose gegangen ist«, antwortete Lenz. »Die haben sich alle eine Halbe aus dem Kasten gezogen und sind ganz friedlich gegangen. Ohne irgendwie zu maulen. Ich behaupte sogar, dass ich jetzt besser dastehe als vorher.«

»Willst du eigentlich was deshalb unternehmen? Ermittlungen aufnehmen, meine ich.« Carola schlüpfte ins Bett und zog ihre Decke bis ans Kinn.

»Warum sollte ich? Es ist ja nichts kaputtgegangen. Nur mein Schlaf.« Lenz gähnte ausgiebig. »Meine Meinung in solchen Angelegenheiten ist eigentlich, dass es sich nicht lohnt, sich aufzuregen. Ich glaube sogar, dass es den Rädelsführer am meisten fuchst, wenn ich nicht reagiere.« Er ließ sich in die Kissen sinken. »Lass gut sein. Um Aigner, Albrecht und Aufkammer kümmert sich die Bundespolizei.«

Carola stützte ihren rechten Ellbogen auf und legte ihren Kopf in die Hand. »Dir trau ich sogar zu, das durchzuhalten. Damit fällt die Intrige komplett in sich zusammen.« Sie lachte leise. »Überleg mal. Entweder Albrecht oder Aigner hat das Haberfeldtreiben heute Nacht angezettelt, um dich bloßzustellen und gleichzeitig von sich und seinen Machenschaften abzulenken. Für einen von beiden ist es der finale Super-GAU, dass du die Bande einfach lässig wieder heimgeschickt hast. Der steht jetzt endgültig vor den rauchenden Trümmern seines Lebens.«

Allein, allein

Das ergibt doch alles keinen Sinn, dachte Lenz und zog den Bauch ein, um einen Kriminaltechniker durchzulassen. »Was denkst du?«, raunte er Franz zu, der etwas näher an ihn herangerückt war. Statt ihm zu antworten, sah sein Kollege stur geradeaus. Hatte Franz gerade etwas gebrummt? Sollte das neuerdings eine Antwort sein? War er der Einzige von ihnen beiden, der noch in ganzen Sätzen sprach?

Lenz zog eine Augenbraue hoch. Nun gut. Dann eben nicht. Er fühlte sich wie eine Sardine, eingepfercht zwischen zwei an die Wand geschobenen Besucherstühlen und Franz. Sein Blick wanderte wieder in die Raummitte zurück. Seit zehn Minuten beobachteten sie gemeinsam die Szenerie, die sich ihnen bot: zwei aufgepflanzte Scheinwerfer, deren gleißendes Licht auf den Schreibtisch vor ihnen gerichtet war, Kriminaltechniker in weißen Schutzanzügen, die Oberflächen einpuderten und für Lenz nicht sichtbare Fasern und Partikel in kleine Plastiktüten verpackten, und immer wieder das grelle Aufflammen eines Blitzlichtes, wenn ein anderer Techniker jeden Winkel des nüchternen Büros fotografierte, in dem sie sich befanden.

Sämtliche Aufmerksamkeit konzentrierte sich auf das graue Möbelstück vor ihnen, das aus unaufgeregtem Stahl und Kunststoff bestand und auf dem sich Bildschirm, Tastatur und eine Unterlage befanden. Dahinter lag mehr, als dass er saß, ein Mann auf einem schlichten, mit schmutzabweisendem Stoff bezogenen Bürostuhl. Er trug Jeans, Karohemd und Laborkittel. Sein Kinn berührte fast die linke Seite seines Brustkorbs, sodass von seinem Gesicht nur die Stirn und das rechte Profil zu sehen waren. Der rechte Arm lag in seinem Schoß, der linke hing über der Armstütze. Auch der Oberkörper war etwas nach links gekippt.

Lenz entschloss sich, einen neuen Versuch zu unternehmen. »Gibt es schon Erkenntnisse zum Todeszeitpunkt?«, fragte er leise.

»Heute ist Freitag. Gestern wurde hier ganz normal gearbeitet, da ist meiner Meinung nach der Schluss zulässig, dass er tagsüber von Angestellten gefunden worden wäre. Also eher irgendwann heute Nacht.« Franz hatte seinen Blick nicht von dem Toten genommen.

»Wer hat ihn gefunden?«, flüsterte Lenz.

»Jemand von der Reinigungsfirma. Ganz klassisch. Deren Mitarbeiter haben Zugangskarten. Kommen morgens um fünf. Haben sofort den Notruf gewählt.« Franz schien kurz nachzudenken. »Beim Stichwort Aigner haben uns die Kollegen der Schutzpolizei sofort alarmiert.«

Lenz nickte. »Was hat der Notarzt gesagt?«

Franz hob die Schultern. »Nicht viel. Hat den Tod festgestellt. Äußerlich ist Aigner unversehrt.«

Lenz spürte Magensäure in seiner Speiseröhre aufsteigen. Auch das noch. »Irgendwelche Hinweise auf einen Einbruch?«

Franz gab seine Position noch immer nicht auf. »Bisher nein. Die Türen sind allesamt in Ordnung. Zumindest hat keiner der Kollegen bisher etwas anderes gemeldet. Wir wissen auch schon, dass niemand unbemerkt das Gebäude betreten kann. Es gibt eine elektronische Schließanlage, sodass der Eingang immer verschlossen ist und nur mit besagten Zugangskarten geöffnet werden kann.«

»Wir müssen sicherstellen, dass sich wirklich nur Zugangsberechtigte im Gebäude befunden haben. Irgendwelche Anzeichen von Fremdeinwirkung?« Lenz schluckte den sauren Geschmack in seinem Mund wieder herunter. Er hatte Durst. Er wollte hier weg. Und er brauchte Urlaub.

Franz schüttelte den Kopf. »Wie gesagt, dem ersten Augenschein nach nicht. Es sind keine äußeren Verletzungen erkennbar, auch die Kleidung ist nicht beschädigt. Der Notarzt hat nichts gefunden, was auf eine andere Person oder womöglich einen Kampf hindeutet. Muss natürlich noch durch die Obduktion bestätigt werden.«

Lenz nickte. »Hinweise auf einen Suizid?«

»Auch nicht«, antwortete Franz leise. »Kein Abschiedsbrief, nichts.«

»Kollegen?«, unterbrach sie einer der Techniker, der auf der gegenüberliegenden Seite des Schreibtischs neben dem Toten stand. »Das hier solltet ihr euch mal ansehen.«

Lenz stieß sich von der Wand ab, ging um den Schreibtisch herum und warf einen Blick in den herausgezogenen Unterschrank. Neben ihm pfiff Franz leise durch die Zähne.

»Na, das nenn ich mal eine Hausbar. Habt ihr das schon fotografiert?« Als der Techniker nickte, zog Lenz mit behandschuhten Fingern eine Flasche aus dem Schrank und hielt sie in die Höhe. »Ein sehr ordentlicher Cognac.« Er stellte die Flasche zurück und nahm eine andere heraus. »Ein guter Malt. Zwanzig Jahre alt. Sauber, der ist nicht billig.« Er nahm die dritte Flasche heraus. »Die hier ist fast leer. Ein richtig schöner Primitivo.« Er stellte den Rotwein zurück. »Darf ich?«, fragte er den Techniker.

»Nur zu«, antwortete der mit einem Schulterzucken.

Lenz zog die Schublade darüber auf, atmete durch, drehte sich zu dem Techniker mit der Kamera und sagte: »Mach mal bitte ein paar Fotos.«

Er wartete das Blitzlichtgewitter ab, schob ein paar Kinderfotos weiter zurück und hob eine schmale weiß-blaue Packung hoch. »Diazepam. Kenn ich noch unter Valium.« Er öffnete die Schachtel und sah hinein. »Leer. Aber da ist noch mehr. Jemand eine Ahnung, was das ist?«

»Focalin«, antwortete der Techniker. »Wirkt im Gegensatz zu Diazepam aufputschend. Das da«, er zeigte auf eine dritte Packung, »ist Xanax, ein Angstblocker. Und hier«, er gab mit einem Stift einer weiteren Schachtel einen Schubs, »haben wir Sildenafil, besser bekannt als Viagra. Eigentlich ein bluthochdrucksenkendes Mittel. Wird dafür aber selten benutzt.«

»Jesus, Maria.« Lenz ließ den Anblick kurz auf sich wirken. »Korrigiert mich, wenn ich falschliege. Wenn der das alles genommen und womöglich mit Alkohol runtergespült hat, wäre es doch eher ein Wunder, hätte er das überlebt.«

»Ich bin Polizist«, antwortete der Techniker, »und glaube nicht an Wunder. Wenn überhaupt, an Wahrscheinlichkeiten, die ich berechnen kann. Und um deine Frage zu beantworten,

Kollege: Die Wahrscheinlichkeit, dass diese Art von Medikamenten in Kombination mit Alkohol tödlich wirkt, ist hoch. Es gibt sehr prominente Beispiele, die auf diese Art und Weise aus dem Leben geschieden sind. Whitney Houston unter anderem. Zunächst hatte man angenommen, sie sei ertrunken. Später wurde in ihrem Blut eine große Menge Beruhigungsmittel und Alkohol festgestellt. Xanax war übrigens auch darunter.«

Lenz spürte, wie sein saurer Magen in seiner Bauchhöhle herumpolterte. »Dass durchgeknallte Sängerinnen Medikamentenmissbrauch betreiben, ist mir bekannt. Aber Leopold Aigner war kein internationaler Star. Er war Chemiker. Hier, am Ammersee. Mit anderen Worten ein bodenständiger Unternehmer. Naturwissenschaftler noch dazu. Der hat doch zu hundert Prozent gewusst, was er tat. Und wie gefährlich das war.«

Der Techniker erwiderte ruhig seinen Blick. »Whitney Houston war das auch klar, da bin ich mir sicher. Und dass Aigner vom Fach war, heißt noch lange nicht, dass er sein Handeln als riskant eingestuft hat. Gerade unter Experten herrscht oft die Meinung, sie hätten ihren Missbrauch im Griff. Was meinst du, wie viele Mediziner abhängig von Medikamenten sind? Die finden es vollkommen normal, sich ein Präparat einzuwerfen, um abschalten oder einschlafen zu können, und das andere, um am nächsten Tag wieder frisch zu sein.«

»Vielleicht greif ich da vor, aber für mich sieht das hier nach Missbrauch aus.« Lenz verschränkte die Arme vor der Brust.

»War es womöglich auch«, schaltete sich Franz ein. »Aus unserer Perspektive. Dass Aigner das auch so gesehen hat, möchte ich bezweifeln. Für den waren die Medikamente bestimmt nur Mittel zum Zweck. So selbstsicher und unangreifbar, wie der aufgetreten ist.«

»Die Frage ist doch, was jeder von uns für ein Bild von Substanzmissbrauch im Kopf hat. Das sind oftmals Stereotype, die an der Realität vorbeigehen.« Eine neue Welle Magensäure schwappte durch Lenz' Speiseröhre nach oben.

»Du meinst das Bild vom Drogenabhängigen, der auf der Straße lebt«, antwortete Franz trocken.

»Genau. Aber Missbrauch ist Missbrauch. Nehmt zum Beispiel meine Oma. Die war ein Junkie«, sagte der Techniker. »Nach ihrem Tod haben wir in ihrem Kleiderschrank Unmengen an Spalt-Röhrchen und Klosterfrau-Melissengeist-Flaschen gefunden. Alle leer. Oma hat sich regelmäßig in den Orbit geschossen, und keiner hat's gemerkt.«

»Und was soll mir das jetzt sagen?« Lenz runzelte die Stirn. Gleich würde er sich übergeben müssen.

Der Techniker zuckte mit den Schultern. »Nichts. Wir sollten die Obduktion abwarten. Ich gehe davon aus, dass uns der toxikologische Befund weitere Erkenntnisse bringen wird.«

Franz räusperte sich. »Alles schön und gut. Kommen wir mal zum Punkt. Worüber sprechen wir hier eigentlich? Aigner erscheint nach erstem Augenschein unversehrt. Bisher habt ihr keine Anzeichen gefunden, die darauf hindeuten, dass sich heute Nacht außer ihm noch eine Person in der Firma befunden hat. Richtig?«

Der Techniker nickte.

»Auch eindeutige Hinweise auf einen Suizid habt ihr nicht gefunden«, fuhr Franz fort. »Wenn sich diese Spurenlage bestätigt und auch bei der Obduktion nichts anderes festgestellt wird, gibt es meiner Meinung nach nur zwei Möglichkeiten: Aigner hat versehentlich eine tödliche Überdosis eingenommen. Oder er hat es in suizidaler Absicht getan, ohne uns eine Nachricht zu hinterlassen. Wie bewertest du das vor dem Hintergrund der Ermittlungen der Bundespolizei, Kollege?«

Lenz betrachtete den Silberrahmen mit dem Bild einer Frau, der auf der grauen Tischplatte stand. Aigners Frau? Er musste sie angesehen haben, als er starb. Gott, war ihm schlecht. »Du meinst, er hat Suizid begangen, weil seine Geschäftsräume durchsucht wurden, er einen Prozess zu erwarten hatte und deshalb verzweifelt war? Möglich.« Er überlegte kurz. Sollte er es aussprechen? Er tat es: »Über Aigner waren Gerüchte im Umlauf.«

Franz warf ihm einen Blick zu. »Seit wann kümmern wir uns um Gerüchte?«

Lenz hob die Schultern. Er musste hier raus. Und zwar dringend. Und dann würde er Urlaub einreichen. »Vielleicht müssen wir das, jetzt, wo er tot ist.«

»Wenn du meinst«, antwortete Franz gedehnt und wandte sich ab.

Das kann ich nicht auf sich beruhen lassen, dachte Lenz. »Über Aigner wurde erzählt, dass er ein Verhältnis mit Lisa-Maria Gruber hatte«, platzte er heraus.

Franz sah auf. »Nun gut, wir wissen ja bereits, dass die beiden sich kannten. Aber ob eine Affäre an unserer Einschätzung der Lage noch etwas ändert?« Er verzog den Mund. »Ich denke, eher nicht. Die Gruber ist doch schon vor zwei Wochen gestorben. Ich sehe zwischen den beiden Vorfällen keinen Zusammenhang.«

»Auch nicht, wenn jemand heute Nacht die Identität der Gruberin benutzt und in der Facebook-Gruppe ›Du kommst aus Diessen‹ zu einem Haberfeldtreiben gegen mich aufgerufen hat? Um mich einzuschüchtern und meinen Ruf in der Öffentlichkeit zu beschädigen? Ist bloß nichts dabei rausgekommen. Ich hab ein paar Halbe spendiert und die Bande wieder heimgeschickt.«

Franz lachte auf. »Was willst du mir jetzt damit wieder sagen? Dass der Aigner dahintersteckt, der sich damit gegen unsere Ermittlungen zur Wehr setzen wollte? Seinen angeschlagenen Ruf damit retten wollte? Indem er dich an den Pranger stellte? Als letztes Aufbäumen sozusagen? Um dann Suizid zu begehen, weil es nicht funktioniert hat?« Er schüttelte den Kopf. »Das ist doch so was von an den Haaren herbeigezogen, das glaubst du doch selber nicht.«

Lenz starrte den Mann an, der zur Seite gekippt auf seinem Chefsessel saß und so gar nicht mehr nach Boss aussah. Aber was, wenn es ganz genau so gewesen war?

Frau in Schwarz

»Was erhoffst du dir eigentlich von unserem Besuch?« Franz blieb abrupt stehen.

»Wie, was erhoffe ich mir? Erkenntnisse natürlich.« Lenz hielt neben seinem Kollegen an und stopfte sich die Hände in die Hosentaschen. Der Frühsommer hatte heute eine Pause eingelegt. Graue Wattewolken hingen wie eine riesige schmuddelige Bettdecke über dem Land. Aus der Ferne leuchteten die Raistinger Satellitenschüsseln herüber. Es war kühl und roch nach Regen.

»Hat das nicht Zeit bis Montag?«

Lenz hörte einen Vorwurf aus Franz' Stimme heraus. Oder bildete er sich das ein? Sah und hörte er langsam Gespenster? Carola hatte heute Morgen auch alles andere als erfreut gewirkt, als er ihr erklärt hatte, dass sie die samstäglichen Einkäufe allein machen müsste. »So«, war alles gewesen, was sie gesagt hatte, bevor sie im Bad verschwunden war.

War sie noch müde oder schon genervt? Womöglich verletzt? Einerseits war er erleichtert, dass sie wieder miteinander sprachen und nicht nur Zeit, sondern auch Nächte miteinander verbrachten. Andererseits war ihre Nähe fast schon ungewohnt. Er fühlte sich, was seine Beziehung betraf, unsicher auf seinen Beinen, seine Nerven lagen blank und waren aufgescheuert. Aber auf Befindlichkeiten konnte er jetzt keine Rücksicht nehmen, weder auf seine noch auf die der anderen.

»Nein, hat es nicht«, antwortete er Franz. »Komm jetzt.« Er ging die wenigen Schritte bis zum Eingang des unauffälligen Baus am Rande des Raistinger Gewerbegebietes und drückte auf den Schalter daneben. »Aigner Chemie«, stand darauf. Mit einem Summen öffnete sich die Tür. Vom gestrigen Gewimmel der uniformierten Kollegen und Kriminaltechniker war heute keine Spur mehr. Schweigend umrundete er den verwaisten Empfangstresen und drückte die Klinke einer Tür, die mit »Büro« beschriftet war.

Der Raum sah genau so aus, wie sie ihn tags zuvor verlassen hatten: der schlichte Schreibtisch aus Metall und Plastik in der Mitte, dahinter der schmucklose Bürostuhl mit dem praktischen Bezug. Es fehlten nur die aufgepflanzten Lampen, die alles in gleißendes Licht getaucht hatten, die Techniker, die Proben nahmen, und das Blitzlichtgewitter.

Auch der zusammengesunkene Mann in Jeans, Karohemd und Laborkittel saß nicht mehr auf dem Schreibtischstuhl – sondern eine Frau mit durchgedrücktem Kreuz, gekleidet in ein schlichtes schwarzes Kleid mit langen Ärmeln. Ihre gesträhnten blonden Haare hatte sie sich zu einem strengen Zopf gebunden, das blasse Gesicht war ungeschminkt. Tiefe blauschwarze Halbmonde lagen unter ihren Augen.

Als Lenz in das Büro trat, nahm sie die Hände von einem kleinen silbernen Laptop vor sich.

»Meine Herren«, sagte sie leise.

»Grüß Gott, Frau Aigner«, antwortete Lenz. »Meisinger, Pollinger, Kripo Weilheim. Mein Beileid.«

»Danke«, entgegnete die Witwe knapp und klappte den Laptop zu. »Was kann ich für Sie tun?«

Lenz zog sich einen der Besucherstühle heran und setzte sich, Franz tat es ihm nach. »Uns ein paar Fragen beantworten. Wenn Sie sich dazu in der Lage fühlen.«

Bernadette Aigner lehnte sich in dem Bürosessel zurück. »Sonst hätte ich unserem Gespräch wohl nicht zugestimmt. Aber bevor Sie anfangen, sagen Sie mir doch bitte, wann ich die Sachen meines Mannes zurückbekomme.«

»Warum interessiert Sie das, wenn ich fragen darf?«, erwiderte Lenz. Was wollte sie damit? Hatte eine Witwe nicht andere Sorgen? Zum Beispiel, eine Beerdigung zu organisieren?

Sie musterte ihn mit einem kühlen Blick. »Ich hatte, wie Sie sich vielleicht vorstellen können, eine schlaflose Nacht. Nicht nur musste ich meinen Kindern erklären, dass ihr Vater nicht mehr lebt …« Sie unterbrach sich, nahm ein Taschentuch aus einer Packung auf dem Tisch und fuhr sich über die Augen.

Lenz schwieg. Zum zweiten Mal an diesem Morgen war er

einer Frau auf die Füße gestiegen. Offensichtlich würde dieser Samstag nicht als sein feinfühligster in die Geschichte eingehen.

Bernadette Aigner holte Luft und richtete sich auf. »Ich sehe mich auch in der Situation, das Erbe meines Mannes antreten zu müssen. Und das erscheint mir alles andere als erfreulich zu sein.«

»Was meinen Sie damit, Frau Aigner? Wenn Sie mir die Frage erlauben«, schaltete Franz sich ein.

Die Witwe warf ihm einen dankbaren Blick zu. »Ich meine damit, dass mein Mann zwar tot ist, seine Probleme aber nicht mit ihm gestorben sind. Ich stehe schon in Kontakt mit einem Anwalt. Und ich habe den halben Morgen damit verbracht zu googeln. Wie es ausschaut, muss die Summe, die mein Mann, wie soll ich sagen«, sie fuhr mit den Händen durch die Luft, »ergaunert hat, an die Staatskasse zurückgezahlt werden.«

»Und das betrifft Sie inwiefern?«, fragte Lenz.

»GmbH-Gesetze sind Ihnen vielleicht ein Begriff?« Die Witwe strich sich eine lose Haarsträhne hinter das Ohr. »Mir bis heute ehrlich gesagt nicht. Bei Straftatbeständen haftet ein GmbH-Geschäftsführer persönlich mit seinem gesamten Vermögen. Im Falle meines Manns betrifft das also nicht nur die Firma hier«, ihre rechte Hand beschrieb einen Kreis, »sondern auch seinen privaten Besitz. Und da hänge ich mit dem Haus, mit den Konten, mit einfach allem drin.« Sie beugte sich etwas vor. »Ich sitze hier und schreibe mit meinem privaten Laptop E-Mails an die Banken, Lieferanten und Kunden. Es wäre schön, wenn ich demnächst wieder die Rechner der Firma nutzen könnte.«

»Das heißt, Sie treten die Nachfolge Ihres Mannes an?«, fragte Lenz.

»Erstaunt Sie das?«, gab Bernadette Aigner zurück. »Was genau daran? Dass ich eine Frau bin oder dass ich es überhaupt tue? Ich denke, Sie haben es immer noch nicht verstanden: Es bleibt mir nicht viel anderes übrig, es sei denn, ich lasse die Firma vor die Wand fahren und gehe in die Privatinsolvenz. Ich muss zumindest versuchen, das Ruder herumzureißen.«

»Was wissen Sie über die Geschäfte Ihres Mannes?«, schaltete Franz sich ein.

»Praktisch nichts«, gab sie zurück. »Ich weiß, dass er als Chemiker ein Unternehmen für chemische Produkte aufgebaut hat. Ich habe von Uschi und Seffa von der Zusammenarbeit er–«

»Sie meinen Ursula Aufkammer und Joseffa Albrecht?«, unterbrach Franz sie.

»Richtig«, bestätigte sie. »Wir drei kannten uns bisher nur flüchtig. Von politischen Veranstaltungen. Bisher wusste ich von den beiden nur, dass unsere Männer miteinander Geschäfte gemacht haben.« Sie stutzte. »Aber das interessiert Sie nicht. Sie wollen wissen, ob ich von dem Betrug meines Mannes Kenntnis –?«

»Hatten Sie?«, unterbrach sie Franz.

»Nein«, antwortete sie ruhig, »das hatte ich nicht.«

»Werden Sie denn den geschäftlichen Kontakt zu dem Landmaschinenhandel und dem Beratungsunternehmen weiter intensivieren?« Lenz hob die Augenbrauen.

Bernadette Aigners lächelte. »Gut kombiniert, Herr Kommissar. Uschi, Seffa und ich stehen zwar noch ganz am Anfang, aber wir denken schon, dass wir zusammen weitermachen. Ohne Betrügerinnen zu werden, selbstverständlich.«

»Und wie genau?« Lenz betrachtete sie mit wachsendem Interesse.

»Uschi ist der Meinung, dass ihr Mann den neuen Technologien gegenüber viel zu ablehnend gegenüberstand. Der hatte nur Sinn für den guten alten Maschinenbau.« Sie lächelte freundlich.

»Stimmt«, antwortete Lenz. »Ihn interessierten nur die großen Bulldogs.«

»Genau. Die Seffa meint, dass die Zukunft intelligenten Technologien gehört. Nicht nur, aber auch in der Landwirtschaft. Beispielsweise können Drohnen Dünger GPS-gesteuert punktgenau ausbringen. Dafür braucht man keine zweihundertfünfzig PS mehr auf dem Acker. Aber Technik und jemanden, der einen berät.«

Lenz nickte. »Und das wollen Sie zusammen machen?« Zeit, das Thema zu wechseln.

Sie strahlte ihn an. »Wir wollen es zumindest versuchen.«

»Wussten Sie, dass Ihr Mann Sie betrogen hat?« Lenz machte dem Geplänkel ein Ende und fixierte die Witwe ihm gegenüber.

Ihr Lächeln erlosch. Sie sah ihm in die Augen. »Ja«, antwortete sie ruhig.

»Woher?«, bohrte Lenz.

»Eine Frau weiß so etwas«, erwiderte sie. »Es gab genügend Anzeichen.«

»Welche?«, fragte Franz.

»Abwesenheit. Geschäftsreisen. Auf einmal neue Kleidung.« Bernadette Aigner lehnte sich wieder in dem Bürostuhl zurück.

»Wussten Sie auch, mit wem Ihr Mann Sie betrog?«, hakte Lenz nach.

Die Witwe schlug die Augen nieder. »Ist das jetzt noch wichtig?«

Interessant, dachte Lenz. Sie weicht mir aus. »Beantworten Sie doch bitte einfach meine Frage.«

»Formulieren wir es mal so: Dass mein Mann fremdging, war mir klar. Mit wem, war mir am Ende des Tages ziemlich egal.« Sie sah von Lenz zu Franz. »Mich beschäftigt mehr die Frage, ob ich hier weiter mit einem Provisorium arbeiten muss. Also, wann bekomme ich die Unterlagen und den Rechner meines Mannes zurück?«

Warum so zuntig?, dachte Lenz. »Das liegt leider nicht in unserem Ermessen. Die Akten und die Rechner sind beim Bundesstaatsanwalt. Sie müssen sich an die Ermittlungsbehörden wenden, die können Ihnen Auskunft –«

»Kriege ich alles wieder?«, fiel sie ihm ins Wort. »Auch seine Privatsachen?«

»Was meinen Sie damit?«, fragte Franz.

»Na, sein Schreibtisch wurde komplett ausgeräumt.« Wie zum Beweis zog sie eine Schublade auf und klapperte damit. »Aber ich weiß, dass da nicht nur geschäftliche Unterlagen drin waren, sondern auch Privates.«

Lenz erinnerte sich an Kinderbilder und Medikamentenschachteln. »Die Familienfotos?«

»Genau.« Bernadette Aigner nickte. »Er hatte immer Bilder

von den Kindern in seinem Schreibtisch. Und ein Foto von mir stand hier auch.«

Stimmt, dachte Lenz. Die Frau auf dem Bild mit dem Silberrahmen könnte sie gewesen sein. »Solange die Ermittlungen laufen, haben wir diese Gegenstände sichergestellt.«

»Was haben denn die Betrugsvorwürfe gegen meinen Mann mit den Fotos unserer Kinder zu tun?« Ihre Stimme war eine Oktave höhergerutscht.

Lenz fühlte sich ertappt. Was sollte er ihr sagen? Dass er Zweifel hatte? Dass er glaubte, es gehe in der Sache um mehr als nur Betrug? »Wir verfolgen jeden Hinweis. Ich möchte Sie bitten, meine Frage zu beantworten: Wussten Sie, mit wem Ihr Mann Sie betrogen hat?«

Erneut sah sie zu Boden. »Ja«, antwortete sie leise.

»Hatte sich denn Ihr Mann in den letzten zwei Wochen verändert?«, hakte Lenz nach.

Bernadette Aigner stutzte, legte den Kopf in den Nacken und lachte einmal kurz auf. »Wir sprechen hier über die tote Pressesprecherin, gell? Wollen Sie damit andeuten, dass sich mein Mann aus Kummer über den Tod seiner Geliebten das Leben genommen hat?«, fragte sie. »Meinen Sie nicht, dass er ganz andere Probleme hatte?«

Diese Frau ist vollkommen nüchtern, ging es Lenz durch den Kopf. »Dann frage ich Sie anders: Denken Sie, dass der Tod Ihres Mannes beabsichtigt oder unbeabsichtigt war?«

»Wären Sie schockiert, wenn ich Ihnen sagen würde, dass das nicht wichtig für mich ist?«, gab sie zurück.

»Sollte ich es sein?« Lenz sah ihr in die Augen.

Sie hielt seinem Blick stand. »Mich bestürzt, dass mein Mann tot ist. Und dass er offensichtlich über einen längeren Zeitraum Alkohol und Medikamente zu sich genommen hat. Damit Missbrauch getrieben hat.«

»Was Sie –«

»Genau, was ich nicht bemerkt habe. Ich will Ihnen nichts vormachen. Meine Ehe war am Ende. Seit Jahren. Und um auch gleich Ihre nächste Frage zu beantworten: Nein, ich wollte mich nicht trennen. Der Kinder wegen. Reicht Ihnen das als Auskunft?«, fragte sie.

Lenz nickte.

»Hatte Ihr Mann eine Lebensversicherung?«, schaltete Franz sich ein.

»Sagen Sie mal, wollen Sie mir etwas unterstellen?« Bernadette Aigner funkelte ihn an.

»Keineswegs. Antworten Sie einfach auf meine Frage«, erwiderte Franz.

»Mein Mann hat vor zwei Jahren, als er sich mit der Firma selbstständig gemacht hat, eine Versicherung abgeschlossen, aber ich habe keine Ahnung, ob die jetzt zahlt. Auch das muss der Anwalt erst klären. Kommt zu allem anderen noch dazu«, gab sie zurück.

So bitter? »Wussten Sie, dass über Ihren Mann Gerüchte im Umlauf waren?«, fragte Lenz.

»Gerüchte?«

»Frau Aigner, bitte.« Lenz musste an sich halten, um nicht genervt aufzustöhnen.

Erneut strich sie sich die widerspenstige Strähne hinter das Ohr. »Diese Frage können Sie nicht ernst meinen. Wir leben in Bayern. Auf dem Land. Da hat das Tratschen Tradition.«

Wo sie recht hat, hat sie recht, dachte Lenz und nickte kaum merklich. »Über Ihren Mann, aber nicht nur über den, wurde erzählt, dass er und mit wem er ein Verhältnis gehabt haben soll. Eben mit jener Pressesprecherin des Landrats. Dabei wurde der Eindruck erweckt, dass es einen Zusammenhang zwischen dem Job der Dame und seinem Unternehmen gegeben hat.« Er beobachtete die Mimik der Witwe.

»Nun«, antwortete sie ihm unbewegt, »da fragen Sie definitiv die Falsche. Ich weiß nicht, wer was über wen gesagt hat. Aber dass mein Mann ein Verhältnis hatte, habe ich gewusst. Haben Sie mal darüber nachgedacht, dass er sich das alles selber zuzuschreiben hat? Was, wenn er mit ihr gesehen worden ist? Die Leute sind doch nicht blöd. Die können eins und eins zusammenzählen.«

»Wir glauben, dass jemand die Gerüchte bewusst geschürt

hat, Frau Aigner.« Lenz ließ sie nicht aus den Augen. »Der Ruf Ihres Mannes sollte massiv beschädigt werden.«

Die Witwe sah von Lenz zu Franz. »Meine Herren, ich will Ihnen ganz bestimmt nicht nahetreten.« Sie richtete sich in dem Schreibtischstuhl auf. In ihr Gesicht war die Farbe zurückgekehrt. Plötzlich verzog sie kritisch den Mund. »Wobei, wenn ich recht darüber nachdenke, will ich Ihnen sehr wohl nahetreten. Ich habe diesem Gespräch zugestimmt, weil ich mir Informationen über den Verbleib von geschäftlichen und privaten Dingen meines Mannes erhofft hatte. Aber dazu geben Sie mir keine Auskunft. Beziehungsweise schicken mich weiter.« Sie holte Luft. »Mein Mann ist überraschend gestorben, ich muss eine Beerdigung organisieren und ein Unternehmen leiten. Meine gesamte Existenz steht auf dem Spiel. Und Sie fragen mich nach Gerüchten?«

Lenz spürte einen Anflug von schlechtem Gewissen. »Wir gehen jedem Hinweis nach.«

Sie schüttelte den Kopf. »Ich habe den Eindruck, Sie verwechseln hier etwas. Und jetzt entschuldigen Sie mich bitte.« Sie stand auf und ging um den Schreibtisch herum zur Tür. »Ich muss die Firma vor dem Untergang retten.«

Epilog

Regen, wie er nur im November fällt, prasselte auf das Dach. In der Sekunde, in der sie den Schlüssel drehte und das Brummen des Motors erstarb, war nur noch das Geräusch von Tausenden Tropfen zu hören. Carola sah auf die Anzeige im Armaturenbrett. Keine neunzehn Uhr.

Wie immer war sie pünktlich. Überpünktlich. Noch so ein Erbe ihrer preußisch strengen Erziehung, von dem sie sich nicht sicher war, ob es ihr guttat oder nicht. Notiz an mich selbst, dachte sie: Du musst nicht immer die Erste bei jeder Veranstaltung sein. Sie legte den Autoschlüssel in ihren Schoß.

Ein geschenkter Augenblick. Bis zum nächsten Termin waren es noch mehr als fünfzehn Minuten, in ihrem Auto war es warm und kuschelig, und sie war allein. In ihren langen wattierten Mantel gehüllt, lehnte sie sich zurück und sah dem Regen dabei zu, wie er auf die Windschutzscheibe fiel.

Was für ein unerwarteter Moment der Ruhe, dachte sie. Obwohl eh nicht viel geschehen war in letzter Zeit. Praktisch nichts, nüchtern betrachtet. Die Hektik des Sommers hatte sich gelegt, seine Hitze spürte sie nur noch in ihrer Erinnerung. Der Alltag war wieder eingekehrt.

Man konnte es aber auch anders sehen. Worüber hatte sie sich vor wenigen Monaten eigentlich aufgeregt? Sämtliche Probleme waren einfach verpufft. Die Mücken hatten sich in der Hitze des Augusts in Luft aufgelöst und mit ihnen der Ärger über sie. Aufkammer und Albrecht warteten auf ihren Prozess. Es war niemand mehr gestorben, das Leben am westlichen Ammersee war in den Normalbetrieb übergegangen. *End of story.*

Kurz nach Aigners Tod hatte sie ihre Sachen bei Barbara gepackt und war auf den Secklerhof zurückgekehrt. Niemand hatte großes Aufheben darum gemacht. Resi stellte ihr kommentarlos einen Becher Kaffee hin, Tom ignorierte sie wie eh und je. Bloß Lenz war seine Freude über ihr erneutes Zusammenleben mit jeder Faser anzumerken. Sie verbrachten ein paar helle, glückliche Wochen miteinander, spürten einander, wenn sie sich begegneten, ehrlich, warm und tief. Sie hatten sogar ein paar Tage am Gardasee verbracht. Bis sie eines Morgens wahrnahm, dass sich seine Begeisterung ein bisschen abgenutzt hatte. Und tags darauf noch etwas mehr. Unbarmherzig hatte die Routine ihre Krakenarme nach ihnen ausgestreckt. Jetzt ging Lenz wie immer zur Arbeit, sie auch, und Resi stand wieder kochend in der Küche. War am Ende wirklich alles gut?

Carola knibbelte mit dem Zeigefinger ihrer rechten Hand an ihrem Daumen, löste eine Ecke ihrer Nagelhaut und biss sie ab. Seit wann kaute sie eigentlich auf ihren Nägeln herum? Schon ewig, dachte sie. *Bad habits die hard,* allemal diejenigen aus der Kindheit. Sie war einfach nervös und spürte in Momenten der Stille ihre Unruhe. So wie in diesem. Ihr Gehirn schoss einen Gedanken nach dem anderen auf sie ab.

Seit dem Sommerabend mit Barbara und Resi im Kornkreis hatte sie mehr Fragen als Antworten. Wie ging es ihr in der Familie Meisinger wirklich? Was verband sie mit Lenz? Hatte er überhaupt mehr als nur eine grobe Vorstellung von ihr? Oder stattdessen einen Plan, der womöglich von Resi stammte, in dem sie eine Funktion zu erfüllen hatte? Meinte er sie? Und wenn ja, wie konnte er sich sicher sein, dass sie nicht nur vorgab, jemand zu sein. Eine Melodie perlte durch ihren Kopf. *Eigentlich bin ich ganz anders, ich komm nur viel zu selten dazu.*

Ihre Fragen behielt sie für sich. Sprach mit niemandem darüber. Was Kraft kostete. Zudem wusste sie, dass Schweigen auf Dauer nicht funktionieren würde.

Erschöpft schloss sie die Augen und hörte dem Prasseln des Regen zu. *Come on, baby,* du drehst dich doch im Kreis, schalt sie sich. Schleichst um die Frage herum, warum du mit der Caro deiner Kindheit und Jugend nichts mehr zu tun haben willst. Gib's doch endlich einmal zu. Deshalb erst Berlin. Dann Bayern. Und nicht mehr Schleswig-Holstein. Möglichst weit weg. Das andere Ende der Republik war gerade weit genug entfernt für sie.

Falsche Antwort, sagte sie sich. Es ging hier nicht um Kilometer. Falsche Frage sowieso. Die richtige war doch, warum sie keine Luft bekam, wenn jemand ihr vermeintlich Vorschriften machte. So wie ihre Mutter, so wie ihr Vater. Tu dies, tu das, lass dies, lass das. Tagein, tagaus, zwanzig beschissene Jahre lang.

Tief sog sie Luft durch die Nase ein. Nichts, was sie tat, war jemals nicht beurteilt worden. Oder hatte vor den Augen ihrer Eltern Gnade gefunden. Warum keine Eins plus, war die Frage gewesen, wenn sie eine Eins nach Hause gebracht hatte. Nie hatte es gereicht. Das tat heute noch weh.

Aber sie haben es doch bloß gut gemeint, antwortete sie sich selbst. Nein, fiel sie sich ins Wort, wieder falsch, sie haben es nicht gut, sondern nur sich gemeint. Nicht mich. Mein Leben in Geiselhaft für ihres, das sie nicht gelebt hatten.

In einem unbeobachteten Moment hatte sie die Chance genutzt und sich davongemacht, eher zufällig als bewusst, hatte Freiheit geschmeckt und war nie wieder zurückgekehrt. Hatte ihre Kindheit gepackt, beiseitegestellt und vollkommen neu angefangen. In einer Stadt, in der niemand sie kannte, kaum jemand sie beachtete und ihr vor allem keiner Vorschriften machte.

Auf dem Secklerhof war das anders. Sie konnte es drehen und wenden, wie sie wollte: Auch Resi war eine Kidnapperin. Hatte ihre Gefühle gehijackt und sie für ihre Ziele missbraucht. Wie früher ihre Eltern hatte sie Grenzen überschritten. In ihren Augen rücksichtslos. Alte, mühsam vernarbte Wunden waren im Sommer aufgebrochen und bluteten stark. Jetzt im Spätherbst fühlte sich der Schmerz immer noch frisch an.

Deshalb bin ich im Juni ab durch die Mitte, dachte sie. Wie sie es immer machte, sobald es wieder wehtat: umdrehen, gehen, woanders neu anfangen.

Mit ihrer Rückkehr auf den Secklerhof hatte sie nach außen hin Frieden geschlossen. Konnte Lenz, Resi und auch Tom in die Augen sehen, mit ihnen am Tisch sitzen, reden und essen. Aber währenddessen wartete in ihr hinter einer Ecke das Überfallkommando ihrer Gedanken, um ihr bei der erstbesten Gelegenheit den Arm auf den Rücken zu drehen. Die Gedankenbanditen feuerten Fragensalven aus allen Rohren: Sag mal, wie blöd bist du eigentlich, dass du immer wieder das Gleiche tust? Wegrennen, wiederkommen? Dass du dauernd wiederholst, was dir vor hundert Jahren beigebracht worden ist? So wie überpünktlich vor dem Veranstaltungsort zu hocken, wo erst in einer Viertelstunde die Vorstellung der Kandidaten der Unabhängigen Bürger für die nächste Kommunalwahl stattfinden soll.

Sie fuhr sich mit beiden Händen über das Gesicht. Das brachte doch nichts. Außer wie gesagt, dass sich alles weiterhin im Kreis drehte. Wie eigentlich ihr gesamtes Leben in den letzten Monaten. Und ihr Brotjob, die Lokalpolitik.

Es hatte, wie Lenz sich ausdrückte, einen mächtigen Scheppeerer getan am westlichen Ammersee. Der Aigner. Tot. Wahnsinn! Plötzlich hatte es jeder ja immer schon gewusst. Dass es mal kein gutes Ende nehmen würde mit dem Poldi. Brutal ehrgeizig war er gewesen, viel zu schnell erfolgreich und dann auch Gemeinderat. So was ging selten gut. Dazu die Affäre mit dieser Zugereisten aus Finning. Oder hatte doch der Albrecht was mit dieser Pressetante vom Landrat gehabt? Fast ging dabei unter, dass die Männer in der Versenkung verschwanden und Uschi Aufkammer den Landmaschinenhandel, Bernadette Aigner das Chemieunternehmen und Seffa Albrecht die Beratungsagentur übernahmen. Sabine Anklam verließ ihren untreuen Zimmerer und zog wieder zu ihrer Mutter.

Viel Staub war aufgewirbelt worden. Mehr als durch den Umstand, dass Albrecht und Aufkammer wegen Subventionsbetrugs angeklagt worden waren. Und als wenig später die Promipresse meldete, dass ein blonder Schlagerstar sich eine Villa am See bauen lassen würde, interessierte sich niemand mehr für die Irrungen und Wirrungen der hiesigen Unternehmer und Gemeinderäte.

Carola gähnte. Wenn sie ehrlich war, hatte sie sich auch nicht mehr groß um das gekümmert, was im Frühsommer vorgefallen war. Sie sah durch die Windschutzscheibe. Draußen wurde der Regen schwächer. Aus Gewohnheit warf sie noch einmal einen Blick auf die Uhr. Nur die Ruhe, mahnte sie sich, es reicht, wenn du in ein paar Minuten aussteigst. Immerhin eines hatte sie im letzten halben Jahr gelernt: Man muss es auch erwarten können.

Im Nachhinein hatten ihr Chef und sie festgestellt, dass sie sich aus dem Mückenthema auch einfach hätten raushalten können. Zwar war absehbar, dass es im nächsten Frühling wieder auf der Agenda stehen würde, aber vielleicht hatten sie ja Glück und es schüttete weniger im Mai. Und wenn nicht, wären sie diesmal schlauer und würden sich den Schuh gar nicht erst anziehen.

Sie streckte sich hinter dem Lenkrad. Nach außen hin war alles wie immer, aber im Innern hatte sie sich verändert. Auch auf Lenz traf das zu. Sie spürte das. Nicht nur einmal hatte sie ihn dabei ertappt, wie er minutenlang vor sich hin gestarrt hatte. Sie fragte ihn nicht, was in ihm vor sich ging, genauso wenig, wie er sie fragte. Aber sie ahnte, dass der Fall noch immer an ihm nagte.

Subventionsbetrug, nicht weniger, aber auch nicht mehr. Von den Toten war kaum mehr die Rede gewesen. Vier Menschen, gestorben an Herzinfarkt, Ecstasy, einer Überdosierung aus Medikamenten und Alkohol und bei einem Autounfall. Keine Fremdeinwirkung, kein Abschiedsbrief. Nur ein paar Fackeln in der Nacht, die schon lange wieder erloschen waren. Sonst noch etwas?

Nichts. Das war das Ergebnis von Aigners Obduktion und der kriminaltechnischen Untersuchung des Einsatzortes gewesen: nichts. An einem Abend kurz nach dem Vorfall hatte Lenz ihr die Nachricht geradezu vor die Füße gespuckt.

Sie wusste, dass er den Fall nicht zu den Akten gelegt hatte. Ganz im Gegenteil. In jeder freien Minute zog er die Unterlagen wieder hervor. Es lag ja auch auf der Hand. Was hatte die Pressesprecherin so belastet, dass ihr Herz ihr den Dienst versagte? Wie war es möglich, dass eine Schüleraushilfe, ohne aufzufallen, in Aigners Firma Drogen synthetisiert hatte? Was war die Ursache für die Erschöpfung von Albrechts Beraterin, sodass sie im Sekundenschlaf von der Fahrbahn abgekommen und, ohne zu bremsen, gegen einen Baum geprallt war? War es Unachtsamkeit oder Absicht gewesen, dass Aigner eine tödliche Dosis aus Alkohol und Medikamenten zu sich genommen hatte, nachdem seine Büroräume durchsucht worden waren? Nachdem das Haberfeldtreiben mit einem Tragerl Bier beendet worden war. Hatte seine Geliebte, als sie noch lebte, von seinem Subventionsbetrug gewusst? Und wenn ja, war sie Komplizin oder Opfer? Hatte sich Aigner schuldig an ihrem Tod gefühlt? Und wer war es, der all die vielen schmutzigen Details über ihn in die Öffentlichkeit gezerrt hatte?

Der Fall bestand aus mehr als Subventionsbetrug, Ehebruch und Drogenmissbrauch. Lenz zermarterte sich den Kopf, konnte es aber doch nicht beweisen. Und sie spürte das und war nicht in der Lage, ihm zu helfen.

Der Regen hatte endgültig aufgehört. Wieder sah Carola auf die digitale Uhr im Armaturenbrett. Langsam wurde es frisch. Ein Geräusch ließ sie aufhorchen. Auf den Parkplatz links neben ihr rollte ein weiteres Auto. War ja klar, die Veranstaltung sollte in Kürze beginnen, auch andere Besucher trafen ein. Für sie wurde es Zeit zu gehen. Sie wollte gerade zum Türöffner greifen, als im Wagen neben ihr die Seitenscheiben heruntergelassen wurden. Hinter dem Steuer, mit ihrer Handtasche auf dem Schoß, saß Bernadette Aigner und zündete sich eine Zigarette an.

Carola nahm die Hand vom Griff. Hatte sie Lust, ihr in die Arme zu laufen? Eigentlich nicht. Sie würde warten, bis die Witwe ausgestiegen war.

Die Minuten vergingen. Carola sah aus dem Seitenfenster. Nebenan tat sich nichts. Langsam wurde sie ungeduldig. Rauchte die Aignerin etwa noch eine? Dafür wurde ihr die Zeit langsam zu knapp. Sie taste wieder nach dem Griff, wollte gerade ihre Tür öffnen, als ihr Blick den der Witwe kreuzte.

Carola hielt inne. Wie oft hatte sie Bernadette Aigner eigentlich gesehen? Einmal beim Weißwurstfrühstück, mehrere Male im Kornkreis und dann beim Friseur. Immer hatte die andere Frau zu Boden geblickt. Noch nie war sie ihr direkt begegnet. Doch an diesem Novemberabend sah Bernadette Aigner ihr in die Augen und wandte den Blick nicht ab.

Warum? Sollte Carola etwas darin lesen, das sie ihr mit Worten nicht sagen konnte? Carola sah die Frau im anderen Wagen an, spürte, wie ihre Augen an ihr zogen, weg aus dem Schutz ihrer Autos hin in ein anderes Land. Es war leer dort, still und kühl. Carola sah ihr ins Gesicht und spürte, wie allein die Frau im Auto neben ihr war, wie einsam und verlassen.

Hatte das Leben ihr übel mitgespielt? Carola schüttelte innerlich den Kopf. Was für eine unsinnige Formulierung, Menschen spielten einander mit, nicht das Leben. Wer mochte sie so verletzt haben, dass sie an diesem verregneten Abend im November allein im Auto saß und rauchte? Ihr Mann? Indem er sie betrogen hatte? Oder hatte er noch etwas anderes getan? Sie schlecht behandelt? Gewalt hatte viele Gesichter. Wer wusste das besser als sie? Und in eine Ehe konnte niemand hineinsehen.

Unwillkürlich stiegen Tränen in ihr hoch, und sie wollte der Frau im anderen Auto schon verständnisvoll zunicken, als ein Gedanke sie anflog. Carola schniefte kurz, schluckte und fing sich wieder. Es war klar, dass Bernadette Aigner einsam war, schließlich war ihr Mann gestorben, den sie mal geliebt haben musste. Sie tat ihr leid, so unendlich leid. Aber um ihr das zu sagen, sah die Witwe sie doch nicht an. Worum ging es ihr noch?

Neugierig geworden, suchte Carola wieder Blickkontakt, spürte Schmerz und Einsamkeit – und fuhr zurück. Die Frau im Wagen neben ihr, die an ihrer Zigarette sog und sie unentwegt und ausdauernd fixierte, musste gelitten haben wie ein Hund. Aber jetzt triumphierte sie.

Ja klar, das war es! Plötzlich und so unerwartet wie ein Wetterleuchten an einem Sommertag durchzuckte Carola die Erkenntnis. So, ganz genau so musste es gewesen sein. Ihre Gedanken überschlugen sich. Und wenn es so gewesen war, dann musste ja … Überrumpelt wandte sie sich ab, wollte nachdenken, sich konzentrieren. Wenn es wahr wäre … dann … Nein … es konnte nicht sein, und doch gab es keinen Zweifel. Sie griff nach ihrer Tasche, holte ein Taschentuch heraus und putzte sich die Nase, um etwas Zeit zu schinden, um ihre Erinnerungen an die letzten Monate zu ordnen, eine nach der anderen.

Knirschend wie die Farbfelder eines Zauberwürfels, verschoben sich die Ereignisse des Frühsommers, wechselten ihre

Position, wurden neu zusammengesetzt, um ein anderes Bild zu formen. Bernadette Aigner beim Weißwurstfrühstück an der Seite ihres Mannes, stumm, unauffällig, ganz in seinem Schatten. Allein im Kornkreis, in sich versunken, nicht von dieser Welt. Nach der öffentlichen Demontage ihres Mannes im Halbdunkel des Wirtshausflures kaum zu erkennen, halb verdeckt und schemenhaft. Und schließlich beim Friseur, strahlend schön, selbstbewusst, lebensfroh. Wie Phoenix der Asche entstiegen.

Sie war blind gewesen. Unfassbar, dass sie das nicht gesehen hatte. Dass niemand es gesehen hatte. Bernadette Aigner hatte die ganze Zeit Bescheid gewusst. Über alles. Nichts war ihr neu gewesen, weder die Untreue ihres Mannes noch der Betrug und auf gar keinen Fall die Lügen über ihr perfektes Privatleben. Sie hatte geschwiegen, den Blick gesenkt und gewartet. Bis die Zeit für sie gekommen war.

Lisa-Maria Gruber war die Geliebte ihres Mannes gewesen. Was musste deren Tod für eine Genugtuung für sie gewesen sein. Ihr Weckruf. Das Signal, auf das sie gewartet hatte.

Carola ließ vor ihrem inneren Auge die Ereignisse des Sommers Revue passieren, beleuchtet vom Spotlight ihrer Erkenntnis. Jeden Skandal für sich hätte Leopold Aigner womöglich überstanden. Ein Gspusi nahm einem in Bayern niemand krumm. Den Betrug hätte er als Amigo-Geschäft abtun können. Aber als seine Frau von der Seitenlinie das Feuer auf ihn eröffnete, hatte er keine Chance mehr gehabt.

Bernadette Aigner war überall dabei gewesen. Bei Aigners Demontage im Wirtshaus und dem Getuschel im Flur. Sie musste die Gerüchte über die Liebschaft ihres Mannes mit der Pressesprecherin lanciert haben. Und zwar gezielt und mit Nachdruck. Die erstochene Voodoopuppe beim Brunnenfest ging bestimmt auch auf ihr Konto.

Carola dachte an die Szenerie im »Sailerwirt« zurück. Was hatte Leopold Aigner damals gesagt? »Ich werde die Angelegenheit mit Anstand zu Ende bringen.« Hatte er damit den zwanzig Jahre alten Whisky gemeint, mit dem er zwei Tage später die Aufputsch- und Beruhigungsmittel heruntergespült hatte?

Carola musste der Witwe Anerkennung zollen. Regungslos und gut getarnt hatte sie auf ihren Moment gewartet. Ihren Plan durchdacht und ihre Chancen genutzt. Sie hatte genau gewusst, wem sie was zu welchem Zeitpunkt zustecken musste, um sich dann zurücklehnen und dabei zusehen zu können, wie ihr Mann öffentlich in Stücke gerissen wurde.

Vorausschauend, geduldig und absolut grausam. Wie eine Gottesanbeterin, die ihr Männchen frisst. Ab welchem Zeitpunkt Aigner wohl klar gewesen war, dass der Plan seiner Frau aufgehen würde?

Jetzt strahlte Bernadette Aigner sie an, drehte sich um und stieg aus ihrem Auto aus.

Carola blieb sitzen und beobachtete die Witwe im Rückspiegel. Sie trug denselben weißen Hosenanzug wie am Tag ihrer Entpuppung beim Friseur. Wozu das auffällige Outfit?, dachte Carola. An diesem Abend war doch nur die Kandidatenvorstellung für die Kommunalwahl, keine Misswahl. Oder wollte sie auffallen? Carola lachte auf. Wie hatte sie nur so dumm sein können! Es lag doch auf der Hand: Bernadette Aigner würde sich heute Abend um den verwaisten Listenplatz ihres Mannes bewerben.

Im kleinen Ausschnitt des Spiegels verschwand die Witwe in Weiß im Dämmerlicht des Novemberabends aus ihrem Blickfeld. Weiß, die Farbe der Unschuld, was für ein Hohn. Carola drehte sich um und konnte noch sehen, wie sie den Vorplatz des »Sailerwirts« überquerte. Ein Mann stand im hellen Rechteck der Eingangstür, wartete anscheinend auf sie. Carola schoss ein Gedanke durch den Kopf, sie kniff die Augen zusammen und realisierte in der Sekunde, als sie Max Anklam, den Zimmerer, erkannte, dass sie die Wette gegen sich selbst verloren hätte. Seit wann die Sache zwischen den beiden wohl schon lief?

In dieser Sekunde verstand sie. Die Wucht ihrer Einsicht traf sie wie der Huftritt eines Holsteiner Ackergauls. Unwillkürlich schlug sie sich die Hand vor den Mund. *The winner takes it all.* Bernadette Aigner hatte alles: die Firma, bald eine politische Karriere, einen neuen Mann in ihrem Leben. Carola nahm ihre eigene Handtasche vom Beifahrersitz und tastete darin nach ihrem Telefon.

»Caro«, erklang nach dem ersten Wählton Lenz' Stimme aus dem Lautsprecher. »Welche Freude. Ich dachte, du bist beim ›Sailerwirt‹?«

»Bin ich auch. Fast, meine ich.« Carola starrte durch die Windschutzscheibe auf die Kühlerhaube, auf der die Wassertropfen funkelten. »Die Aignerin ist gerade reingegangen, und ich wollte ihr nicht begegnen. Bist du noch in der KPI?«

»Wie du das wieder erraten hast.«

»Was machst du? Sitzt du wieder über den Fallakten aus dem Sommer?«, fragte sie.

»Manchmal denke ich, du kennst mich schon viel zu lange, Caro«, antwortete Lenz. »Warum?«

»Ich habe noch mal darüber nachgedacht, was passiert ist. Du hast doch noch alles, was in Aigners Büro sichergestellt wurde und nicht zur Staatsanwaltschaft gegangen ist, oder?« Carola rutschte vor Aufregung auf ihrem Sitz hin und her.

»Caro, du weißt, dass ich dir diese Frage eigentlich nicht beantworten darf. Um was geht es dir denn?« Lenz klang reserviert.

»Mir ist eine Idee gekommen, Lenz. Vielleicht hat der Aigner doch so etwas wie einen Abschiedsbrief hinterlassen, und ihr habt ihn nur noch nicht als solchen erkannt. Hast du wirklich alles untersucht? Auch seine privaten Sachen?«

In der Leitung war es still.

»Lenz? Bist du noch da?« Carola verspürte das Bedürfnis, ihr Telefon zu schütteln. Dass er ihr aber auch nie antwortete!

»Natürlich. Ich versuche gerade nur zu verstehen, was du mir damit sagen willst. Und weil du es bist, sehe ich sogar nach. Moment, ich stelle auf laut.«

Carola hörte ein scharrendes Geräusch.

»Lenz?«

»Ja doch.« Seine Stimme klang hohl. »Du hast mich auf einen Gedanken gebracht. Die Aignerin hat uns bei unserem Besuch im Sommer nach den Privatsachen ihres Mannes gefragt. Das kam mir damals zwar komisch vor, aber irgendwie auch verständlich.«

Es raschelte. »Das sind lauter einzelne Familienfotos. Von den Kindern. Die lagen in der Schublade neben den Medikamenten. Und ein gerahmtes Bild von seiner Frau, das auf dem Schreibtisch stand.«

Carolas Bildschirm leuchtete plötzlich auf. »Lenz?«

»Ich hab auf Video umgestellt. Damit du sehen kannst, was ich mache.«

Carola erkannte verschwommene Hände. »Ich sehe ehrlich gesagt nichts.«

»Jetzt hab halt mal einen Moment Geduld.« Lenz hörte sich unwirsch an. »Also, wir haben im Sommer sämtliche Gegenstände kriminaltechnisch untersucht. Auf Fingerabdrücke, Fasern, DNA, so was halt. In seinem Büro gab es nichts, was dort nicht hätte sein sollen. Allerdings auch keinen Abschiedsbrief.«

Carola hörte Glas klirren. »Was tust du?«

»Das gerahmte Bild auseinandernehmen. Was wäre, wenn Aigner doch etwas hinterlassen hat, wir es aber noch nicht gefunden haben. Bis jetzt.« Auf dem Display streckten zwei behandschuhte Finger Carola einen kleinen Gegenstand entgegen. »Schau. Der Rahmen ist hohl. Da steckt etwas drin. Siehst du?«

Plötzlich spürte Carola eine Leere im Magen. Ihr wurde übel. »Was ist das?«

»Sieht aus wie ein ganz kleiner USB-Stick.« Lenz' Finger verschwanden. Das Display wurde wieder dunkel. »Moment.«

Carola hatte das Gefühl, gleich zu platzen. »Schau nach, was drauf ist.«

»Was meinst du, was ich gerade mache«, hallte Lenz' Stimme durch ihr Auto. »So, ich hab den Stick in meinen Computer gesteckt. Warte kurz. Wie ich das im Moment beurteilen kann, sind da Dateien drauf. Aber keine Bilder oder Texte, sondern Sounddateien. Ich klicke mal eine an.«

Der Klang einer Frauenstimme erfüllte Carolas Auto. »Uschi? Hier ist die Berna. Du, mein Mann betrügt mich. Mit der Pressesprecherin vom Landrat.«

Carola hielt es nicht mehr aus. »Lenz?«

»So ein Hundling.« Aus dem Lautsprecher kam ein scharrendes Geräusch. »Wenn sich bestätigt, was ich vermute, ist das die Stimme von Bernadette Aigner. Ich gehe mal davon aus, dass der Aigner, der Hundling, seine Frau abgehört hat«, sagte Lenz in seinem ruhigen Bariton. »Am Speicherdatum können wir nachweisen, dass sie weit vor dessen Tod sowohl über den Betrug ihres Mannes als auch darüber Bescheid gewusst hat, mit wem er sie betrog. Und wir können beweisen, dass sie das Gerücht lanciert hat, dass ihr Mann und die Pressesprecherin gemeinsame Sache machen. Um Aigner damit gezielt in die Enge zu treiben.«

»Dann ist das der Beweis, nach dem du gesucht hast, oder?«

Schweigen.

Carola starrte ihr Telefon an. Worauf wartete er? Sie gab dem Impuls nach und schüttelte das Gerät. »Lenz?«

»Ich denke nach. Wo, sagst du, ist die Aignerin gerade?«, fragte Lenz.

»Hier, beim ›Sailerwirt‹. Ich vermute stark, dass sie sich auf den Listenplatz ihres Mannes bewerben will. Ihr neuer Lover, der Anklam, ist auch da!«, rief Carola.

»Brauchst nicht so zu schreien, Spatzerl«, brummte Lenz.

»Was willst du jetzt tun?« Wieder begann sie, nervös an ihren Nägeln zu knibbeln.

»Erst mal kurz meine Gedanken sortieren. Der Anklam soll ihr Lover sein, sagst du? Sauber. Hat ja nicht lang gedauert. Aber das tut jetzt nichts zur Sache. Wenn sich bestätigt, was ich vermute, dann hat die Aignerin ihren Mann denunziert. Und zwar mit Vorsatz. Das ist Verleumdung, und die ist strafbar – allemal mit Todesfolge«, sagte Lenz. »Caro, ich muss jetzt Schluss machen.«

»Wieso? Und was mach ich?«, kreischte Carola.

»Aufhören, so zu schreien, Spatzerl.« Lenz lachte leise. »Ich ruf jetzt den Franz an, dann kommen wir zu dir. Die Aignerin bewirbt sich die nächsten Jahre auf gar nichts mehr. Pfiat di, bis gleich.«

Carola ließ ihr Telefon sinken. Stille senkte sich auf sie herab. Sie konnte ihr Herz im Hals pochen hören. Gedankenverloren rieb sie sich die kalten Hände. Sie stellte sich vor, wie Leopold

Aigner an seinem Schreibtisch saß, ganz allein, mitten in der Nacht, Alkohol, Tabletten und das Bild seiner Frau vor sich. Was mochte er gedacht haben, als er unter ihren Augen starb?

Im Licht der Straßenlaternen glitzerten die Regentropfen auf der Kühlerhaube wie Brillanten. Kahle Bäume spiegelten sich in schwarzen Pfützen. Eine magere kleine Katze huschte auf Zehenspitzen vorbei, sprang gelenkig auf einen Pfeiler und begann, sich zu putzen.

Carola atmete ein. Langsam beruhigte sich ihr Pulsschlag wieder. Sie sah durch die Windschutzscheibe auf den kleinen Platz vor sich, die Bäume, die Pfützen und die Katze, die hingebungsvoll eine ihrer Vorderpfoten leckte. All das konnte Leopold Aigner nicht mehr sehen. Wann er wohl gewesen sein mochte, der Zeitpunkt, an dem er sich noch hätte wehren können? Das spielte heute keine Rolle mehr. Da war er schon ein toter Mann.

Mein Dank gilt:

- meinen Lesern und meinen Gästen. Es ist die helle Freude, wenn Leser zu Gästen werden und Gäste zu Lesern,
- Frauke Persson (Stadorf), meiner unersetzlichen Schwester,
- meinen beiden Männern im Haus: Anton Purr, meinem hellsichtigen Ehemann, und Laurids zur Steege, meinem wunderbaren Sohn,
- Anja Kamradt (Berlin) für siebenundvierzig Jahre Gespräch (gezeiten.blog),
- Sylvia Wörner (Diessen) für ungezählte Lockdown-Spaziergänge (sylviawoerner.de),
- Martina Falcone vom Polizeipräsidium München für die unermüdliche Beantwortung all meiner Fragen,
- Ursula Hahnenberg (Berlin) für ihr kritisches Lektorat (ursula-hahnenberg.de),
- Marc Schlüpmann und Hannes Sander für ihre Bereitschaft, mir auch während des Lockdowns einen Schreibtisch im Denkerhaus zu geben (ammersee-denkerhaus.de),
- dem Team der »Schatzbergalm«, das sich auch von einer Pandemie nicht unterkriegen lässt,
- dem Team des Emons Verlages, insbesondere Lektorin Susanne Bartel, für die herzliche und unterstützende Zusammenarbeit in herausfordernden Zeiten.

Inga Persson
TOD AM AMMERSEE
Broschur, 288 Seiten
ISBN 978-3-7408-0300-1

Eigentlich ist Nordlicht Carola Witt, Büroleiterin des Bundestagsabgeordneten Ludwig, an den Ammersee gereist, um ihrem Chef den oberbayerischen Wahlkreis zu sichern. Bevor sie aber überhaupt beim ersten Pressetermin erscheinen kann, stolpert sie über die Leiche eines Provinzpromis – und damit geradewegs ins Visier des Mörders. Doch zum Glück ist der ewig grantelnde, aber sehr fesche Kommissar Meisinger dem Täter schon auf den Fersen ...

Inga Persson
RACHE AM AMMERSEE
Broschur, 256 Seiten
ISBN 978-3-7408-0539-5

Carola Witt hat ein neues Herzensprojekt: In einer Volksbefragung sollen die Bürger ihrer Ammersee-Gemeinde über den Neubau einer Großgastronomie abstimmen. Doch dem Projekt droht das Aus, bevor es überhaupt gestartet ist: Ruprecht Prestel, Gemeinderat und Mentor der Initiative, stürzt beim Gleitschirmfliegen ab. Nur ein Unfall oder doch ein Mord? Carola will es herausfinden, kommt dabei aber Kommissar Lenz Meisinger immer wieder in die Quere. Und womöglich auch dem Mörder ...

www.emons-verlag.de

Inga Persson

NACHT ÜBER DEM AMMERSEE

Broschur, 256 Seiten

ISBN 978-3-7408-0805-1

Am Ammersee scheint die Welt noch in Ordnung: Kommissar Lenz Meisinger und Carola Witt, die das Büro eines Bundestagsabgeordneten leitet, sind endlich ein Herz und eine Seele – meistens jedenfalls. Dann aber wird ein abgetrennter Fuß in einem Teich gefunden, und plötzlich überschlagen sich die Ereignisse in der oberbayerischen Provinz. Als auf ihren Chef geschossen wird, nimmt Carola die Sache selbst in die Hand, nicht ahnend, dass sie damit einen fatalen Fehler begeht …

www.emons-verlag.de